ちくま文庫

悪意銀行

都筑道夫
日下三蔵 編

目次

悪意銀行

悪意銀行

わたくしを
推理小説と落語に
みちびいてくれた兄
鶯春亭梅橋（おうしゅんていばいきょう）の霊にささげる

第一章

翼手目についての若干の考察にはじまり 近藤庸三が無銭旅行を決意するにいたる

a

こうもりは、哺乳類ちゅうただひとつ、ほんとうに空をとぶことのできる特権階級で、翼手目、と呼ばれている。西洋で邪悪の象徴に見られていることは、かの由緒あるドラキュラ伯爵家の自家用車に、えらばれている名誉からも、わかるだろう。こいつに、あたまを掠められると、男女をとわず禿げるという、こっけいな迷信も、フランスやスイスあたりにはあるらしい。だが、東洋にくると、パスカルの名言を実証するかのように、このあつかいは逆になる。たとえば中国では、蝙蝠とかく蝠の字が、福につうずるせいだろう、縁起のいい動物として、大歓迎だ。寿という字とくみあわせて、めでたく図案化されているのを、しばしば見かける。白壁にこれのとまった光景を、ワイセツな意味の表現につかうのは、日本の男性だけらしいが、それだけ親愛感を持っている、ということだろう。たしかに戦争まえの日暮どき、空の夕やけを利用して、ゴマを焙ってでもいるように、群れとんでいた小さな愛嬌者たちのすがたは、〽こうもり、こうもり、山椒くりょ、柳の下で、水のましょ、と囃したおぼえのあるご老体でなくとも、またとくに荷風、万太郎の愛読者ならずとも、なつかしいものにちがいない。戦後の東京からは、こうもりがいなくなり、赤とんぼがいなくなり、やがては人間もいなくなりそうな雲ゆきだ。けれども、その日、西銀座も京橋よりの裏通り、小さなビルのわきの露地をのぞきこんだひとは、壁に大きなこうもりが、とまっているのを発見して、銀座もまだ棄てたものじゃないな、と微笑したにちがいない。

だが、もういちど見たら、きっとがっかりする。一階の通用口と二階の窓のあいだに、へばりついている黒いものは、こうもりにしては大きすぎるのだ。その小さなビルは、一階が、オート・クーチュール、と店主は称しているけれど、ごくありきたりの婦人服店。二階が、聖書にでてくる悪党の名をつけたバー。三階は、ねずみのモルグかコールガールの事務所か、なにがあるのかわからないが、むかって左どなりの建物とのあいだは、人間ひとり、やっと通れるふくろ露地だ。曇り日のせいばかりでなく、昼なお暗い。だから、見そこなうのも無理ないけれど、通用口の小庇に、両の素足をかけて、二階の窓にぶらさがってるのは、黒っぽい羽織をきた男だった。といっても、怪しむにはおよばない。羽織のすそを角帯にはさんで、着ながしの袷を尻ばしょり、寒空に毛脛をつんだしている恰好は、どう考えても、ただいま評判、銀座の恐怖、ビルあらしの軽業怪盗、とはうけとれない。

せいぜいひいき目に見ても、堅物おやじの隙をうかがって、二階の窓からぬけだした道楽むすこ、あがるもおりるもできなくなって、目を白黒させている、といった図だ。しかも、つくづく観察すると、袷はよれよれの安物で、帯もだいぶ山が痛んでる。羽織はよくいう羊羹(ようかん)いろ、それも、いなかの駅の売店に、鉄道開通いらい棚(たな)ざらしになってたような羊羹いろだ。おまけに紋は、三つさした串(くし)ダンゴという、紋帳(もんちょう)にあるにはあるが、おかしなもので、若旦那(わかだんな)むきのこしらえではない。それに、二階の小さな窓は、はめころし、というあかないやつだ。黒ぶちのめがねをかけた長い顔を、曇りガラスによせている男が、したがって、そこから匍(は)いだせたわけはない。ごみあつめの桶(おけ)や前後のかべの雨樋(あまどい)や、利用しうるすべてを足がかりに、よじのぼってきたものらしい。その証拠には、ましたの露地に、ほとんど歯のない下駄(げた)がそろえてあって、不つりあいに新しい白たびが一足、きちんとぬいで、その上にのせてある。

これが、いけなかった。通用口があいて、婦人服店のお針子がひとり、顔をだしたのだ。あたかも、おやつの時間がすんだころおい、古新聞につつんだ石焼きイモの皮を、ごみ桶にすてようとして、たびと下駄に気がついた。金いろのコハゼを牙(きば)みたいに立てて、たびが中身の人間を、足からもりもり咬(く)ってしまったんじゃないか、とでも、思ったのだろう。ぎょっとした顔で、たびの内がわをのぞいてから、首をかしげて、左右を見まわした。つぎに上をむいて、キャッといった。

「とっぴょうしもない声、ださないでくれよ。実物は、はじめてかもしれないがね。富永一朗(とみながいちろう)の漫画で、見たことくらい、あるだろう？　ぼくは、国産品愛用運動の闘士なんだ」

といいながら、源家の白旗を、庇の上にかかげていた男は、身なりに似あわないすばやさで、おりてきた。

「それに、怪しいものじゃない。電気の配線をしらべてただけさ。といっても、信用しちゃくれないだろうな」

お針子は、目をまるくして、新聞づつみをささげたまま、立ちすくんでいる。めがねの男は、たびをはきながら、

「ほんとはね。忍術の実習をしてたんだ。これも、だめかな。チベットにしか、棲息しないはずの油虫の一種を、ここで発見してさ。追跡してたってのは、どう？　チベットぐらい、信じておくれよ。とにかく、怪しいものじゃない。話はちがうけど、きみ、美人だねえ。庶民的で、品がある。倍賞千恵子と吉永小百合を、ミックスしてさ。嵯峨三智子のお色気、山本富士子の気品を、パラパラッと粉にして、ふりかけたって感じだなあ。こんなひとを、どうして映画やテレビが、ほっとくのかねえ。しかも、ぼく、骨相学には権威なんだけど、きみの顔、すごいな。すばらしいパトロンがついて、いまに銀座一のお店が持てる相だよ。そうなったあかつきには、予言したぼくを思いだして、年賀状の一枚もくれたまえ。ところで、きみ、なにしに出てきたの？　ああ、ごみすてね。ぼくが、すててあげよう。ははあ、焼きイモか。寒いときは、これにかぎるよ。しかも、いいイモだ、こりゃあ。皮だけ見ても、それがわかる。きみの選びかたが、うまいのかな。ほれぼれするね。むかし、薩摩さまから、将軍家へ献上したイモってのは、こんなやつだよ、きっと。ぼくも買って、コレクションに

くわえたいな。この焼きイモ屋、どっちへいった?」

発狂したテレタイプみたいなお喋りに、お針子は圧倒されて、思わずしらず、

「あっち」

と、ゆびさす。男は、角丸に刈ったあたまを、軽くさげると、

「ありがとう。遠くへはいくまい。さらば」

たちまち、羽織に風をはらんで、露地口をとびだした。お針子は、われにかえって、店内にもどる。女主人や、ほかのお針子たちが、いそいで店頭へ出てみると、逃げたはずの男は、ショオウィンドウのかげで、立ち話をしていた。相手は、二階のバーのマダムの恋人、とにらんでいる顔見知りだ。女主人は、一一〇番するのをやめた。

その相手は、二階からびっこをひきひき、階段をおりてきて、羽織の男をつかまえたのだ。黒い上衣のボタンをはずし、凝った裏地とおなじ柄のヴェストに、左の親指をかけて、右手についたステッキに重心を托しながら、

「きみが厚顔であることは、有史前から知ってたがね。無恥でもあるとは、知らなかったな。立ち聞きってのは、きみ、恥ずべきことなんだぜ」

「おことばですがね。あたしゃあ、立って聞いてたんじゃないよ。ぶらさがってたんだ。それに、好奇心が旺盛なのは、べつだん恥ずべきことじゃない。文化をこんにちの発展にみちびいたのは、あんた、人間の好奇心と怠惰なんだぜ」

ずりおちかけるめがねを鼻へおしあげて、羽織の男は、けろりとしている。びっこ氏は顔

をしかめて、階段へもどりかけた。

「それじゃ、よそへいって、文化を向上させてくれ。ぼくんとこじゃあ、間にあってる」

「そんなに、すげなくしなさんな。どうです？　あたしを雇いませんか、いまの話に」

と、白たびが追いすがる。黒い背広は、階段のとちゅうで、ふりかえった。

「無報酬で、よければね。留守番役にぜひ、おねがいしたいな」

「といったって、おたくみずから殺し屋をつとめる気じゃないんだろう？　日本じゅうに市のかずは、さる二月十日に、五市合併の北九州市が生まれたんで、すこうし減って、五百五十三だったかな。人口三万をわる市が、十五もあるそうだけど、そんなちっぽけな市にしたってだ。大しごとですよ、市長暗殺となりゃあ。地方政治のごたごたなんかに、うかつに手をつっこむと、まっくろけになるぞ。マクベス夫人みたいに、洗っても落ちない、と泣いたって、知らないよ、あたしゃあ」

と、羽織の男が小声でいう。ステッキの男は、その肩をたたいて、

「なんかさかんに、売りこんでるらしいがね。ぼくは、おさきっ走りのせいか、春の気配にのぼせたらしい。ちかごろ耳が遠いんだ。補聴器の売りこみなら、いつでも話に応じるんだがな」

　上下に鏡をはめこんで、まんなかの桟に、Bar Barabbas と浮き彫りしたドアが、めがねの男の鼻さきで、音もなくしまった。

b

かくして、鏡のとびらの内そとに、ふたりの男はわかれたのだが、いまをさること四十分ほど前、洋服のほうは、銀座四丁目のかたより、灰褐色(はいかっしょく)の革をかぶせたステッキを力に、びっこをひきひき歩いてきた。そのときのいでたち見てあれば、黒いオールウェザーのコートの裾(すそ)に、裏につけたるジップイン・ウォーマーの緋(ひ)いろをひるがえし、胸もとには、白い濃淡でペルシャ模様を織りだした絹マフラーを金のリングでまとめ、帽子は黒のホンバーグという、キザの国から、キザをひろめにやってきたようなスタイルだ。それが、京橋方面から、風のまにまに歩いてきた羽織の男と、婦人服店の前で、ばったり顔をあわせた様相は、旧(ふる)い日本と新しい西洋が、ここに出あって、文明開化、まさにはじまる、といった感じだった。

だが、とんでもない。このふたりが顔をあわせたら、そこにはじまるのは、トラブルばかりなのだ。白たびの名は、近藤庸三(こんどうようぞう)。ホンバーグ帽の名は、土方利夫(ひじかたとしお)という。どちらも危険大歓迎の、古風にいえば、よろず揉(も)めごと引きうけ業、モダンにいえば、トラブル・コンサルタント、なぞと自称はしているが、解説すると、ひとの悪事をかぎつけては、わりこんでいって、ひっかきまわす商売。大まわりも小まわりもきく、あたまと手あしだけを資本に、油揚げをさらって儲(もう)ける、とんびみたいな男たちだ。英語に訳せばハイジャッカーというわけだが、それぞれに、日本でいちばんスマートな男、と自任するほど、いつも抜けめなく立ちまわって、いつも収支をととのわせているかどうかは、すこぶる疑わしい。

「いいとこで、あったよ。あたしゃあ、おたくにあいにきたんだ。時間が早いから、いないんじゃないか、と心配しいしい、ゆっくり急いできたところさ」

と、まず近藤から口をきった。婦人服店の上にあるバー《バラバ》を、土方利夫は、事務所がわりにつかっているのだ。

「きみには、同性愛のけはなかったな。安心して、用件をうかがおう。それにしても、しばらくだね。身なりといい、口のききかたといい、リバイバル運動をやってるみたいだけど、どうしてる？」

と、相手を見あげ、見おろしながら、土方が聞く。近藤は、羽織の両袖(りょうそで)をひっぱって、

「欣遊亭吟好(きんゆうていぎんこう)っていう落語家、知らないかな？　あの師匠んとこで、内弟子をしてるよ。まだ、なりたてのほやほやで、高座(こうざ)へあがらせても、もらえないがね」

「そいつは、ことしの十大ニュースのトップになりそうだな。たしかきみは、貯金のすきなお嬢さんのアパートへ、ころげこんだんじゃなかったかい？　友子(ともこ)さん、とかいったっけ」

「わりこみがいのある事件が、さっぱり起らないだろ？　髀肉(ひにく)の嘆(たん)をかこっていたら、働かざるもの、寝るべからずだって、追いだされたよ」

「食うべからず、だろう？」

「食うほうは、とっくに食わしてもらえなくなってたさ。でも、あたしほどの名人が、けちなしごとに手をだしちゃ、先祖の鼠小僧(ねずみこぞう)に、申しわけないからな。ルビーのタイ止めや、革の上衣を売りはらって、食いつないだよ。残ったものは、この袷いちまい」

「泣かせるね。名人の誇りってのも、つらいもんだな」

「あたしゃ、女運がわるいのさ」

近藤は、ふところからだした扇子で、自分のおでこを、ぴしゃりとたたいた。

「それじゃ、落語家の内弟子ってのは、食事つき、部屋代なしの下宿のつもりだな」

「おたくとちがって、パトロンヌはおろか、パトロンにも、恵まれてないからね、あたしゃあ」

「興奮剤をのんだ輪転機みたいな、きみのお喋りにごまかされたんだろうが、吟好師匠、さぞかし、後悔してるこったろう」

「内弟子のつとめは、ちゃんとはたしてるぜ。掃除もするし、師匠の肩ももむ。稽古(けいこ)だって、一所懸命だ。おぼえもいいし、すじもいいとさ。下座(げざ)の太鼓のたたきかたも、勉強してるよ。寄席(よせ)が少いわりに、はなし家志望は多いんで、前座もつとめさせてもらえないけど、来月の上席(かみせき)あたりは――上席ってのは、一日から十日までのことなんだが」

「すると、用ってのは、そのとき花輪かなんか贈ってくれ、というんだろう？　ライバルがいなくなるのは残念だが、まあ、いいや。戒名(かいみょう)じゃなかった、芸名はなんていうんだい？」

「欣遊亭京好(きょうこう)」

「そりゃあ、きみが高座へあらわれたら、お客さんは恐慌(きょうこう)をきたすだろうな」

土方は、階段をあがりきって、ドアの鍵(かぎ)をあけた。うながされて、さきに入りながら、近藤がいう。

「しばらくご無沙汰をしてたうちに、模様がえをしたんだね」

ドアの鏡はマジック・ミラーで、店内からは、階段をあがってくる人びとが、見えるしかけだ。革張りの壁からは、クラシックカーのデューセンバーグの写真や、アフリカ土人の魔よけの面がとりのぞかれて、写真の額がひとつ、時計がひとつ、かかっている。額は、その死の六週間まえに、有名な写真家のバート・スターンが撮ったマリリン・モンロー最後のヌードだ。一冊十ドルというお値段と、ぜいたくな編集ぶりで話題になったアメリカのセックス雑誌《エロス》の特集から、複写したものだろう。弔意をしめす黒いリボンで、かざってある。時計のほうは、古風な懐中時計を拡大したていさいで、ちょっと見たときには、カウンターの上にかけてあるのが、壁の鏡にうつっているのか、と思った。数字の配列がさかさまで、3のあるべきところには、9がある。7のあるべきところには、5があって、針も左へまわるらしい。逆の三時十五分まえを、いちおう正確につげている。

カウンターの上を見ると、水洗便器の縮尺模型が、おいてあった。底に水をたたえた白い便器が、灰皿の役をつとめるらしい。前についている箱がたの水槽は、水のかわりに、ならんだピースのあたまを、のぞかしている。けさからタバコを切らしていた近藤は、さっそく一本ちょうだいして、かたわらのライターを手にとった。こちらは、倍尺というべきか。古風なオイルライターを、ハガキ大にしつらえたもので、横腹にモノクロームの写真が、焼きつけてある。それも、ぶざまに太った断髪の女が、黒い靴下だけを着て、薔薇の花かなんか、かざしてる図だ。今世紀初頭、花の都はパリに発生して、両大陸を風靡したヌード絵ハガキ、しい。

猥写真を意味する現代語のもとになったフレンチ・ポストカードの一枚を、再生したものら
　そいつを派手に鳴らして、近藤はピースに火をつける。さいしょの一服を、ていねいに味わって、吐きだした煙のゆくえを、目で追うとたん、天井の変化に気づいた。そこにも大きな単色写真が、いっぱいに貼ってある。盛装した女性を、ガラス板に立たして、ましたから撮ったものだ。それが、巨人なみに引きのばされて、スカートやら、ペチコートやら、スリップやらで構成された大葉牡丹の、おぐらい芯の部分から、ハイヒールにストッキングの円柱が二本、にゅっと天くだっている。その絢爛たる奇観をあおいでは、恐妻病患者でなくとも、一瞬の眩暈をおぼえるにちがいない。近藤は、ため息をついて、いった。

「おめでとう。あんたとパトロンヌの仲は、うまくいってるらしいな」

「どうして？」

「記念すべき94・56・89には——」

「なんだい、そりゃあ？」

　土方が口をはさむと、近藤は、黒リボンの額に顎をしゃくって、

「バスト、ウエスト、ヒップの寸法さ。その持ち主には、あたしも哀悼をおしまないがね。ほかの模様がえぶりには、おたくの悪趣味が、横溢してるじゃないか。よっぽど、マダムとうまくいっていなけりゃ、こうはならない、と推理したから、祝辞をのべたんだ」

「なるほどね。乏しきを愛し、淡きをよろこぶ、きみの趣味にはあわないだろうな。しかし

だよ」

と、土方は、にやにやしながら、

「どのみち、こういうとこは、悪趣味であきないするんだぜ。いまどきのホステスなんて、顔はよくても、趣味もあたまも、悪いのばかりだ。そんな現物支給より、洗練された悪趣味を配置して、紳士がたをよろこばせよう、というのが、コンサルタントとしてのぼくのねらいでね。現にこうやってから、後輩や女の子をつれて、足しげくかよう客が、ふえてるよ。モンロー最後のヌードの由来やら、フレンチ・ポストカードの故事やらね。受売りながら、いかにもその道の権威らしく、一席ぶてるのが、うれしいんだな。こんなのは、どうだい？」

土方がさしだしたのは、五*cm*立方ぐらいの黒い函だった。ビックリ箱です　おためしください　と、胴に白字で二行、書いてある。

「こんなことを書いといたら、なんにも、ならないじゃないか」

と、軽蔑したように、近藤はいった。

「そこがミソさ。ぼくのアイディアによる試作品だが、まあ、あけてみろよ」

近藤は、蓋のつまみを持ちあげた。むかしの米びつみたいに、函の天の部分が中央から半分だけ、はねあがるようになった蓋だ。だが、あけても、なにも出てこない。

「のぞくと、火花かなんか散るんだろう」

用心しながら、目をちかづける。しかし、函のなかは、黒く塗ってあるだけで、からっぽ

だった。近藤は顔をしかめて、

「ちぇっ、ビックリ箱だぞ、とおどしておいて、そうじゃないって趣向か。なんだ、くだらない」

と、蓋をしめたとたん、むこうがわの半分が、威勢よくはねあがった。からっぽだったはずの函のなかから、悲鳴によく似た笛の音もろとも、タオルを胸にあてた裸の女の人形が、金髪をさかだて、口を狼狽に大きくひらいて、臍のあたりまで、とびだした。

「ダブル・アクションとは、気づかなかったろう。なにも書いてなくたって、あけてみろ、といわれりゃ、ビックリ箱だな、とたいがい勘ぐる。もはやシングル・アクションじゃあ、きみも知ってるだろうがね。ベル電話研究所が考案したっていう、スイッチをONにすると、蓋がひらく。なかから青白い手が、ごそごそと出てきて、スイッチをOFFにして、ひっこむってアメリカ製。あれ以上の傑作は、できっこない、と思うんだ。しかし、それにしたってさ。ぼくの尊敬する作家の星新一氏が、ある作品で哲学的に分析してたように、自分を殺す機械、という皮肉なおもしろさ以外、とりえは気味のわるさだよ」

と、土方利夫は得意そうに、

「ビックリ箱ほんらいの使命、驚愕をあたえることからは、外れてる。その本性を、発揮させるには、手にするものの警戒心を、一度とりのぞくしかない。つまり、ダブル・アクションにするしかない、というのが、そもそもの着想なんだ」

「オモチャに憂き身をやつしてるようじゃ、きみも、本業はひまらしいな。安心したよ。こんなものつくって、精勤のお客にでも進呈する気かい?」

と、にやにやしながら、近藤は聞いた。

「これは、本業にも身を入れてる証拠さ。さきごろ小生、悪意銀行なるものを創設しましてね。その宣伝用の貯金箱にするつもりで――」

「それそれ、あたしゃ、その悪意銀行てえやつに……」

と、近藤がいいかけたとき、笛の悲鳴を聞きつけたのだろう。奥のドアがひらいて、住みこみのバーテンダーが、ワイシャツのボタンをかけながら、顔をだした。

「ああ、頭取り、さっき、悪意銀行にご用のお客さまが、見えましたよ。またあとで、くるそうです。きょうじゅうに、ぜひとも相談したいことが、おありとかで」

c

「おたくがなんだか、銀行か質屋みたいなものを、ひらいたって噂を聞いて、あたしゃあ、やってきたんだよ。花輪のさいそくじゃあ、ないんだ」

指をこがしそうなタバコを、便器の灰皿におとして、近藤はいった。

「話術にみがきをかけといて、損はない、と思っての内弟子だけど、長居をしちゃあ、師匠に気の毒だからね。銀行というからにゃ、融資の相談にものってくれるんだろ?」

「あいかわらずの早耳だが、早合点は困るぜ。もちろん銀行というからには、預金も歓迎するし、融資にも応じるよ。いかさま賭博の新手でも、すし屋の勘定のごまかしかたでも、銀行強盗の計画でも、およそ悪意にみちたアイディアなら、なんでも預る。これが預金さ。この預金には、融資の希望者、つまりプランを活用したい人物が、担保を持って、すなわち、現金持参であらわれるまで、利子がついていく、というのが、本銀行のシステムなんだ」

「そんなら、いますぐ、お好みのプランを立てるがね。利子の権利は放棄するから、元金分だけよこさないか」

「それじゃ、なんのための預金だか、わからないぜ。まず設立の主旨を、お聞かせしよう」

土方は、壁ぎわのテーブルの上に、ホンバーグ帽をおいて、わきの椅子(いす)に腰をかけると、カウンターの近藤を見あげながら、

「日本の警察は、犯罪の年ごとの増加をなげいている。新聞もまたしかり。まことに、血なまぐさい世のなかだ。しかし、質的な面からみると、そこには犯罪らしい犯罪はない、といっていい。そうじゃないか。酒がのみたりないから、通行人を刺しころして二千、五千のはした金をうばう。この無計画！　法的にはともかくも、こんなのは犯罪のうちに入りゃしない。痴漢にしたって、そうだ。威勢のいい若い娘は、抵抗がはげしいからって、十にもならない女の子や四十すぎの婆さんをねらう。この趣味の低劣！」

「なるほど、それをかかげた真の目的は――」

と、近藤は土方の頭上、アメリカが世界にしめしたセックスの象徴の遺影をゆびさして、

「痴漢の審美眼を、たかめるためか」

「いいから、聞けよ。アベックで歩いてるのが癪(しゃく)だからって、ゆすりたかりをするチンピラ

にいたってはだ。荷風散人が、その日録に指摘しているごとく、洗練されない日本人に特有の嫉妬羨望心の爆発的あらわれにすぎない」

「だいぶ勉強しましたね。このめがね、安く売ろうか」

「つまり、こんにち頻発しているのは、犯罪じゃない。馬鹿か気狂いの愚行、それにすぎないんだ。この犯罪を僭称するものどもを、おさえる道はただひとつ。綿密な計算と、高度の技術による真の犯罪を、社会にしめすしかない。洗練された犯罪の見事さによって、野卑粗暴なるえせ犯罪に、顔色なからしめん、というわけだ。よって、善意銀行ならぬ悪意銀行を、ここに設立。すぐれた悪意を、ひろく募るものである」

「主旨に反して、そのメッセージはあまりスマートじゃないな。いなか代議士の演説、聞いてるみたいだったぜ」

「きみの身なりに、あわせたんだよ。もひとつおまけに漢語をつかえば、応人説法というやつさ」

と、土方が弁明したとき、マジック・ミラーに大きなすがたを見せて、ドアをあけたものがある。さっきバーテンダーが、報告した客にちがいない。どうやら戸口をすりぬけて、ぬうっと入ってきたところは、核実験の影響で、人間なみに知能が発達した白熊みたいな感じだった。襟に毛皮のついた外套の上に、まんまるい大きな顔が、のっている。皮膚は、健康な老人によくあるように、頬のあたりが桜いろで、あとはまっ白い。短かく刈った髪も、白かった。眉も白くて、ほとんどないも同然だ。その下にくぼんだ両眼だけは、まっ黒に光っている。うすい残忍そうなくちびるに、爪楊枝をくわえている、と見えたのが、葉巻だった。それをミットみたいな手に移して、客は近藤と土方を見くらべてから、土方に声をかけた。

「あんたが、悪意銀行の頭取りかね？」

「さようでございます。さきほど、おいでくだすったそうで、申しわけございません」

土方は、馬鹿ていねいに一礼して、

「それで、ご用件は、お預入れのほうでございましょうか、それとも、ご融資のほうで？」

「融資ってことに、なるのかな……相談したいことがあるんだ」

「では、どうぞ。こちらへ、お通りくださいまし」

と、奥のドアをあけて、客をうながしてから、土方は近藤をふりかえった。

「きみ、トイレはそっちのドアの外、階段の反対がわだからね。間ちがって、奥へまよいこまないように」

「お世話さま。さっそく拝借しようかな」

近藤は、白熊と土方が奥へ入るのを見とどけてから、マジック・ミラーのドアをおして、階段の上にでた。もちろん、トイレットに用はない。下駄の音をころして、道路へおりる。左わきの露地の昼なお暗いのが、おあつらえだ。

「ふん、なにが悪意銀行だ。土方ひとりに、うまい汁を吸わせてたまるものか」

白たびは、師匠からもらったばかりの新品だ。いたわらなければ、いけない。下駄といっしょにぬいで、近藤は身がるに、二階の窓までのぼった。曇りガラスの内がわは、土方が密談その他につかう小部屋だ。トランジスタの録音機や、サイレンサーつきの拳銃（けんじゅう）や、トランプの切り札など、たくみに隠せる特製のテーブルを、つなぐとベッドになる椅子が、かこんでいるはずだった。その窓の下がまちと、庇にかけた手足のほかは、からだじゅうを耳にして、聞きとったのが、愛知県下の小都市の、市長暗殺についての商談だった。

「巴川市（ともえがわ）ですか。いったことはないが、噂には聞いてますよ。おもしろいところだそうですな」

と、土方が聞きかえすと、大男の客は、故エドワード・G・ロビンスンの吹きかえをやらせたら、絶賛されそうな声でいったのだ。

「名古屋や豊橋（とよはし）よりは小さいが、岡崎（おかざき）よりは大きい。愛知県では、三番めの都市だ。いまは市制記念祭と、市長選挙をひかえて、いろいろとさわがしい。暗殺してもらいたいのは、現在の市長の酒井鉄城（さかいてつじょう）だ。それも、できるだけ派手で、ぜったい確実な方法でなければ困る。プランだけなら、二十万だす。実行までひきうけてくれれば、六十万だそう。どちらにしても、手つけは十万、千円札で用意してきた」

近藤の知識によれば、巴川市は愛知県下、二十三の市のなかでも、いちばん静岡県よりにある。ちょうど太平洋を、愛知県に接する部分だけ、切りとってつくった絵はがきに、貼りつけられた切手みたいな小さな都市だ。だが、この切手は初心の蒐集家（しゅうしゅうか）がよろこびそうな、けばけばしい多色刷りで、キャバレや酒場、パチンコ屋や映画館、競輪、競艇などの娯楽機関が、やたらに多い。名古屋や岐阜とならぶピンク・シティとして、実話週刊誌にとりあげられていたのを、床屋で読んだ記憶では、住民百人あたり一軒ずつの酒場が、ある勘定だという。この二、三年に、有名な自動車会社や弱電機産業の、大きな工場が誘致されて、景気がいいのだ。十万ちょっとだった人口も、たしか倍ちかく、ふえている。

「そんなブームタウンの市長を消すしごとにしちゃあ、六十万は安すぎるな」

近藤は、すげなくドアをしめられて、階段をおりながら、考えた。

「土方のやつ、お高くとまってはいても、欲の皮はひとなみにつっぱってるはずだ。実行までひきうけるに、きまってる。だが、いい値をのむかな？　のまない、とすれば、あの白熊がおりてくるのを待って、おれを売りこむ手もあるが……」

いったん、銀座四丁目へむかって歩きだしてから、近藤は立ちどまった。バー《バラバ》のあるビルを、ふりかえる。けれど、すぐ首をふった。

「近藤庸三ともあろうものが、そんなみみっちいまねはできないぞ。こりゃあ、やっぱり土方よりさきに、巴川市へのりこんで、ひっかきまわす手だ。とはいうものの――」

と、また歩きだしながら、両手を袖からふところへひっこめた。臍のあたりに一枚だけ、貼りついている紙きれは、とりだしてみるまでもない。五百円紙幣。それが、全財産なのだ。

「これじゃ、巴川まではいかれないな。その前に、愛知県の新聞の東京支局をさがして、予備知識も仕入れなきゃならない。その足で出かけるとすると、師匠の家で心配するな。警察へ捜索ねがいをだされたりしちゃ、めいわくだ。世話になったお礼をかねて、ハガキ一本、速達でだしとくか。それは、三十五円ですむとしても、あと腹ごしらえすると、いくらも残らないね。風流なもんだ。といって、こそ泥のまねをするのは、おれのプライドがゆるさない。ええい、めんどうだ」

にやり笑うと、両手を袖口に入れたまま、胸のところで、ぽんとあわせて、近藤はつぶやいた。

「風流ついでに、無銭旅行といくか」

第二章　車上独演会の実況にはじまり縄ぬけ技術の講習会にいたる

a

「ええ、殿方ばかり、ふたり三人とおあつまりになりますと、とかく話てえのは、下に落ちたがるもんでございますな。まあ、地球に引力のある証拠かも、しれませんけれど……東京が江戸といったじぶんには、ほうぼうにその、小さなおやしろとか、お堂があったもんで、神社や、お寺というほどのもんじゃない。お地蔵さまが祭ってあったり、観音さまが祭ってあったり、弁天さまが祭ってあったり、いまだに残ってるのもございますが、堂もりなんてのは、もうおりません。しかし、むかしはてえと、繁昌するところには、この堂もりがいたもんで、乞食坊主かなんかが、住みついてな。お賽銭でくっているという……」

琴ひく風の浜松も、菜種に蝶の舞阪も、うしろに走る愉快さを、うたうか磯の波の声なんぞ、明治の鉄道唱歌みたいに耳にとめてるひまはなく、いましも国道一号線は、浜名湖上の長い橋を、疾駆しすぎた長距離輸送のトラック一台。そのフロントシートで、運転手と助手のあいだに身をちぢめながら、一席うかがっているのは、欣遊亭京好こと近藤庸三だ。

「なかには尼さんなんぞもありまして、まあ、たいがいは、ラッキョウのミイラみたいな皺くちゃ婆さんですが、たまにはな。若いのもいたもんで、それが、まかり間ちがって、見られるご面相だったりしたひにゃあ、町内の若いもんは、たいへんでございます。

『おい、八公、横丁の弁天さま、拝んだか』

『木でできてるほうか、骨と肉でできてるほうか』

『きまってるじゃねえかな。こんど、堂もりになった尼さんさ』

『拝んだとも。たっぷり、お賽銭をあげて』

『みんなもご同様なんだが、お賽銭をあげるばかしじゃなくってよ。ご利益も、いただきてえとね。いま、話してたとこなんだ』

『そりゃあ、あきらめたほうが、よさそうだぜ。ゆんべも、留の野郎がね。ぬけがけの功名とばかり、夜ふけに槍をしごいて、忍んでいったと思いねえ』

『あん畜生、手が早いからな』

『ところがさ。蒲団へ手をつっこんだとたん、尼さんがはね起きて、けがらわしい！　その声のすごいこと、留公、きりきり舞いして、逃げだすはずみに、格子に鼻をはさまれやがった』

『それで、きょう鼻に膏薬、貼ってやがったのか。でも、おめえ、よく知ってるな？』

『実は、おいら、ひと足さきに忍びこんでよ、逃げるはずみにね。つんのめって、賽銭箱のかげでのびてたんだ。気がついたら、留がへえってくとこだから、やっこさん、どう落ちのびるかと……』

なんて、ひどいやつがいたもんです」

午前二時すぎの闇を、ヘッドライトで切りひろげながら、重厚なタイヤのあげる唸りは、すさまじい。それに逆らって、喋りまくる近藤の声は、だいぶかすれていた。十円の入場券で列車にのって、車掌の目をくらますよりは、ヒッチハイクのほうが、神経をつかわずにすむ、と考えたのが、そもそもの間ちがい。京浜国道で手をふっても、見るからお寒いヒッチボーイでは、とまってくれる車がない。このトラックを強引にとめて、便乗のお礼としては、バレばなし——艶笑落語をたっぷりうかがう約束で、客席で聞けないこともない《蛙茶番》を皮きりに、寄席で聞けない話のかずかず、ずっと熱演しつづけたのだから、声帯がおかしくなるのも、無理ないだろう。

「ひとりが、白状におよぶてえと、実はおれもしくじった、おれも肘鉄砲をくらった、というわけで、笑いあっておりますと、すみでうたた寝をしておりました建具屋の半次。こいつが、むっくり起きあがって、

『なによお、だらしのねえ話ばかりしてやがんでえ。聞いちゃ、いられねえや。尼さんをくどくにゃ、くどきかたがあるんだ』

『てっ、大きなこといやがって。なにか、半公、おめえなら、あの道心堅固な尼さんを、い

たせるてえのか』

『あたぼうよ。嘘だと思うなら、ついてきてみな』

『おもしれえ。見物させてもらおうじゃねえか』

てんで、みんな半次のあとへついていく。横丁の弁天堂へまいりますと、そっと戸をたたいて、

『こんばんは。夜ぶん、申しわけございませんが、町内の半次ってえもんでございます。ちょっと、お願いのすじがありますんで、おあけなすってくださいまし』

『はい、なんでございましょう？』

『申しわけございません。こみいった話なんで、あがらせていただきます』

ずうずうしい野郎で、あたまをさげながら、戸をしめて、あがりこんでしまった。そとの若いもんが、どうなることか、と聞き耳を立てておりますと、

『ご庵主さんに、お願いってますのは、ひとの命にかかわることなんで。実はあっしが、おやじの代から出入りしてえるお店のお嬢さんが、えてえの知れねえ病気に、かかりましてね。朝から晩まで寝たっきりで、まあ、息もするし、口をあけて入れてやりゃあ、おまんまも食うんだが、あとはまるっきり、死んだも同然。いろんな医者にみせても、やまいの性が知れねえんでして』

『それは、ご心配なことでござりますな』

『そこで、上野のえらあい坊さんにみてもらったところ、これが、お店の庭に年ふるメメズ

を、旦那が踏みころした祟りだてえじゃござんせんか。助ける道は、ひとつしかない。己辰の生れで、まだひとり身の男が……それでまあ、あっしに白羽の矢が立って、こうしてまかりでたんですが、徳の高い尼さんにお願いして……どうもその、もったいねえことなんで、お怒りんならずに、聞いておくんなさいよ。男が足のあいだにぶらさげてるもんで、ご庵主さんのおみあしのあいだを、呪文をとなえながら、二百たたけ、とまあ、そのえらあい坊さんがおっしゃるんで。さすれば、祟りはたちどころにうせて、娘はもと通りになるが、ほうっておけば、あと五日とは持つまい、という。大恩あるお店のお嬢さんの、命にかかわることでございますんで、どうか、どうか、おねげえでござんす』

涙まじりの声でかきくどくのを、そとで聞いてる連中、

『あきれたね。あん畜生、とんでもねえでたらめを並べやがって、尼さん、なんて返事をするだろう』

と、かたずをのんでおりますと、

『わたくしのこのからだは、み仏にささげたもの。み仏にかわって、ひとの命を助けることができるなら、どんなことでも、いたしましょう』

『ありがとうございます。それでは、あおむけに寝て、裾をひろげていただきたいんで』

『こうでございますか』

『なんまみだぶ、なんまみだぶ。では、はじめさせていただきます。まず、呪文をとなえて……』

もったいらしく、なにかぶつぶついう声に、そとの連中、格子戸に折りかさなって、耳をすましておりますてえと、しばらくして、

『あれっ、なにをなさる！』

『申しわけございません。お話するのを、わすれておりました。毛のあるところを、十ぺんたたいたら、そのたんび、お嬢さんにとっついてる怨霊に、数をはっきり知らして、観念させるため、とまあ、お坊さんがおっしゃったんで、へえ。たたいてる棒を、穴のなかへ入れるようにって』

『ならば、けっこうです。どうぞ、おつづけください』

『ありがとうございます』

そとの連中、手に汗にぎって聞いてると、尼さんの息づかいが、だんだん荒くなってくる。半公のやつは、いい気なもんで、

『申しわけございません。三十ぺんめでございます』

『かまいません。どうぞ、つづけて――』

『五十ぺんめになりましたんで』

『どうぞつづけて――』

六十ぺんめ、七十ぺんめ、だんだん、間あいが早くなってくる。しまいに尼さん、じれったそうな声をあげて、

『あの、お前さま、たたくのはあとで、まとめてすることにして、いまは入れるばかりにし

ていただけませぬか』」

おあとのしたくが、よろしいようで」

ほっと近藤が、息をつく。赤い顔して、げらげら笑っていた運転手が、おなじように大口あいてる若い助手の顔を、のぞきこんでいった。

「こいつにゃ、すこし毒だったかもしれねえが、おもしろかったぜ。おかげで退屈しねえで、すんだよ」

「もう一席やりますか」

うんざりしながら、近藤がいう。

「聞きたいのは、山やまだがよ。もう、巴川だ。おろすのは、駅前でいいのかい？」

いわれてみると、道はばがひろくなった。左右にならんだ水銀灯（すいぎんとう）が、舗装のゆきとどいた路面を、水の底みたいに、青白くてらしている。車の量がふえた感じなのは、市内に入って、みんなスピードを落したせいか。すれちがうヘッドライトが、深海魚の目のようだ。近藤は、くたびれた顎を左手でもみながら、あたまをさげた。

「ええ、けっこうです。ほんとに、助かりましたよ。ここのキャバレのしごと、しくじらないですみそうです」

「まあ、東京へかえったら、だれかに頼んで、師匠にあやまってもらうんだな。欣遊亭京好か、おぼえとこう。おれ、上野の寄席のまえ、よく通るんだよ。名前みかけたらよ、入ってやるかんな、うん」

と、うなずいて、運転手はトラックをとめた。助手がドアをひらいて、とびおりる。近藤は、つづいておりると、高い運転台にむきなおって、最敬礼した。

「なにぶん、ごひいきに。こんごともよろしく」

と、元気をふるい起して、声を張る。にきび面に、まだ興奮のいろをとどめた助手が、油っこいジャンパーの腕をふって、とびのると、

「がんばれよ。早くテレビへ、でるようになれよな」

運転手の声だけのこして、ドアのしまりきらないうちに、トラックは、走りさった。その巨体に、さえぎられていた巴川駅が、広場のむこうに見えて、満月みたいな大時計は、ちょうど午前三時五分すぎ。

b

駅の建物には、まだあかあかと灯がともっていた。なにしろこの巴川には、午前零時から午前四時まで、短かいときには間隔二分、いちばん長くて二十分、上下三十本ちかい列車がとまる。だから、むしろ東京駅なんぞより、よっぽど夜が忙しいのだ。

駅前広場の中央には、まるい花壇があって、そのまんなかに、ブロンズの裸婦像が三体、三つ巴に寝そべっている。広場の四すみに、かたつむりの殻のような曲線のキオスクの屋根があるところを見ると、地下道がつうじているらしい。近藤のそばの階段口は、のぞいてみると、鉄のシャッターがしまっていた。これでは、巴灘から吹きつける名物のからっ風を、

さけるわけにもいかない。

「やれやれ、顎がぐらぐらになっちまった。もっとやれ、もっとやれって、駈けだしのはなし家に、そんなにたくさんネタがあるわけ、ないじゃないか。バレの小噺本を、精読しといてよかったよ」

ぐちをいいながら、近藤はふところから、地図をひっぱりだした。そばに、運転手あいての食堂があって、終夜営業のあかりを、もらしている。それに地図をかざして、この地方の新聞の東京支局で、聞いておいた市長のすまいの町名をさがしあてると、舌うちした。

「歩くとなると、かなりの距離らしいぞ。たどりつくまでに、凍っちまうんじゃないかな。前座のおれが凍ったら、氷ゼンザ、甘い甘いってとこだね。凍らずにすんでも、ゼンザ・ブルニカ、カメラになることは、うけあいだ。まったくことしは、いつまでも寒すぎるよ」

駄じゃれをいいいい、肩をすくめて歩きだす。ちょっと見まわしただけでも、タクシー営業所の看板が、ふたつばかり、目についた。だが、ゆうべから、先立つものに先立たれすぎているので、車をやとうわけにはいかない。国道一号線と直角に、ひろい道路のあるのが、繁華街だろう。いまはがらんとして、水銀灯だけが、むなしく明るい。その歩道に下駄をひきずって、近藤がいそいでいると、ちょうどデパートの前まできたとき、黒塗りのクラウン・スタンダードが、スピードを落してよってきた。

「おい、どこまでいくんだ？　のっけてってやろうか」

フロントシートの窓から、長い顔をのぞかして、若い男が声をかけてきた。近藤は立ちど

まって、

「ありがたい。でも、悪いな」

「遠慮すんなって。おっさん、よそからきたんだろ？」

男はドアをあけて、おりてきた。長いのは、顔だけだった。ずんぐり太ったからだに、毛皮を襟(えり)と袖口(そでぐち)にあしらった、黒い模造革の上衣をきている。それが、悪意銀行へきた客を、思いださせた。ただし、こちらは、キリンの顔をもった黒熊(くろくま)だ。髪をみじかく刈った長い顔を、左右にふりながら、うしろのドアのハンドルに、片手をかけて、

「ほんとに、遠慮はいらないぜ。ここは、むかしから、義理と人情で売った土地だよ。そんなかっこで歩いてちゃ、風邪(かぜ)ひきそうで、見てられねえや」

「涙がでるような話ですね。出水(いずみ)町ってとこへ、いきたいんですよ。便乗させてもらえますか」

「そりゃ、ちょうど通り道だ。さあ、のんな。のんな」

キリン熊は、近藤の肩をたたいて、うしろのドアをあけた。のぞきこんでみると、バックシートには、男がひとり、そっくりかえっている。怪傑ゾロから借りてきたみたいな、つばがひろくて山のひくい黒い帽子を、前さがりにかぶっていた。それと、腕を組んでいることだけを確認したとたん、近藤は背中をおされて、シートにのめりこんだ。同時に、帽子の男が腕をとく。その右手の自動拳銃が、近藤のひたいに、熱烈なキスをした。男は左手で、帽子のつばをおしあげながら、

「ウェルカム・サー！」

と、ひくい声でいった。黒布のマスクまでは、ゾロが貸してくれなかったらしい。青白い顔が、左の眉じりに疵のあるところまで、はっきり見えた。近藤は、シートの背に手をかけて、上半身を起すと、

「これは、どうも、とんだおもてなしで。でも、ひとちがいじゃ、ごわせんかな。あたしゃあ、東京落語の欣遊亭吟好の弟子で、欣遊亭京好という、できたてのはなし家でげすが」

へらへら笑いをしながら、びしゃり後頭部を、あいている手でたたく。返事は、うしろから聞えた。

「はなし家だって？　ふざけちゃ、いけねえや。おめえがこの巴川へ、なんのためにやってきたか、ちゃんとわかってるんだ」

　こんどは、腰をおされて、ドアがしまった。キリン熊がフロントシートにもどると、車はたちまち走りだす。四五口径のGIコルトらしい銃口は、近藤のわき腹へ、もぐりこんでいた。運転しているのは、男か、女か、判然としない。うしろから見えるのは、ウエーブのついた豊かな髪と、濃いオリーブいろのスウェーターのタートルネックと、アズキいろの上衣の細い襟だけだった。もうひとつ、車が左へ曲ったとき、ハンドルをにぎる右の手首に、幅のひろい腕輪が光った。それが、金めっきした自転車チェーンを、いくえにも巻きつけたものであることに、近藤は気づいた。

「冗談はよしにして、おろしてくださいよ。あたしゃ、そんなに有名なはず、ないんだがな

あ。テレビやラジオはおろか、まだ高座にもあがったことがないんだから。なにしにきた、とおっしゃるんです?」

「へたな芝居は、やめときな。そんなよ、その、なんだ、みょうな恰好で……」

と、こちらをむいたキリン熊が、じれったそうに口ごもる。帽子の男は、疵のある眉を、ぴくりとあげて、

「リバイバル・ルンペンてとこだな」

「それだよ。そんなリバイバル・ルンペンの変装で、うまく潜入したつもりだろうが、ふざけちゃいけねえや。おめえがよお、塙先生を消すために、東京から送りこまれた殺し屋だってことはな。ちゃあんと、おれたち、お見とおしなんだ」

「つまり、お前さんは、ハイアード・キラーというやつだな」

帽子の男が、また左の眉を、ぴくりとあげる。近藤はあわてて、首をふった。

「それこそ、ふざけちゃいけませんよ。あたしゃ、ここのキャバレのショオに買われて、やってきたんだ。楽屋をぶちまけると、師匠をちょいと、しくじっちゃいましてね。東京じゃ、商売ができない。そこで、知りあいの芸能社に拝みこんで、ここのしごとをもらったんです。ところが、わたされた汽車賃をのんじまってさ。苦しまぎれに、長距離トラックの運ちゃんのなさけにすがって、ここまで輸送してもらったわけで――それを、あんた、リバイバル・ルンペンとは、ひどいねえ。殺し屋ときちゃあ、論外だ。殺しはまっぴら。殺されたい。いちどでいいから、金で殺されてみたい、というのが、念願のあたしなのに」

「キャバレのショオだと？　てめえの裸踊りなんぞ、見るやつぁいねえや」

　と、キリン熊が顔をしかめる。

「いいえ、ストリップのあいだに出ましてね。落語、やるんですよ。モダンで、ぐっとセクシーなやつを」

「なんてキャバレだ？」

　いきなり口をだしたのは、運転手だ。ふりむきはしないが、声でようやく男とわかった。

「ええと、なんていいましたかな。いましがたまで、ちゃんとおぼえてたんだけど――なにしろ、あなた、横っ腹をピストルで、ぐりぐりやられてて、ごらんなさいよ。てめえの名前だって、どわすれしまさあね。なんでも、ご当地じゃ、大きいほうだとか……」

「ここで、でっけえキャバレっていやあ……」

　と、キリン熊が、ゆびを折りかけるのを、運転手はひきとって、

「ビッグ・ムーンか、ピンク・シティか、どっちかだな。どっちだ？」

　近藤は、答えなかった。どちらも、架空の名称であることは、キリン熊のけげんな顔で、察しがつく。黙って両手を、肩のところでひらくと、となりの帽子がグラインダーをまわしたような、いやみな笑い声を、歯のあいだでひびかせた。

「アイ・ギヴアップって、かっこだな」

「ああ、あきらめた。だが、はなし家で、殺し屋じゃあないってことは、ほんとだぜ。間ちがいがわかってから、後悔したって、あたしゃ、知らないよ。いったい、どこへつれてって、

どうしょうって気なんだ?」

いつの間にか、窓のそとは、まっくらになっている。タイヤも、やたらにはずむようになった。いましがた、ヘッドライトが、竹やぶをかすめたところを見ると、市のはずれか、郊外にでているらしい。

「安心しろや。おとなしくしてりゃ、冷たくしてやろう、とはいわねえよ。ただ、選挙がおわるまで……」

と、キリン熊がいいかけるのを、こんどは、つばびろ帽子がひきとって、

「やめろ、さきのことは教えないのが、こういう場合のエチケットだ。サプライズってものがねえと、世のなか、おもしろくねえからな」

あいかわらず、英語まじりで、いやみに笑う。近藤は、肩をすくめて、

「もういいかげん、冷たくなってるよ」

ぼやいたとたん、とてつもなく大きなくしゃみが、鼻をぬけでて、爆発した。キリン熊は腰をうかして、天井にあたまをぶつけた。つばびろ帽子も、からだを硬わばらせて、拳銃を二*cm*ほど、近藤の腹にめりこませた。運転手だけが、前をむいたままだった。やっぱり、こいつらしい、いちばん、気をつけなければいけないのは。

c

「おい、いくらなんでも、こりゃあ、ひどいよ。シカといわれるのは、しょうがないけど、

コケコッコの鶏あつかいは、迷惑だ。朝になっても、目ざまし時計のスタンドインは、ぜったいにつとめないからな。ことわっとくぜ!」

近藤は、どなった。返事は、ない。両の手は、尻のところで、縛られている。両足も、外人があぐらをかいたような恰好で、縛られていた。それだけなら、我慢もできる。けれど、なんにつかう竹かごか、とにかく全身すっぽり入るほど、でっかいやつをあたまから、おまけにかぶせられているのだ。かごのふちは、下に敷いた雨戸へ、かすがいを四つつかってとめてあるから、身動きもできない。

「おめえのなりに、あわせてやったんだよ。リバイバル・ムードで、唐丸かごのつもりさ。英語でいうと、なんだろうね、兄き?」

「そうだな。テン・ラウンド・バスケットだろう」

「それそれ、最終ラウンドでグロッキーになったら、餌だけはくれてやるぜ」

「グロッキーじゃない。そりゃあ、日本なまりでな。ほんとの発音は、グラッギーてんだ」

つばびろ帽子とキリン熊が、いいたい放題をならべて、運転手といっしょに一段たかい座敷へひっこんでから、もう三十分はたつだろう。その間、車の走りさる音が、聞えた。いっぽう板戸のしまった座敷のなかでも、話し声がしているから、三人のうちひとりだけが、帰ったらしい。

「テン・ラウンド・バスケットか。まるで《やかん》の隠居だよ。しかし、さるぐつわをしないところを見ると、そとへ声が聞えてもかまわない場所なんだな、ここは」

耳をすますと、さっきから遠くで、みょうな音がしている。単調ではあるけれど、梢をわたる風にしては、すこし音楽的だ。

「海鳴りかもしれないな。とすると、ここは巴灘よりの、市のはずれってことになる。縄ぬけするのは造作ないこったが、えんえんと歩かせられるのは、ぞっとしないぞ。だからって、おとなしくしてるのは、癪だしな。それに、やつらに聞きたいこともある。さらば、つぎなる芸当にとりかかるか」

竹にすずめかなんか、小声の口三味線でやりながら、近藤は、手首の縄をほどきにかかった。どんなにきつく縛った縄でも、親指が自由にくぐるだけのゆるみができれば、ほどけるものだ。関節をはずしたりする特殊技術は、必要ない。縛ったほうでは、複雑な結びこぶをつくったりして、安心しているが、実はそこに盲点がある。縄はくねくね、曲るものだ。手だって、限度はあるが、動かせる。ゆるみを大きくしていけば、結びめはのこっていても、役に立たない輪になっちまう。最初のゆるみは、縛られるときの手首のかさねかた、指のにぎりかたひとつで、わけなくつくれる。近藤に縄ぬけの特技があるなんて、キリン熊は疑ってもみなかったらしい。縄のとちゅうを親指にひとからげして、手のひらに握りこんだのさえ、気づかなかったくらいだ。懸念したとしても、縄ぬけ防止の縛りかたを、知ってるはずはないだろう。もっとも、それに対抗する縛られかたが、これまた、ちゃんとあるのだから、知ってたとしても、へいちゃらだ。

「おおい、だれもいないのか！　不親切なやつだな。さしせまった用なんだ。出てきてくれよ。おかあちゃん、おしっこ！」

　近藤は、大声をあげた。こんどは、正面の板戸があいて、くらかった土間（どま）に、電灯のひかりがさした。そのなかに、影になって出てきたのは、顔の長さから判断すると、キリン熊だ。トランプをひと組、思いのほか器用な手つきで、シャッフルしながら、

「うるせえな。しょんべん垂れながしたって、あした、おもてによ。雨戸しょわせて、立たせたりしねえから、おとなしくしてろったら」

「そんな懲罰方法が、まだこの地方には、残ってるのかね。おとなしくしてあげたいが、寒すぎるよ。板ご一枚したは、地獄じゃなくて、泥だろう？　しんしんと、ひえてくる。女房をもらって、子どもができないと、幸福な家庭を、築けないからな」

「縛られてやがって、夢みたいなこと、ぬかすねえ」

「縛られてる？　なるほど、足のほうをわすれてた」

　近藤は、うしろにまわしていた手を、ひょいともどして、足首の縄をほどきだした。キリン熊が、とびあがって、さけんだ。

「たいへんだ！　野郎が逃げる」

「なんだって！」

　と、つばびろ帽子が、顔をだした。もっとも、いまは帽子をかぶっていない。生えぎわが脳天ちかくへ、後退したひたいに、電灯のひかりを反射させている。反射率がいいのは、酒をのんでいたからだろう。近藤は、唐丸かごのなかで、にやにやしながら、

「ふたりとも、さわぐなよ。逃げる気なら、そっと縄ぬけして、きみたちが気づくころには、遠くまでいってるさ。おれは、もう観念したんだ。いのちに別状は、なさそうだからね」

「そうとも、おとなしくしてりゃあ、そのうちに帰してやらあな」

と、キリン熊がいう。近藤は、唐丸かごをゆすぶって、

「でも、この待遇じゃ、窮屈で、おまけに退屈で、たまらないよ。おとなしくするから、相手になってくれないかな。察するところ、ポーカーかなんかしてるらしいじゃないか。おれも、仲間に入れてくれ、たのむから」

「ふん、金もねえくせに」

「そのかわり、負けたら、縄ぬけの技術を伝授するがね。どうだい？　コツさえのみこめば、簡単にできることさ。でも、専門家に教えを乞うと、もったいつけられて、まず五万円はとられるだろうな。おぼえとくと、万一のとき、調法だぜ。そなえあれば、うれいなし。五万なんてことは、おれは、いわないよ。一万と見つもって、もとでを貸してくれ」

「そんな大きな勝負はしてねえぜ。おれ、四千っきゃ持ってねえんだから」

といいながら、キリン熊は、眉にむこう疵のある男を、ふりかえった。

「そうだな。あれだけ、ケアフルに縛ったロープを、どうやってといたか、おれも知りてえ。唐丸かごを、どかしてやれ」

と、舎弟分にいいつけると、むこう疵は、ベルトの尻のほうから、ＧＩコルトをぬきとって、

「だがよ。ユウ・マスト・リメンバーだぜ。みょうな気おこすと、このトーチがものをいうからな」

「わかってる。わかってますよ」

近藤は、しびれた足をひきずりながら、座敷へあがった。坊主畳の六畳敷で、でっかい火鉢に、かんかん炭がおこっている。一升壜が一本と、茶碗を伏せたアルマイト盆。四、五枚の座蒲団と、ふくべ細工の炭取りのほか、部屋のなかには、なにもない。近藤は、火鉢に跨がりながら、一升壜に手をのばした。

「ご馳走になっても、いいだろう？　外がわからだけ、暖めたんじゃあ、なかなか勝負にかかれない。へえ、剣菱の一級とは、うれしいねえ。百万石も剣菱も、袖すりあうが江戸のにぎわい、というくらいだ。どういう意味か、わかるかい？」

「知るもんか、そんなこと」

「ちかごろのチャンバラ映画は、いいかげんだからな。日本橋あたりで、大名行列に土下座をさせてるが、ほんとはご内府じゃそんなこと、しなくてよかったんだ。だから、百万石のお大名も、剣菱の薦をきたこじきと、すれちがうお江戸の繁昌、というわけさ。ひやでのむには、こいつにかぎる。それも、特級より一級のほうがうまいから、ふしぎだな。いただきますよ、遠慮なく」

「勝手にしろよ。そのかわり、金はトゥリタウズンしか貸さねえぞ」

と、巻舌でいって、むこう疵は、上衣のポケットから、百円札、五百円札とりまぜて、三千円、畳へならべた。

「まあ、いいでしょう。ところで、疑うわけじゃないが、いちおうカードを拝見」

キリン熊の手からとりあげて、すべりぐあいをためしながら、扇（ファン）にしてみると、一枚ごとにポーズのちがうカラーのヌード・トランプだった。といっても、東京ならばアメヤ横丁あたりで、よく見かけるオーストリアできの、製版もおそまつならば、色かずも吝（かな）じんだしろものだ。近藤はため息をついて、バックをあらためながら、

「なんだねえ、あんたがた、こんなの、いじってたんじゃ、プロとはいえないぜ。自転車じるしかなんか、封を切らずに持ちだすもんだ。どうしても、お色気カードにご執心なら、一九五五年にパリのフィリベールって製造元が、一万二千組限定でだしたやつがある。ポル＝エミール・ベカという絵かきが、イタリア・ルネッサンスの名士たち、マキアヴェリ、ダ・ヴィンチ、ボルジア一族なんかをテーマに、絵札をかいてるんだが、そのエロティシズムは、そうとうなもんだ。もともと、七千円ちかいお値段が、いまじゃ三、四倍になってるそうだから、手がとどかないにしても、おなじフランスのラ・デュカルぐらいは、用意しとけよ。ただし、単色でないとだめだぜ。カラーのやつは、サイズが小さいからな」

　キザなことをいったが、いつか土方利夫に、聞かされたことの受売りだから、自信はない。それに本音をいえば、シャンパンの壜とグラスに、男女の仮面をあしらったバックの模様は、上下がはっきりしている。マークをつけやすいから、ありがたいのだ。だいぶ汚れてはいるが、それほど傷のついていないところも、悪くない。

「能書(のうがき)は、たくさんだ。小べりを刻んでなんか、ありゃしねえよ。仲間どうしで、いかさまやるはず、ねえじゃねえか。早くはじめようぜ」

じれったそうに、キリン熊がいう。だが、いかさまをやるはずなのは、近藤のほうだ。ひきつづき、土方からの受売りで、

「大英百科辞典によると、一八五〇年まで、ばくち打ちがカードの製造元に圧力かけて、裏は白いまんま、模様なしのものしか、つくらせなかったそうだ。いまだって、あちらのうるさい賭博場じゃ、裏白のカードをつかってるらしいぜ。印章指輪で疵つけたり、絆創膏(ばんそうこう)を巻いた指でマークをつけたりするのが、いるからね。絆創膏でこすると、そこだけ曇って、反射させるとわかるんだ」

と、一枚一枚、電灯にかざしながら、時間をかせぐ。指ではじいて、パチパチ鳴らしながら、何枚かのカードに、爪(つま)さきで凹(へこ)みをつけた。これで、親をとったとき、シャッフルの指かげんで、いい手を自分にくばれるのだ。

「年期を入れてるつもりでも、くろとにあっちゃかなわない。ずいぶん、小股(こまた)をすくわれてるからね。あんたがたみたいな本職あいての勝負となりゃあ、用心ぶかくもなろうじゃないか」

と、最後におだてておいて、勝負にかかった、ごくふつうのドゥロー・ポーカーだが、なにしろ相手は百円から、せりあげていくみみっちさだ。それに、のべつ勝つわけにもいかない。八千円かせぐのに、二時間もかかった。

「よかった。よかった。つきは、あたしにあったようですな。おかげで、退屈しないですんだ。はい、三千円。さっきの借金、精算しますよ」

と、近藤が百円札、五百円札とりまぜて、むこう疵の膝もとへおしやると、

「けっ、つきが離れそうだから、やめるってのか。そんなの、あるけえ」

キリン熊が、長い顔をちぢこませて、腰を浮かした。近藤は、帯のあいだへ金をしまいこんでから、手をふって、

「そんなに、かっかしなさんな。こっちはトラックにゆられつづけて、疲労困憊、おけつが胼胝で凸凹になって、これがほんとのコンバイ糖、というありさまなんだ。駄じゃれはとにかく、勝ちっぱなしも愛嬌がないから、じゃ、こうしましょう。あたしも、いったん口にだしたことだ。埋めあわせに、縄ぬけを教えるよ。それで、勘弁しておくんなさいな」

「しかたがねえ。疲れてることじゃあ、ミイ・トゥーだ。それで、おひらきとしよう」

三千円はもどってきたせいか、むこう疵がうなずいた。近藤は土間から縄をひろってきて、ふたりを見くらべる。

「さて、どちらを縛りますかね？　見ているより、実際にやってみたほうが、おぼえやすい、と思うんだが」

「じゃあ、おれにやってくれ」

と、むこう疵が両手をさしだす。けれども、すぐに首をふって、あわてて手をひっこめると、

「待てよ。教えるなんていって、縛りあげる気じゃねえのか？ その手にゃ、のらねえぜ」

「お疑いなら、縛るのは舎弟さんのほうにしよう。おたくはGIコルトかなんか、持ってたじゃないか。そいつを、あたしに突きつけて、見学してりゃ安心でしょうが」

「よし、やってみろ」

むこう疵が、ベルトから四五口径をぬいて、うしろへまわる。見やすいように、立て膝になってやって、近藤はキリン熊をうしろ手に、縛りはじめた。

「さあ、お立ちあい。この手のかさねかたに、秘訣があるんだからね。よっく、おぼえておくれよ。指はぜんぶおっぴろげて――そうだ、そうだ。こう縄をかけられたときに、もがくふりをして、いいかね？ 両手首の角度を、このくらいに持ってくる。つぎには、縄がここへかかったとき、そら、親指を動かすんだ。もっと早く。親指をここにかけたら、とたんに両手を握りしめる。縛り手の視線が、縄といっしょに、こっちへ移っていく隙を、ねらうんだぜ。わかったな？」

「わかったが、痛いぜ」

「我慢しろよ。さっきは、もっと痛かった。ここで楽をしたら、たちまち気づかれて、縄をしぼられちまうじゃないか。さあ、そのまま膝をついて、横になれ。こんどは、足だ。もうちょっと、爪さきをずらすんだよ。いいだろう。こうして縛られておくと、あとでほどきや

すいんだ。ああ、ちょい待ち。手がかじかんで、縛りにくいな」

近藤は、右手に胸まえを横ぎらせて、左わきにある火鉢へのばした。いきなり、灰かきをつかむ。うしろでいっしんに、見学しているむこう疵の顔へ、灰をすくって、たたきつけた。むこう疵は、軍鶏みたいな声をあげて、左手を顔へあげる。もう近藤は、灰かきを投げすて、相手の右腕にとびついていた。むこう疵が尻もちついて、坊主畳から、ふわっと埃りが舞いあがる。そのときには拳銃を手に、近藤は立ちあがっていた。

「畜生、ほどきゃあがれ！　卑怯だぞ」

束縛ずみのほうが、全身で孑孑のまねをしながら、キリンみたいに首をのばして、どなった。

「さっきはうるさがってたが、どうだい？　縛られると、大声があげたくなるだろう」

と、近藤はにやにや笑って、

「さあ、こっちのおあにいさん、目があけられるようだったら、お手てを顔から離して、ばんざいしてくれないか。そうだ、そうだ。いい子だね」

ＧＩコルトを、鼻さきへつきつけると、むこう疵の腰から、左手でベルトをぬきとった。

「こんどは立ちあがって、ズボンをぬいでもらおうかな。おや、顔をしかめたね。いやなら、おれが、ぬがしてやってもいいぜ。ただし、この拳銃の台尻を、お前さんの脳天が、うけとめてからのことになる。おれの用心ぶかさは、さっきご覧に入れたろう？」

「わかったよ、畜生」

「おやおや、やぼなズボン下を、はいてるじゃないか。靴下がぼてぼてになってるなんざ、いかしませんね。ちかごろは六分丈や、七分丈のやつがあるんだぜ。見っともないから、そいつもぬごう。また顔をしかめた。いやなの？　それじゃ、おれが……」

「ぬぐよ。ぬぎゃあいいんだろ――なんのつもりなんだ、いったい？」

「いまにわかるさ。ぬぐのは、そこまででいいぜ。こんどは畳にお尻をつけて、両足を前方にのばす……はい、よろしい」

といったとたん、近藤は吹きだした。むこう疵が、レース飾りのついた真紅のパンティを、はいていたからだ。

「あきれたね。なんだい、そりゃあ？　なんとか、いったな。トランスヴェスティズムか。こういうむずかしい英語は、知らないだろう。男が女のきるものを着たがったり、女が男のきるものを着たがったり、することをいうんだ。一種の精神病だぜ」

得意になっているが、近藤だって、ついこのあいだ、若い女性に持てはやされるボーイッシュルックを、心理学者が、からかって書いた記事を読んで、おぼえたばかりだ。

「あんたも、専門の医者に、みてもらったほうが、いいんじゃないか？」

「そんなんじゃ、ねえやい。ゆうべ、間ちがえたんだ」

「間ちがえたって？　そうか、わかった。他人の女と、よろしくやってるところへ、旦那さまだか、パトロンだか、急に帰ってきたんだな。それで、あわてて暗闇（くらやみ）で、というわけか。よくあることだね。彼女、いまごろ、困ってるだろう」

「よけいなお世話だ。はきかえぐらい、腐るほど持ってらあ。ドント・ウァーリだよ」

「ごもっとも。あんたにも、自分の心配をさせてやるよ。ぬいだものの利用法を、教えてやる。まずズボン下で、足首を縛れ。きつくだぜ。そっちのはじは、おれがひっぱってやる。よし、いいだろう」

　近藤は、むこう疵のひたいに、四五口径をあてて、上衣の襟をうらがえした。

「ふん、あんた、片桐（かたぎり）ってのか。いっぱしの悪党ぶって、いきがっていても、いなかっぺは抜けてるな。ネームなんか、つけとくもんじゃないぜ。だいいち、こりゃあレディメードに、あとからくっつけたもんだろう？　ついでにポケットを、さぐらしていただくよ。金はとらないから、心配するな。なにか護身用の武器があったら、借りたいだけだ。このＧＩコルトは大きすぎて、おれの華車（きゃしゃ）な手には、似あわないからね」

けれど、なにもなかった。近藤は、片桐のうしろにまわると、胸から背中へベルトをかけて、しめあげた。キリン熊は、あいかわらず孑子のまねをしながら、近藤をねめあげている。模造革の黒い上衣をしらべてみたが、ネームはついていない。そのかわり、白鞘（しらさや）のあいくちを一挺（ちょう）、持っていた。刃わたりが、三十cmちかいやつだ。

「こいつは、おれにふさわしいや。拝借するよ。お返しするときのために、お名前をうかがっとかないと、いけませんな」

「名前なんぞ、ねえやい」

「落しちまったのか？　お米と取っかえたなんてクスグリは、もう古いぜ。教えてくれないと、こいつでコツンとやるよ」

　近藤は、拳銃をくるりと逆か手に持ちかえて、ふりあげてみせた。

「いうよ、いうよ。熊田ってんだ」

「こいつは、よかった。そこでだ、熊さん——片桐のおあにいさんでもいいんだが、もうひとつふたつ、教えてもらいたいことがある。まずおれに、どうして目をつけたかって、いうことだ」

　近藤は、白鞘を膝にはさんで、左手であいくちをぬくと、片桐の右半面へ、切っさきをつきつけた。

「教えないと、つりあいがとれるように、こっちの眉へもつけるぜ、疵を」

「知らねえんだ。ほんとだよ。三時ごろに国道で、長距離トラックからおりる和服の男を、キャッチしろってね。命令されただけなんだ」

「塙先生とやらにか？」

「そ、そうだ、そうだ」

「そいつはいったい、なにものだね？」

「知らねえはずは、ねえだろう？　駅前のポスターを、見てたじゃねえか」

「ははあ、見当ついたぞ。終夜食堂のガラス戸に、市長選挙のポスターが貼ってあったな。塙っていうのは、立候補者か」

「へん、しらじらしいことをいやあがる。嘘つきめ」

といって、熊田はくちびるをつぼめると、唾をはいた。近藤が首をひねって、よけなかったら、右の目に命中したろう。

「熊さん、ちょいとした特技を持ってるじゃないか。しかし、嘘つき呼ばわりは、不当だな。かなり、フェアにやったつもりだぜ。カードの腕が馬鹿にならないことも、拳銃の知識があることも——」

と、近藤は、GIコルトのマガジーンをはずして、実包をぬきとった。チェンバーに入ってる一発も、遊底をひいて、はじきだしてから、

「それとなく、申しあげたはずだ。どこに伏線があったか、説明してあげたいが、時間がない。見張りの交替がくると、いけないからね。では、片桐だんなのズボンと靴下を、どう活用するか、ご覧に入れて、終演にしよう」

八発の実包を袂に入れると、近藤は、熊田の足を片桐の足にかさねて、いっしょくたにズボンで結んだ。ふたりが、背中あわせにころがって、縄をときあうと、まずいからだ。最後のしあげに、ふたりの口へ、靴下を片っぽずつ、さるぐつわ代りにおしこんで、立ちあがる。

「靴下はつねに、清潔にしとくもんだよ。いつ、こういう目にあわないとも、かぎらないからね。おわかれに際して、嘘つきでなかった証明に、もうひとつしておこう。熊さん、おれが教えたとおり、親指をもとにもどしてみな。たるみができて、その縄はかならずほどける。ただし、初心者だと、勘がよくって二、三十分。不器用なやつだと、一時間か二時間かかるだろうがね。まあ、せいぜい楽しみなよ。片桐だんなのお気にめすようにいえば、ハヴ・

ア・グッドタイムってとこだ」
白鞘のあいくちを、内ぶところにおさめて、近藤は座敷をとびだした。

第三章

ローンレインジャー式脱走にはじまり
ムッシュウ・ノワールの登場にいたる

a

家のまわりを、防風林があらかた、かこんでいる。前には、背のひくいねじれた松の林にそって、じゃり道が一本あるきりだ。右をむくと、林のきれたところから、見わたすかぎり砂また砂が、ゆるい起伏をくりかえしている。耳をすますと、海鳴りが聞えた。空は曇っているが、もう六時をすぎているのだろう。すっかり、明るい。

「ははあ、これが地図のうらの観光案内にでてた車津(くるまつ)の砂丘だな。市内まで十キロ、とか書いてあったぞ。道はまっすぐらしいが――」

近藤は、左をむいた。藁(わら)ぶき屋根ひとつ見えない一本道が、林ぞいにのびているさきを、眺(なが)めわたしながら、胸のなかでいいつづける。

「歩くとしたら、たいへんだ。いまのおれの体力じゃあ、まごまごすると、二時間かかる。

自転車かなんか、ないもんかな？」

　近藤は家のまわりを、あわててさがしはじめた。この家は、観光シーズンのあいだだけ、休み茶屋になるらしい。いちおう瓦ぶきで、道にめんした雨戸に長床机が二、三脚、立てかけてある。キャラメルやサイダーの看板も、埃りにまみれていた。だが、そこらじゅうさがしても、自転車はおろか、子どもの三輪車、ローラースケートさえもない。人間をのせて走るものといったら、裏手の小屋に葦毛の馬が一頭、つながれているきりだ。

「しかたがない。ぐずぐずしちゃあ、いられないんだ。これにするか」

　キラキラした目で、近藤を見つめているところは、ひとなつっこそうだが、あまり名馬には見えない。といって、こやし桶の荷車をひっぱりつけた駄馬にしては、からだつきが、ややスマートだ。小屋のわきに穴を掘って、拳銃弾をしまつしてから、馬の胸まである戸を、おそるおそる左右にひらく。そっと手をのばして、首すじをたたいてみたが、尻ごみはしない。

「よし、これならいけそうだぞ。仲よくしような、馬ちゃんや。おれは親切にしてくれた相手にゃ、義理をわすれない男なんだ。そのかわり飛んだり、はねたり意地わるしたら、こわいぞ。さくら鍋にして、食っちまうからな。どっちになるか、お前さんの心がけしだいだよ」

　と、話しかけながら、手綱をといたものの、鞍が見あたらない。鬣をつかんで、小屋の横手の桟を足がかりに、生れてはじめてのるわけじゃないぞ、という表情を保持しながら、どうやら跨がった。馬はトコトコ小屋から出て、家のまえの道路へくると、ぴたり立ちどまった。お尻は、砂丘にむいている。

「しめたぞ。市内へいくんだよ。わかったね。そら、前へすすめ。ハイハイッ」

声をかけたが、馬は動かない。手綱をひいたり、首をたたいたり、鬣をひっぱったりしてみても、歩きださない。やけを起して、近藤は下駄をぬいだ。片手で一足、鼻緒をたよりに持ったやつで、馬の尻をひっぱたくと、ローンレインジャーもどきの声をはりあげる。

「ハイヨーッ、シルバー！」

ひんともいわずに、馬は走りだした。その早いこと、早いこと。近藤は手綱をもっていられなくなって、馬の首にしがみついた。はねあがる馬背といっしょに、調子をとって腰を浮かす。近藤が見かけによらず、運動神経の発達した男でなかったら、六十秒とたたないうちに、落馬してたにちがいない。どうやら羽織に風をはらんで、首にしがみついてはいたが、なにしろ、はじめての経験だ。からだが上下するたびごとに、恐怖心は沸騰点にちかづいてくる。そいつが抑えきれなくなれば、一巻のおわりだから、目をつぶって、ほかのことを考えつづけた。

「ひと足おさきに、巴川へのりこんで、土方をだしぬくつもりが、だいぶ時間を損しちまったぞ。それにしても、おれがヒッチハイクでくることを、だれがいったい教えたんだろう？　土方のやつ、おれに尾行をつけやがったかな。ことによると塙ってのが、あれだ。白熊かもしれないぞ。きっと、そうだ。おれに妨害させないために、しごとがすむまで、監禁しとく腹だったんだよ。とすると、土方め、もう事前工作をすすめてるな。こちらはやっぱり、酒井現市長に売りこむ手だね。それしかないよ。底が浅すぎるのが、すこしばかり気になるけどさ。塙なにがしなんて、どうひいき目に見ても、やくざに伝染しやすい結託性地方政治病患者の名前だものな」

ゴシック活字をつかったところで、近藤は馬の背中へ、どしんと尻をおとしたわけだ。こういう上下運動をくりかえし、くりかえし、鬣に顔をくすぐられながら、太い首にしがみついていると、どのくらいの時間、走ったろうか。速度がしだいに落ちて、跑になり、のどかな並足になった。九死に一生のおもいで、近藤は目をひらいたが、馬上にあたりを見まわすとたん、

「なんてこった！　ありゃりゃ仙人、こりゃりゃ仙人だぞ、こりゃあ」

古いしゃれしかでなかったのも、無理はない。馬がトコトコめざすところは、ひねた松林に防風林の家――さっきの出発点なのだ。馬のやつ、ロードワークかなんかのつもりで、ひとまわり走って、もどってきたらしい。がっかりしたが、よく見ると、さっきとひとつ、ちがう点がある。無人の車が一台、例のクラウン・スタンダードが、こちらをむいて、家のまえにとまっているのだ。見張りの交替が、やってきたらしい。

「おい、お前はそうっと馬小屋へかえるんだぞ。走ったり、いなないたりしたら、いいか、さくら鍋だからな」

近藤がすべりおりると、馬は首をふりながら、家の裏手へまわっていく。すばやく車にし

のびよって、近藤は、ドアのハンドルに手をかけた。あつらえむきに、鍵はかかっていない。ドライヴァーズシートを、のぞきこんでみると、キイもイグニッションにさしたままだ。耳をすますと、家のなかで、片桐のどなる声がしている。

「へらへら笑ってねえで、熊田の縄を、早くといてやれ。くそ、いまいましい、てめえがとちゅうで、出あわなかったとすると、野郎、まだそのへんに、隠れてるのかもしれねえ」

畑なかの小道づたいかなんかに、わきへそれてくれたらしい馬へ、ひそかな感謝をささげながら、近藤は車にすべりこんだ。キイをまわすと、アクセルを踏みながら、ギヤをロウに入れて、サイドブレーキをはずした。車はがぜん、じゃりを蹴たてて走りだす。アクセルに体重をかけながら、バックミラーを見あげると、片桐が家から飛びだしてきた。まだ腰から下は、まっ赤なパンティひとつ、サイレント喜劇の巡査よろしく、両手両足をふりまわしている。近藤は笑いながら、短かくひとつ、長くひとつ、短かくふたつ、クラクションを鳴らした。ざ・まー・み・ろ・といったつもりだが、まぬけどもにわかったかどうか。

安心したとたん、ゆうべからの疲れが、いちどに出てきた。眠ってしまわなかったのは、車がゆれたおかげだろう。スピードメーターの針が、七十*kph*をしめすと、道がわるいから、自動車にのっている、というよりも、ホッピングロッドにのってるみたいだった。だが、さっきの裸馬の試練にくらべれば、なんでもない。それに、たちまち市内に入った。駅の大時計は、かれこれ七時。眠いのをがまんして、地図をたよりに、近藤は、酒井市長邸へむかった。

出水町という字づらは、東京の江東区みたいな低地帯を、連想させる。けれども、いってみると、高台のしずかな住宅地だ。諸国行脚の名僧知識、日でりつづきのこの地にいたって、渇ける庶民をすくわんと、錫杖ひとつき、滾滾のいずみを噴きださせた、といった故事来歴でもあるのだろう。ひとけのない通りに車をとめて、市長邸をさがす。わけもなく、見つかった。金冬心ふうの書体で、酒井鉄城、と書いた表札は、でかい。だが、あいていた門のくぐりから、のぞいてみると、家はあんがい小さかった。雪柳のひとむらが、おずおずと白い星をちりばめているむこうに、古びた平屋の玄関がある。

「なにしろ、こっちはこの風体だ。まともに入っていって、居留守でもつかわれたひにゃ、時間のむだだな」

ねずみいろに汚れた白たびと、皺だらけの袷を見おろして、近藤は顔をしかめた。そのとき、いきなり足もとへ、大きな犬の首があらわれた。黒い斑点のある白い顔に、ドイツふうに切った耳を、ぴんと立てて、紫いろの口から、鞴のような息をはいている。近藤の足から腰へ、においを嗅ぎながら、もたげた首は、大地を離れること一*m*ちかい。体高では、どの犬種よりも勝るグレートデンだ。毛のいろによって、金地に黒縞の**ブリンドル**、おなじ金地に口もとだけ黒い**フォーン**、あざやかなスティールブルーの**ブルー**、つややかな黒ひといろの**ブラック**、純白に大小の黒まだらがあるハーレクィン、と五つに分類されているうちの最後のやつで、それも、名前の起りになったイタリア喜劇の道化役、ハーレクィンの衣裳をおもわせる黒まだらが、やたら大きくはない。といって、ディズニイ漫画《百一匹わんちゃん大行進》で、主役をつとめたダルメイシァン種みたいに、小さくもない。不ぞろいに散らばって、首すじだけは、まっ白いところ、条件にかなったけっこうな犬だが、鼻づらをよせられた気もちは、けっこうではない。

逃げ腰になりながら、近藤がふりむくと、いつの間にか男がひとり、立っている。横びんの白い長い顔に、眉だけが太い。瘠せたからだに、絣のきものを着て、兵児帯を巻きつけている。西郷隆盛の銅像から、空気を大量に、ぬいたみたいな感じだ。ぬいた空気は、太い曳綱でつないだ愛犬のほうに注入した、というわけらしい。

「これは、これは、お早ようございます。もし間ちがったら、失礼なんですが……市長の酒井さんじゃございませんか？」

近藤は、グレートデンを気にしながら、あたまをさげて、ていねいにいった。空気のぬけた西郷さんの返事も、おだやかで、ていねいだった。

「はい、酒井鉄城ですが……」

「実はちょっとお話があって、うかがったんですが、お邪魔をしていいものかどうか。ご門前で迷っていたところなんです」

「かまいませんよ。まだ時間はある。犬の運動かたがた、散歩をしてきたところです。ちょうど、よかった」

「グレートデン・ハーレクィンですか。立派なものですな。やっぱり、市を代表する風格をそなえてますね」

近藤がお世辞をいうと、犬はうつむいた。飼い主も、骨ばった手であたまをかいて、

「わたしの家には、不にあいな犬だが、外人のかたから、ある記念にいただいたもので——

お話というのは、なにか市政にご不満でもおありですか？」

「とんでもない。あることを、お知らせにきたんです。それが、たいへん貴重な情報でしてね、聞かないと、ぜったいに損だという」

「情報ね。すると、失礼だけれども、情報を売りこみにいらした？　まあ、わたしは理想主義者じゃあない。場合によっては、情報に金もはらうから、凄むことはないが——市の役に立つものですかな」

「立つでしょうな。直接には、市長さん自身のことですが……それも、矢印はぴたり、あなたの心臓をねらってるんですよ。したがって、立ち話じゃどうもね。なにしろ、あたしゃあ、そうとうな覚悟の上で、ここへやってきたんですから」

と、近藤は、左手をふところに入れた。襟のあいだに、あいくちの柄をのぞかせて、

「この通り。もっとも、こいつは、あたしとあなたを護るためのもんだから、ご心配なく。おたくのかたと顔をあわせずに、お話できるところはありませんか」

「それでは、庭から縁さきへ、まわっていただきましょうかな」

と、酒井市長は、落着いたものだ。近藤に門をくぐらすと、左手の庭をゆびさして、

「わたしも、すぐいきますよ。ツァッヒエスを——前の飼い主のドイツ人が、この犬につけた名です。ホフマンとかいう怪奇小説家の作品に、出てくる侏儒の名だそうでね。しゃれて

るんでしょうが、舌を噛みそうだ。叱るときなぞ、うまくいえんで、困ります。こいつを、小屋へ入れるあいだ、待っててください」

b

「いやに愛想がよくって、いやに落着いてるな、あの市長。公選の投票日がちかいらしいから、庶民的で、磊落なところを見せようってわけか。おれを有権者と、間ちがえたのかもしれないぞ」

近藤は、高い縁がわに腰かけて、あまりひろくない庭をながめながら、考えた。きれいに掃除はしてあるが、蘭渓の燈籠がひとつ立っている以外、苔のついた石なんぞは、配置していない。そのかわり、まだ咲いてない木蓮や、沈丁花が目についた。花が好きらしいが、いま咲いているのは、ビニールの屋根をかぶせた金魚草だけだ。

「くらしむきは、質素らしいな。見かけだけじゃわからないが、さっき、犬の名が呼びにくくて、叱るときに困るかなんか、いってたね。あれが、へんなまねしたら、噛みころされるよ、という警告のつもりだとすると、いなかの政治家だからって、馬鹿にゃあできないな。ふん、あんまり、しっかりしすぎてるんで、けむったい連中にねらわれたのかな」

近藤が、首をひねっているところへ、廊下づたいに、座蒲団を二枚ぶらさげて、市長が出てきた。

「お待たせしました。一枚を近藤にすすめて、のこる一枚に、きちんとすわると、「情報というやつをうかがいましょう」

「しかし、ここは物騒ですな。塀のそとへ車をとめて、その屋根にのぼれば、ライフルでもなんでも、射ちこめますぜ」

「しかし、いまどき、そんな馬鹿なまねをするやつは、いないでしょうよ」

「それが、いるんです。あたしが持ちこんだ情報てのは、そのことでしてね。東京で、あなたの暗殺が、くわだてられた。それを知らせに、あたしゃ、はるばる駈けつけたんですよ。そんな目つきで、疑っちゃいけない。あたまがおかしくなるほど、まだ暖かくなっちゃいないでしょ？　この身なりは、どこにいるともしれない敵を、油断させるためだ。もうすこし内容をご覧に入れると、暗殺者をやといに、東京へきた男はね。白熊みたいなやつで、髪も白い。顔のいろも白い。歩くと顎の肉や、頬っぺたがふるえるところは、まるでトコロテンですよ。調子のふるい小型モートルが、唸ってるような凄みのある声で、ぼそぼそしゃべる。あたしは、アテレコ・ロビンスンてあだ名をつけましたがね。爪楊枝をくわえてるのか、と思ったら、葉巻だった。そんなヘヴィ級でして――タバコといえば、いただけませんか、ありましたら一本。ちょうど、切らしちゃったもんで」

「愛想なしだが、わたしは吸わんのですよ。ことにこのところは、演説で喉をいためてるから……アメリカの薬用ドロップなら、ありますがね。後援会のひとに、もらったんだが」

酒井は袂からスークレットをだすと、ひと粒、口へほうりこんでから、ポリエチレンの筒ごと近藤にわたして、

「あとひとつしか入ってないが、よかったら、どうぞ。しかし、あんたがいま話した男には

心あたりがないな。いくら小さな地方都市でも、およそ二十万の人間がいれば、白熊みたいな大男も、二、三十人じゃきかずにいるだろうね。市長候補のなかにだって、いますよ。塙君も太ってるし、佐瀬というひとも太ってる。写真でもないことにゃ、むりだな」

「塙先生なる人物も、白熊ですか」

「ライバルの顔かたちを、こきおろしたくはないが、りっぱな体格をしてますよ。それで、あんた、やとわれた男も知ってるのかね？」

「知ってます。けれど、契約が成立するまでは、教えられませんよ」

「契約というと？」

「あたしは、情報屋じゃあなくって、よろずトラブルひきうけ業、とでもいいますかね。ちょっと、かわった職業なんです。生命保険へ入ったつもりで、あたしと契約してご覧なさい。おそるべき暗殺者の魔手から、完全にまもってさしあげる。防衛技術は保証つき、サンプルをお目にかけると――」

いうが早いか、近藤は、右手でぬいたあいくちを、庭へとばした。松の木をつつんだ霜よけの筵を、ねらったつもりだったが、重さをはかりそこねて、力が不足したらしい。紫の金魚草をこえて、ぼしゃん、という水音になった。コンクリートでかためた池に、落ちたのだ。あわてて走りよると、あいくちは、睡蓮の葉をつらぬいて、それを道づれに、沈んでいる。的はなになに、といってなかったのが、勿怪のさいわい、

「どうです。鍔のあるあいくちができたでしょう？」

と、けがの功名を利用する気で、葉っぱの小さなお盆ごとひろいあげたやつを、かざしながらふりかえると——いない。縁がわに、座蒲団はある。けれど、その上に、酒井鉄城のすがたはないのだ。あっけにとられて、近藤が縁さきへもどったとたん、正面の障子があいた。出てきたのは、咳どめドロップで、頬っぺたをとんがらした酒井鉄城市長そのひとで、

「そのやとわれた暗殺者ってのは、ひょっとして、こいつじゃないかな」

と、さしだした写真を、ひと目みた近藤は、がっくりと口をあいた。その口が、しばらくはふさがらなかったのも、無理ないだろう。キザなホンバーク帽も、かぶっていない。キザな三つ揃いも、きていない。キザなステッキも、ついていない。ゆったりした中国服に松葉杖をついて、ホテルのロビーを横ぎっているのを、ポラロイド・カメラで盗みどりしたらしい写真だ。けれども、その顔、前さがりにソフトをかぶって、左の目に黒い眼帯をしていても、近藤にはひと目でわかる。例によって芝居気たっぷり、凝りすぎで正体しれる土方利夫なのだ。

「ひょっとしましたよ。この男です」

がっかりした声で、近藤がいう。酒井市長は、写真をふところにしまいながら、

「やっぱり、そうか。台湾からきたばかりだそうだね」

「そんな話です。でも、どうして、その写真が……」

「けさ早く、あるひとが届けてくれたんだ。馬鹿なことを考えてる連中がいるようだから、気をつけたほうがいい、といってね」

「だれです、そのあるひとって？」

「あんたに聞かせる義務は、ないんじゃないかな。わたしも最初は笑ったが、ここは以前、かなり気風の荒かった土地だ。用心するに越したことはない、と思いはじめたところへ、あんたが見えた。だから――」

「あたしに用はない、とおっしゃる？」

「あんたとは初対面だし、この市にだって警察はある」

「残念ながら、警察の手におえるような男じゃ、ありませんよ、そいつは」

「終戦後の三年間に五回、やくざの縄ばりあらそいが嵩じて、市街戦さながらの騒ぎがあった。それを、鎮めてきたんだよ、ここの警察は」

「また、そんな騒ぎにならなければいいですがね。まあ、あたしだって、すぐ信用してもらえるとは、思ってません。成功報酬じゃ、どうです？　あなたが暗殺されそうになって、それをあたしが阻止したら、五十万円ください」

「市長だって、いわばサラリーマンだってことを、わすれちゃ困るな。しかし、まあ、はっきりあんたの力で助かったとなれば、無理算段しないこともないが」

「それじゃあ、なるべく危機一髪という、ありがたみのあるところで、お助けすることにしましょう。お忙しいのに、ご清聴、感謝いたします」

　と、近藤は腰かけたまま、最敬礼した。

「それで、思いだした。もう選挙事務所へ、出かけなければいけない時間だ。あんたこそ、わざわざ情報を持ってきてくれて、ありがとう。お茶もださんで、失礼したね」

酒井鉄城は、立ちあがった。同時に、縁の下から白いものが、むくむく匍いだす。黒まだらのツァッヒエスだ。市長のいう用心とは、このことだろう。近藤はため息ついて、門へいそいだ。小癪にさわるが、ゆうべから喋りつづけたせいか、唾もでない。スークレットを思いだして、口に入れながら、くぐり戸へあたまをさげる。往来へさしだす顔に、竜巻がおそいかかるとも知らないで。

c

まったく、赤い竜巻のようだった。赤い半長靴に赤い革ジャンパー、黄いろい防塵めがねにアルミいろのヘルメット、そんな毒どくしい身なりの男が、五百*cc*らしいまっ赤なオートバイを吼えくるわせて、かすめさったのだ。とわかったのは、あとからで、モーターのうなりが聞えていたかどうかも、判然としない。くぐり戸をでたとたんに、まっ赤なかたまりが、とびかかってきたのだ。

近藤は、独楽になった。市長邸のブロック塀ぞいに、五、六回転してから、街灯のポールにしがみつく。それで、どうやら倒れずにすんだものの、顔をぶつけて、めがねがけしとんだ。黒いフレームが、鼻にかけるところで、ふたつに折れて、足もとに落ちている。口のなかが塩からいのは、頰の内がわでも嚙んだのだろう。ドロップは、食道へ急降下していた。

市長邸のまえの通りは、左手へだらだら坂が、のぼっている。めがねがこわれても、どうせレンズはすどおしだ。視力には、関係がない。近藤は、青い顔をあげて、坂の上を見た。そこまで、一気にのぼったオートバイの男がふりかえって、大きな赤い革手袋の手をふっている。びっくりさせて、すまない、という意味なのか。ざまをみろ、懲りたろう、という意味なのか。たしかめるひまもなく、血みたいな赤紫のスカーフを、ぴらぴらの飾りがついた赤革のジャンパーの肩に、さっとなびかせると、坂のむこうに見えなくなった。

「畜生！　ボーリングのピンかなんかと、ひとを間ちがえやがって」

近藤は、口のなかの血をはきだしてから、手足を動かしてみた。どこもかしこも、関節はがくがくだ。けれども、おでこにできた瘤のほか、ひどい被害はなさそうだった。ふたつに折れためがねをひろう。レンズは、ドイツ製のプラスティックをおごっておいたおかげで、割れてはいない。にぎりしめたままのスークレットの筒といっしょに、ふところに入れて、下駄をひきずりながら、歩きだす。とたんに、ドロップをまるのみしたせいか、しゃっくりがでた。さっき車をおいた通りまできたが、まっ昼間、無断借用のしろものを使うのは、けんのんだ。のりすてておくことにして、市内循環バスの停留所をさがした。

「どうも、こっちへきてから、調子がよくないな。かんじんの市長は、いやあに落着きはらってて、話にのってきやがらない。そうかと思うと、みょうな連中が早合点して、おれを追っかけてやがる。いまの赤バイだって、ただのカミナリ族じゃないよ、ぜったいに。おれも、早のみこみをしすぎたかな。先まわりしようなんて思わずに、土方の動きを見張ってたほうが、よかったかもしれないぞ。しかし、それじゃあ、遅れをとる。おれが弱気になってるのは、腹がへったせいだな。腹ごしらえをして、悪意銀行の利用者を、さがしにかかるか。ねらわれてるほうに、まだ実感がわかないのは、無理ないかもしれない。あの白熊を、さきにさがすべきだったよ」

近藤は考えながら、せまい通りを歩いていく。太陽熱を利用する風呂（ふろ）の水槽を、屋根にのせた家が多いのと、テレビのアンテナのやたらに高いのとが、ここの住宅の特徴だ。駅の方角に見当つけて、でたらめに歩いていくと、かなり急な石段があった。しゃっくりで調子をとりながら、それをおりると、商店がならんでいる。まだ九時まえなのに、パチンコ屋からは《ちょうど時間になりました》という、袴（はかま）をはいて売りだした女流歌手の、わけのわからない歌といっしょに、玉をみがく機械の音が、やかましく聞えた。ふところには、むこう疵とキリン熊から、まきあげた五千円がある。しかし、あと何日、これでつなぐことになるかわからないから、ぜいたくはできない。大衆食堂をさがしていると、食堂よりさきに、佐瀬徳蔵（とくぞう）選挙事務所、という大きな看板が、目についた。名前だけが、やけに大きく、書いてある。

「佐瀬というひとも、太ってる」

と、酒井市長がいったのを思いだして、近藤は、立看板で半分ふさがれているガラス戸をあけた。六畳敷ほどのたたきのすみに、白い布をかけて、箱らしいものが積んである。まんなかに机がひとつ、椅子が四脚おいてあるものの、それを活用すべき人間はいない。正面右のガラス障子をのこして、三方の壁には、市長候補、佐瀬徳蔵の写真入りポスターが、いちめんに貼りつらねてあった。顔だけの写真だが、太っているらしいことは、よくわかる。けれど、満月のような輪郭に、のさばっている眉も、ちぢれた髪の毛も、まっ黒だ。白熊とは、縁がだいぶ遠い。がっかりして、近藤がまわれ右しようとしたとき、ガラス障子をあけて、割烹着（かっぽうぎ）すがたの大がらな女が顔をだした。

「いらっしゃい。なにかご用？」

「はあ、佐瀬先生に、お目にかかりたいんですが……」

でかかったしゃっくりを手でおさえて、近藤があたまをさげる。若い女は、白い上っぱりをぬぎながら、サンダルをつっかけて、たたきへおりた。

「先生って、おとうさんのこと？　おもしろいひとが、あらわれたな。おじさん、この土地のひとじゃないわね？」

「ええ、東京から、ひぇっ――どうも失礼、きたんですよ。週刊誌の記事を書くためにです。俗っぽくいえば、ひぇっ――また失礼、トップ屋なんですが、そろそろ地方選挙の季節でしよう？　都知事公選なんて大物も、ひぇっ、あとにひかえてますからね。まあ、前景気を、ご当地の市長選挙にさぐろうと、ひぇっ、いうわけでして、ひぇっ」

胸をたたきながら、近藤がいう。割烹着すがたがいやに不恰好だと思ったら、娘は、だぶだぶのスウェーターを、下にきていた。山もりのスクランブルド・エッグを連想して、近藤が唾をのみこんだくらい、あざやかに黄いろい。大きな襟を、よだれかけみたいに折りかえして、そのくせスカートのほうは、膝上およそ八*cm*、勇ましい黒のタイトだ。みごとに熟

した西瓜(すいか)のような腰の曲線を、椅子におろして、

「そんなら、酒井さんか、塙さんのところへいったほうが、利口だな。おとうさんを相手にするひとなんか、ここにはいやしないわよ。この写真、先生然とすましてるけどさ。だいぶ昔んだし、そのころにしたって、ちっとも似ていなかったんだもの」

と、娘はポスターをゆびさした。すると、いまは白髪になっているかもしれない。

希望をもって、近藤は聞いた。

「おとうさん、お留守なんですか？　ご忠告はとにかくとして、やっぱり、いちおうお目にかかりたいんですが」

「自転車がないから、街頭演説にでかけたらしいわ。笑わせる記事を書きたいんなら、うちのおやじ、持ってこいだけれど――選挙とくれば、なんにでも立候補して、いつも最下位なんだから。家族と親戚(しんせき)が、しょうがないから、投票するだけだもの。死んだおかあさんも、あきらめてたわ、名前のとおり、させとくしかないって。お菓子だけつくってりゃあ、みんながほめてくれるのに」

「お菓子というと？」

「あら、うちの商売、知らないの」

娘は手をのばして、すみの白い布をたくしあげた。斜めになったからだに、スウェーターが貼りついたおかげで、観測できた胸のふくらみかげん、胴のしまりぐあいは、不恰好どころか、視線をもぎとるのが骨なくらいだ。

近藤は大きなしゃっくりをして、娘の手さきに目をむけた。布の下は、ガラスの陳列ケースで、銘菓三つ巴、と金文字で書いたうしろに、からの菓子箱が、列をつくっている。餡入りの求肥を紫蘇でつつんだ浜松の〈ふる里〉、岡崎では、帆かけ舟のかたちをした煎餅の〈五万石〉、名古屋の〈納屋橋饅頭〉なんぞとならんで、有名な菓子だということが、観光案内に書いてあったのを、やっと近藤は思いだした。

「名前だけは、聞いてましたがね。おたくとは、気がつかなかったな」

「選挙ちゅう、ここは開店休業なの。でも、駅の売店にだすぶんがあるから、味をみてよ。これを考えたおやじには一目おくけど、目下のすがたには目をつぶりたいわ」

娘は、ガラス障子のむこうから、大きな木箱をかかえだして、机の上においた。勾玉のかたちをした赤白緑、三色の石ごろもを、巴なりに組みあわせたやつが、四十ばかりつまっている。曇りガラスみたいな砂糖のころもが、三種類の餡のいろを、おぼろに見せて、美しい。近藤は、反射的に、手をだした。無料で、腹っぷさげのできる機会を、のがすことはない。土方がそばにいたら、泥坊上戸と笑うかもしれないが、糖分は疲労恢復にいちばんだ。歯にあてると、ころもがもろく崩れて、甘みを抑えた餡のあじが、舌にとけた。

「おとうさんの選挙演説きいたら、おじさん、きっと笑いころげるな。『実行不可能なことは、約束しない。市長になったら、雨の日でも、傘をささずに、歩けるようにします』っていうの。ねえ、どうやるんだと思う？」

魔法壜と急須をもちだして、茶を入れながら、娘がいった。ふたつめの〈三つ巴〉に、手をのばしかけて、近藤は首をふる。

「道路にぜんぶ、屋根をつけるんだって。『トタン屋根なら、それほど、費用はかからない』って、大まじめなんだけどさ。そんなことしたら、お天気の日でも、うすっ暗くなっちゃうし、雨でもふったら、うるさくってたまらないじゃない？　そのほか、市民税を安くする手段としてね。車津の砂丘で、市営の競蟹（けいかい）――なんだかわかる？　かによ。かにを走らすレースを、やろうだなんて。それこそ、有権者がケイカイしちゃうわよね、いかれてるんじゃないかってさ。おなじ手段に、ストリップを市営にするってのは、あたしがどうにか、思いとどまらせたけど――知ってるでしょ、ここのストリップがすごいってこと？」

　娘の足の組みかたも、すごかった。罪はタイトスカートにあって、他意はないらしいが、腿（もも）のかさなりが生む思わせぶりな翳（かげ）に、いったんおさまった近藤のしゃっくりは、再発した。

「まったく、政治的センスがないんだから、やんなっちゃうな。ほんとは、政治だけじゃなくってね。本職のほかは、オールアウト。あたしの名前のつけかたなんか最低もいいとこ、マイナスが三つぐらいつくわ。みょうな笑いかたしたら、お茶ぶっかけるわよ。郁代（いくよ）っていうの」

「郁代さん、ひぇっ、いい名前じゃありませんか」

「おじさん、ほんとのトップ屋なの？　その恰好は、変装のつもりかもしれないから、我慢するにしても、にぶすぎるな。中学に入ったときから、おませな男の子に、からかわれてね。おかげで、喧嘩（けんか）もつよくなったけれどさ。苗字（みょうじ）といっしょだと、佐瀬郁代でしょ。まだなんにも、おつむに浮かばない？」

「浮かんだよ。でも、ひぇっ、それほど、感度にぶいわけじゃない。ひもじさと寒さと恋とくらぶれば、というのを知りませんか。むかしから、よくいうやつでね。恥ずかしながらひもじさが……」

「おじさん、お腹すいてたの？　あらあら、十三コもたべちゃった。ううん、お金をとろうなんて、いわないけどさ。それどころか、おとうさんに聞かせたら、よろこぶわよ。よろこぶっていえば、からかって書かれたって、活字になれば有頂天うけあいだからね。おとうさんのこと、書いてやってよ、おじさん」

「おじさんか。そんなに若く見えるかな？　実はこれも、おとうさんのポスターとおんなじで、むかしの写真なんだ。髪だって、洗えばまっ白さ」

と、近藤は平手で、あたまをなでた。

「うちのおとうさん、白髪なんか、一本もないわよ」

娘はすなおに、聞きたいことを答えてくれた。

すかさず近藤は追いうちをかけて、

「きのうは、なにしてた？　三時ごろ」

「映画、見たわ。《世界残酷物語》とね。《野性のラーラ》っていう国産外国映画——日本人のでない日本映画ってことらしいけれど、ロシアの森んなかで、裸でくらしてる女のひとの話よ。それが、はじまったらね。あるひとに誘われて、いったんだけどさ。その男が手をのばしてきて、あたしの膝をしきりになでるじゃない？　肘でこづいても、やめないのよ。ちょうど足もとに、コカコーラのあき壜があったから、そうっと股にはさんでね。鼻声で、ささやいてやったの。『へんなことするから、興奮しちゃったじゃない、ほら、こんなに』って、手をとって、壜の首のところ、さわらしたらね、『ぎゃーっ』っていって、逃げだしたわ。あきれたあわてもの。でも、あわてなかったら、つぎには自分のあたまで、壜をわらなきゃならないとこだったけれど……」

近藤は、おそれをなして、スカートの内部構造から、目をそらした。

「きみのことじゃないよ。おとうさん、なにしてた？」

「ああ、城址公園で、子どもと紙くずを相手に、大演説をしてたわ。酒井さんが、三選するにきまってんだから、よしゃあいいのにねえ。もっとも、選挙があるたんびに、無一文になる生活ってのも、馴れるとわりかし、スリルがあるけど」

「現市長は、それほど勢力があるのかい？」

「実績ね。八年前に酒井さんが市長になるまでは、城址公園にまっ昼間、追剝ぎがでたし、月にいちどは、やくざの喧嘩があったし、ひどかったわ。それがいまでは、工場誘致で景気はよくなったし、すごくモダンな公会堂はできたし、このお正月にはプラターズだってきたのよ。すばらしかったな。あのなかに、ひとりだけ女のひとがいるでしょう？　ゾラ・テイラーっていうの。あれに、あたしが似てるっていうんだけど、これ、褒められたのかしら、誇されたのかしらね」

「しかし、いまだって、やくざはいるんだろう？」

「そりゃあ、いるわよ。でも、戦国時代はおわって、氷室一家と渋田一家って二大勢力がのこってるだけね。一家っていうと、おこられるんだっけ。いろんな興行をやってる氷室商事に、駅前の地下街なんかをつくった渋田産業、というわけよ。ねえ、あたし、だいぶしゃべったけど、こういうの、資料提供費とかってのがでるんじゃないの？」

「ああ、あとでね。あとで、送るよ。東京から、送ることになるんだ。うん、どうもいろいろ、ありがとう」

近藤は、あわてて立ちあがって、退散した。ガラス戸から飛びだすはずみに、敷居に蹴つまずく。とたんに、またもや、しゃっくりがぶりかえした。

d

しゃっくりは、横隔膜のけいれんによってばかり、起るとはかぎらない。ほかの呼吸補助筋によっても、起るのだ。しかし、腹膜炎や尿毒症などが原因で、起ったものでなければ、ほうっておいても、いつかはなおる。七十二時間つづくと命にかかわる、とよくいわれるのは、なんの根拠もないことだから、いくらつづこうが心配はない。けれど、けいれん性収縮によって、声門がひらいたとき、口もひらいていると、ひどく大きな音がして、失態をまねくことがある。いまの近藤が、それだった。壇上の塙候補が、ちょうどフラスコの水をのもうとしたときだった。だから、しゃっくりは、講堂じゅうに、ひびきわたった。

佐瀬徳蔵が白熊でないことは、まずたしかだ。つぎには、塙先生なる人物の首実検をするつもりで、ポスターに書いてあるところ番地をたよりに、選挙事務所をさがしていると、駅にちかい小学校の校門に、塙条之助個人演説会の看板が立っていた。校庭はいやに索漠として、まあたらしいジャングルジムだけが、にぶくうす日に光っている。そういえば、きょうは日曜なのだ。この市ただ一軒のデパートが客でごったがえしていたのも、選挙のトラックがやたら張りきって、目ぬき通りを走りまわっていたのも、そのせいだろう。妖虫モスラみたいな蛇腹屋根の講堂へ、近藤が入っていくと、うまいぐあいに壇の上では、塙条之助が酒井市政を攻撃していた。

「もちろん、わたくしとても、酒井君の業績をみとめるに、やぶさかではありません。たとえば、この学校のこの講堂です。これだけ、ビューティフルかつユースフル――きれいで使いよい建物は、東京の小学校にも、かぞえるほどしかないでありましょう」

藍鼠いろの上衣のボタンを三つともはずして、ティンパニをかかえたようなお腹を、ぐっとつきだした塙条之助が、チョッキのわきに左の親指をかけて、右の手をふりふり、しゃべっているのを観察しながら、

「ははあ、むこう疵の片桐が、みょうな英語まじりでしゃべるのは、この先生の影響かな？　いちおう韻をふんでるところが、本家のありがたみってわけか」

と、近藤はにやにやした。塙もたしかに太っている。けれど、顔つきは、愛想笑いをしてるブルドッグ、というのが、近藤の見立てで、土方利夫なら、チャールズ・アダムズえがく

幽霊一家の主人そっくり、と評するにちがいない。ぺったり撫でつけた髪も、黒かった。

「これが建ったのも、たしかに酒井君の力あってこそです。しかし、わたしは指摘したい。校門を出て、左へいけば、すぐに駅です。それは、よろしい。けれども、右へいけば、寿楽通りのとちゅうへでる。どの露地をのぞいてみても、バー、小料理屋、キャバレばかりであることは、みなさん、よくご承知でしょう」

という声も、アテレコ・ロビンスンより、だいぶ疳高い。

「しかし、この校舎の右はずれが、ストリップ劇場と背中あわせになっていることを、ご承知でしょうか？　煽情的な音楽を聞きながら勉強し、おとなのプレイグラウンドを通って、帰っていく児童がいる。それをいいたいんだ、わたしは——つまり、講堂を建てるよりさきに、学校の移転を考えるべきではないか。酒井君の業績は、まだまだあります。工場が誘致されて、景気がよくなった。これも、たしかです。みなさん、値あがりを気にしないで、ショッピングを楽しんでいらっしゃる。パチンコ屋も満員。バーも満員。どんな商売でも、必要だからあるんですからね。繁昌して、悪いわけはありません。酒井君のおかげで、巴川市は有名になりました。駅の売店へいって、あやしげな週刊誌を、ご覧なさい。いわくピンク・シティ。いわく性都巡礼地。たしかに、やくざの市街戦はなくなりました。マシンガンのひびきが聞えるのは、しあわせにもテレビからだけです。しかし、やくざの言葉でいえば、硬派が軟派になっただけではないでしょうか？　なにもわたしは、聖人ぶっていうわけじゃない。東京にだって、怪しげなところはある。ニューヨークにだって、ロンドンにだってある。モスクワにも、あるそうです。どこの家にも、ごみ溜めがあるのとおなじことです。しかし、ごみ溜めは裏口において、お客さまには見せないようにするものじゃありませんか？　しかるに、わが巴川市は、ごみ溜めをひけらかして、観光客を呼んでるんです。酒井君も、これは気にしているらしい。『蓮の花は、泥のなかから咲くんだ』と、いっている。名言です。酒井君のような立派なひとでなければ、いえないことだ。これは、皮肉じゃありません。酒井君は、尊敬すべき人物です。その進歩的なること、酒井君が顧問をしている花嫁修業のための女子短大では、例のモデル人形、絵かきのつかうあれ二体で、結婚生活にかくべからざるフォーティエイト・パターンズを、教えているそうです。男性心理学の特別講師には、まことに斬新なアイディアで、バーのマダムを招いているという。そのマダムを、酒井君が世話してる、なんて噂は信じませんよ、わたしは——問題の怪文書、だれがばらまいたんだか知らないが、馬鹿な金をつかうやつがいるもんですねえ。あれに書いてあることは、ぜんぶでたらめだ。わたしに関する怪文書が、ぜんぜん嘘っぱちだから、それはよくわかる。しかし、どんなによくできた機械でも、長く動かしていれば、油かすが溜るものです。しかも、機械はそれに気づかない。新任の警察署長が、ストリップ小屋に自粛を要請しても、いっこうにきき目がないらしいのは、なぜでしょうか？　無料で入れる古墳博物館が建つはずの土地に、入会金だけで五十万円も、ださなければ入れないゴルフリンクスができたのは、なぜでしょうか？」

　塙条之助は、七分どおり席をうずめた聴衆を、ゆっくり見まわしながら、テーブルの上のフラスコに手をのばすと、かぶせてあるグラスをとった。近藤のしゃっくりが、講堂にひびきわたったのは、そのときだ。

野次もとばさずに、おとなしくしていた聴衆のなかから、笑い声が起った。たくさんの顔が、うしろをむいた。近藤もてれかくしに、うしろをむいた。その目に、ふたりの男のちかづくのがうつった。ひとりは、黒い模造革の上衣から、キリンみたいな顔をのばした熊田だった。もうひとりは、つばびろ帽にむこう疵をかくした片桐だ。ひと目みただけでもやくざらしい、よく見てもやっぱり、やくざらしいこの連中を、まさか演説会場に配置していようとは！　ぎょっとして、近藤は立ちあがった。むこうも、こちらの顔に気づいたらしい。めがねの応急修理をしたことを、近藤は後悔した。ここへくるとちゅう、寿楽デパートの文具売り場で、六百番のスコッチテープを買って、ふたつに折れたフレームを、不細工ながらつなぎあわせたのだ。

学童用の木の椅子をならべたまわりの席は、あらかたあいている。そのひとつを片手にぶらさげると、近藤は覚悟をきめた。ふたりのほうへ、すたすた歩きだす。これが、意外だったらしい。ふたりは、前方およそ四 *m* のところで、立ちどまった。講堂の出入り口までは、さらに五、六 *m*、近藤はすかさず、走りだした。まさか、ここでは片桐も、拳銃を見せびらかしなぞしないだろう。腕力のつよそうな熊田の膝へ、いきなり椅子をたたきつけると、片桐をつきとばして、講堂から走りでた。

校門をとびだしてから、どこをどう走ったかわからない。十分後には、巴川駅の待合室のすみに、息を切らして腰かけていた。ひたいの汗をふきながら、あたりに目をくばったが、どうやら、ふたりは撒けたらしい。走ったおかげで、しゃっくりもおさまった。おりから、列車がついたばかりで、改札口付近には、ひとがあふれている。なかのひとりが、注意をひいた。

その男が、改札口を出てきたところは、焼け棒杭がひとにおされて、ずりだしてきたみたいだった。背の高さは、ちょうど悪意銀行の土方ぐらいだ。痩せたからだつきも、よく似ている。それが気になって、近藤は立ちあがった。もっとも、帽子はかぶっていない。むきだしの頭髪は、インポテンツの針鼠みたいに、ぼさぼさだった。フレームは紫で、レンズはクロームめっき、鏡になったサングラスをかけている。飛行めがねのように、顔の上半分にぴたり貼りついた大きなやつだ。下半分は、鼻の下も、頬から顎へかけても、無精鬚でおおわれている。おでこがすこしと鼻のわきしか、露出していない皮膚は、渋紙いろに陽やけしていた。黒いなめし革の上衣に黒いシャツ、それも、アクアラングの下につけるゴムの潜水衣みたいに、ぴっちりした革製だ。黒い革のネクタイに黒いズボン——折りめがなくて、ずんべらぼうだと思ったら、これも、なめし革だった。派手な顔だちの女が、明るいやわらかものを上にきて、ズボンだけ革の股引のようなやつをはくのなら、いかさないこともない。けれど、これではどう見ても、エントツのなかに落っこって死んだ掃除夫が、迷いに迷ってあらわれた、というかたちだ。

「ちょっとした判じものだね、こりゃあ。こいつが土方利夫の変装だとすると、ずいぶん無理してるぞ。ミスタ・ブラック——ムッシュウ・ノワールってとこだな」

近藤が首をひねりながら、ちかづいていくと、男は埃りまみれのスリップオンを、売店のまえにとめた。いくらか猫背(ねこぜ)に、左手は上衣のポケットにつっこんだまま、

「牛乳」

と、ふくみ声でいう。売り子は、どぎまぎしてから、牛乳壜の箱をひらいて、

「一本ですね？　ここで、おのみになるんですか」

ムッシュウ・ノワールは、かすかにうなずいた。右手を、さしだす。その手にも、革手袋が黒い。壜をうけとると、あんまりあおむかずに、牛乳をゆっくり喉に流しこんだ。壜をかえすと、こんどは左手をポケットからだした。にぎりこぶしのまま、売り子にさしつける。革手袋がひらくと、手のひらには、くしゃくしゃにまるまった紙幣や、銀貨、銅貨が、小さな山になっていた。

「お金、ここから、いただくんですか？」

売り子がおそるおそる牛乳代をとると、ムッシュウ・ノワールは、また拳骨(げんこつ)をつくって、ポケットにしまった。黒いスリップオンをひきずって、のろのろと歩きだす。ぜんぜん、急いでいる様子はない。といって、あたりを見まわしもしない。

まっすぐ歩いて、駅の屋根の下をでると、まっすぐ進んで、地下道のキオスクにぶつかった。ムッシュウ・ノワールは、一段一段、その階段をおりていく。近藤は思いきって、声をかけた。

「ちょっと、その黒い服のひと」

針鼠は、立ちどまった。だが、いつまで待っても、ふりかえらない。しかたがないから、近藤は前へまわった。

「やっぱり、そうだ。その鼻のあたまの角度に、見おぼえがある。ねえ、きみ、ぼくをおぼえていませんか？」

笑いかける近藤の顔をふたつ映して、ミラーグラスが、わずかに横へゆれた。

「ほら、学校でいっしょだった——きみの名前、なんてったかなあ？　失礼だけど、めがねをとってもらえませんかね。たしかに、見おぼえがあるんだ」

男は、ちょっぴりうなずいて、顔をすこうし、近藤のほうへつきだした。左手はポケット、右手はだらんとたれたまま、動かそうともしない。近藤はめんくらって、

「つまり、その、ぼくに勝手に、めがねをとれっていうんですか。きみだって、ちゃんと両手があるのに？」

ムッシュウ・ノワールの、無精鬚にかこまれたくちびるは、ほとんどひらかなかった。けれど、そのあいだから、聞きとりにくい声がもれて、

「めんどくさい」

第四章

地下街での追いかけっこにはじまり
土方利夫とのふしぎな再会にいたる

a

めんどくさい、という返事ほど、予期しなかったものはない。乳いろのネオンキューブが、トモエアーケード、という文字を、頭上に光らしている階段で、近藤庸三は、鬚だらけの相手の顔を――いや、クロームめっきのレンズにうつって、デフォルメされた自分のあきれ顔を、しばらく見つめるばかりだった。

「じゃあ、いいんですね？　失礼して、はずしますよ」

やっと気をとりなおして、紫の太いセルロイドフレームに、両手をかける。サングラスの下には、算木(さんぎ)をおいたような眉と、陰気にくぼんだ目があった。そのまわりだけ、陽にやけかたの淡いのが、くも猿(ざる)の顔を連想させる。土方と似ているのは、眉も目も、ふたつずつ、あるところだけだった。

「ああ、悪いことしちゃったな。すいません。大失敗。人ちがいでした。なにしろ、旅さきでしょう? 知ってるひとにあうのって、うれしいもんですからねえ。ついつい、駅から、追いかけてきちゃって……荷物がないけど、この土地のかたですか?」

めがねをかけてやりながら、近藤が聞く。ムッシュウ・ノワールは、かすかに首をふった。

「やっぱり、旅行者ですか。なら、どうして、荷物がないんです?」

「めんどくさい」

鬚のなかのくちびるは、こんども、ほとんど動かなかった。めったなことでは、おどろかない近藤も、あっけにとられて、相手を見あげた。ムッシュウ・ノワールが、近藤を見ているかどうかは、わからない。だが、じっと立ったままだ。近藤がどくまで、立っている気かもしれない。そのとき、階段の下で、声がした。

「いやがった、あそこに!」

「畜生、アット・ラースト、見つけたぞ」

こんな変なことをいうやつは、ほかにはいない。ミラーグラスのすみに、空飛ぶ円盤みたいなつばびろ帽子が、動くのをみとめるやいなや、近藤はムッシュウ・ノワールをおしのけた。

「どうも失礼! やつら、まだ執念ぶかく、さがしていやがったのか」

と、もときたほうへ駈けあがる。ムッシュウ・ノワールは、まわれ右をさせられても、いっこうに逆らわない。近藤のあとから、階段をのぼりかけた。だが、二段しかのぼらないう

ちに、片桐と熊田が駈けあがってきて、

「じゃまだじゃまだ！」

と、おしのけた。ムッシュウ・ノワールのからだが、また一回転する。こんども、いたって従順に、階段をおりはじめた。おりきった左がわには、トモエアーケードの地下商店街が、蛍光灯をふんだんにつかって、明るくひろがっている。右がわは壁で、ヌードの臀堂、ジュラク座ミュージックホールのガラス看板が、股のぞきしたストリッパーの写真を、セロファン加工で、えげつなく浮きあがらせている。目のまえは、地上への階段だ。それをあがったのでは、いまおりてきたキオスクと、ほとんど背中あわせのところへしか、でられない。だのに、ムッシュウ・ノワールは、ためらいもしないで、のぼっていく。

どうやら、この男、階段をおりてきたのは、商店街に用があったわけでも、駅前広場を安全に横ぎるためでも、なかったようだ。ただ足のむいたさきにキオスクがあったので、よけるのはめんどくさいから、おりただけ。また階段があったから、あがっただけのことらしい。その証拠には、ムッシュウ・ノワールがのぼっていく階段を、近藤が駈けおりてきて、

「さっきは、どうも！」

肩をぶつけて、すれちがうと、黒い革でつつまれたその長身、こんどは、まわれ左をして、のそりと一段、また一段、おりはじめた。もちろん、そこへ熊田と片桐が、どかどかどかと駈けおりてきた。

「じゃまだ、じゃまだ」

と、つきのけると、なんと四たびめの方向転換をして、のろのろ階段をのぼりはじめたのだ、このムッシュウ・ノワールは！

b

全身にみなぎる好奇心を吸いとってしまったら、太陽にてらされた吸血鬼どうよう、微塵になって、消えてしまいそうな近藤のことだ。かかる非常の場合でなければ、ムッシュウ・ノワールを、その正体の知れるまで、追いつづけたにちがいない。だが、目下のところは、追われる身だ。歯のない下駄の音やかましく、〈市制記念祭祝賀セール〉という提灯が、軒ごとにぶらさがっている商店街を、羊羹いろの羽織に風はらませて、走りぬける。広場の反対がわへでる階段を、いっさんに駈けあがった。足のむいたほうへ、逃げるあとから、

「野郎、待ちゃあがれ」

「ヘイ・ストップ！」

熊田と片桐は、執念ぶかく追いかけてくる。近藤は、地理に暗いだけ分がわるい。そのかわり、機転のよさでは、分があった。目ぬき通りで、とっつきに目だつのは、ぐんとモダンな七階建て、証券会社のビルがある。〈七階のレストランと喫茶室は、営業しております〉という看板をみて、玄関へとびこむと、ちょうど一階におりていた自動式エレベーターのなかへ、手をのばした。七階のボタンをおして、反対がわのトイレットへ走りこむ。しゅうっと、メタルドアのしまる音。それにつづいて、熊田と片桐の声が聞えた。

「エレベーターに、のりゃがったぞ」

「よし、階段だ。ハリアップ！」

靴音が、二階へ消える。近藤は、トイレットから、とびだした。往来へでると、小路をはさんで、となりが寿楽デパートだ。横の入り口から、一階を通りぬけて、反対がわへでたところが、たいそう賑やかだ。と思ったら、〈寿楽通り〉というアーチが、頭上をまたいでいる。駅前の大通りをはさんで、国道一号線とほぼ平行に、東へのびるこの寿楽通り、西へのびる汐町通りのふたすじが、巴川市を代表する繁華街なのだ。

すじむかいに、間口のひろい映画館がある。パチンコ屋と劇場が、かならず道路からひっこんで、駐車場をもうけているのは、このへんの都市の特徴だ。もちろん、自動車のためのものではない。その映画館のまえにも、オートバイを少数まじえて、新旧の自転車が、見ただけで腿がつかれるくらい、ならんでいる。近藤は見なくとも、腿がつかれていた。ひとやすみする気になってちかづくと、《ジュラク座ミュージックホール》という、小さなヌード写真をたくさん組みあわせて、文字にしあげた大看板が、わきの階段の上にかかっている。せまい階段をあがると、〈場内禁煙〉と壁に大書してありながら、入場券売り場は、タバコの売店をかねていた。近藤は、二百三十円とひきかえに、入場券一枚とピースひと函をうけとって、正面のカーテンを、顔でおしのけた。とたんに、めがねがひっかかる。鼻のところを、いいかげんに補修したセロファンテープが、はがれかかった。

タバコのけむりで、霞のかかった場内には、レコードの針音と、ラテンミュージックが鳴りひびいている。右手のステージぎわに、中二階のバンドボックスがあって、椅子が三つあるけれど、バンドマンは、クラリネットを膝にのせたのがひとりきり、競輪の新聞かなんかに顔をすりよせている。こういう一座のレコードで踊るストリッパーは、全裸になるのはむろんのこと、その上の大サービスをするのが、常識だ。バンドマンがひっこむと、馴れたお客はすわりなおす。げんに、ステージの六頭身女性が、お尻のやけに発育したからだへくっつけているのは、左手の肘まである赤い手袋だけ。その指さきに、右手からぬいだ手袋をつまんで、マンホールに蓋がないから、歩行者は注意、という標識がわりにふりながら、紳士の正視にたえないようなポーズをとっている。もちろん、近藤は正視しながら、めがねをふところにしまった。階段状の通路を、くだると、かぶりつきの右はし、バンドボックスの下に、空席をひとつ見つけた。

やれやれ、と腰をおろして、ピースに火をつけると、とたんに上から手がのびた。タバコが、近藤のくちびるをはなれる。ぎょっとして顔をあげると、目の前に片膝ついて、踊り子が片目をつぶった。右手でタバコを口にあてながら、左手ではほかの客の視線をさえぎって、近藤にだけ、オートドアの開閉運動を、見学させているのだ。たちまち、左後方から声がかかった。

「こっちにも見せろ、けち！」

「待ってなよ。いま見せてやるから」

と、うるさそうに答えて、女は、べっとり紅のついたピースを、近藤にかえした。こんどは、となりにいた学生ふうの客の顔へ、手をのばす。

「曇ってちゃ、見えないよ。みがいてあげるね」

と、男のめがねをとりあげると、立ちあがった。にやにや客席を見まわしながら、脂肪のついた下腹の皮膚を、左手でたくしあげる。地すべりで逆立った黒い芝生に、右手のめがねをこすりつける。客席が笑いくずれたとたん、踊り子は、馬鹿にしたような笑いをひっこめて、目をまるくした。学生ふうの客が、めがねをもうひとつポケットからだして、平然とかけたからだ。

「負けた」

と、女はいさぎよくいって、めがねをさしだす。

近藤は、

「あっぱれな客が、いたもんだ。巴川のやつら、あんがい、油断ができないぞ」

と、思った。そのとき、レコードがおわって、ライトも消えた。頭上のバンドボックスから、トランペットがひびきわたる。赤い照明がついて、腰まで裂けた中国服の女が、羽扇をゆらしながら、あらわれた。足の長いのはけっこうだが、顔までが長すぎる。近藤は、興味をうしなって、ふところから、めがねとスコッチテープをとりだすと、応急修理のやりなおしをはじめた。おわって、一服しようと袂へ入れた手に、細長いものがさわる。酒井市長にもらったスークレットのポリエチレン・チューブだ。直径が二十五*mm*、長さが八十五*mm*ほどある。その蠟(ろう)いろの円筒に、ふと思いついて、ピースの函の薄紙をぬきとると、ちょっとした加工を、ほどこした。

それをしあげて、顔をあげると、中国服も羽扇も、とうに見あたらない。中身もいまや、袖へひっこむところだった。かわりあいまして、ザラメでごまかした安いケーキみたいに、スパンコールをきらつかせながら、不恰好なセミヌードの女が、奇術用のテーブルを持ちだしてきた。奇術師が、男ならばタキシード、女ならばイヴニングドレスかなんかで登場するのは、客への敬意のためばかりではない。からだにネタをしこむためだ。鳩を十羽ぐらい、タキシードの内がわに、ひそめておくこともある。だが、両手、両足、臍まで見えるセミヌードでは、隠匿する場所がない。これで、石田天海案の〈ミリオン・カード〉や〈ミリオン・シガレット〉、トランプやタバコを、空中からぞくぞくとりだす奇術でも、助手なしでやるとしたら、たいした努力だ。日本のショーマンが、自分だけの専売芸をつくろうとしないことに――そういう苦心を、尊敬しない使うがわ、見るがわにも、罪があるのは承知の上で――つねづね、不満をいだいている近藤は、大なる期待をもって、ステージを見つめた。

だが、テーブルをセットすると、セミヌードは、にっこり笑って、ふりばえしないお尻をふりふり、わきへさがった。左の袖をゆびさすと、出てきたのは、物干竿を削ってつくった爪楊枝みたいな老人だ。いちおう、タキシードをきているものの、近藤の羽織と兄たりがたく、弟たりがたい色あいで、耐久力となると、これは弟たるものにちがいない。綻ばさないようにきるには、しんどい思いをすることだろう。タキシードでなくて、タキシンドだ。そのせいか、つるっ禿のあたまを、ちょいと傾けただけで、まずは小手しらべ、竹のステッキをつかいはじめた。靴のさきに、石づきを立てて、蹴りあげる。宙で一回転させて、握りを手のひらに立てようとするのだけれど、うまくいかない。二度めもだめ。三度めにはあきらめて、〈シカゴの四つ玉〉を見せにかかった。

小さなボールを、指のあいだで、ふやしていくハンドマジック——手さきの芸だ。一九〇三年に、五十八歳で死んだフランスのジョセフ・ボーティエ、芸名をボーティエ・ド・コルタという、大物では〈貴婦人消失〉〈飛ぶ鳥籠〉などを創作したひとが、考えたものだけれど、いまではデパートへいっても、道具を売っている。赤い木製のボール四つと、金属製の空洞で半球形の赤いキャップひとつを、うまく組みあわせて、ふえていくように見せるわけだ。プロのマジシャンは、すこし大型で、よく光るプラスティック製をつかう。ときには、四色に色わけしたものを——ネタが知れていても、色ちがいの大きいやつとなると、しろうとの手には、おえないからだ。イギリスにおけるモダンマジックの父、といわれるマスキリンは、ふれあう音の効果から、プロは象牙製をつかうべきだ、と教えているが、それに従っているものはないようだ。もちろん、タキシンドの老人が、ポケットからとりだしたのは、光沢のうせた木製の古ぼけたやつだった。

だが、これも、ふたつから三つにふやすときに、落してしまった。しかけのないボールだから、よかったものの、つぎには三つをふたつに減らすとき、キャップをかぶせそこなって、はじきとばした。最初はギャグかと思ったが、そうではない。よく見ると、指さきがふるえている。よる年波に、手がいうことをきかないらしい。それでも、むきになって、やりなおし、やりなおす老人を、近藤は涙ぐましく見まもっていると、わきの通路に、ひとのちかづく気配がした。

「こんなへたくそなの、見ちゃいられねえや。出ねえか、大将」

小声といっしょに、肩をたたかれて、近藤は顔をあげた。あやうく、とびあがるところだった。ときには男も、女以上に執念ぶかい。前かがみになって、声をかけたのは、熊田なのだ。うしろに、片桐も立っている。

c

「外へでようよ。ここじゃあ、高尚(こうしょう)なはなしなんぞ、できやしねえ」

熊田は小声でつづけると、近藤の肩を、ぎゅっとつかんだ。片桐は、黒い帽子のつばをさげて、どうやら場内を見まわしているらしい。右手をナポレオンもどきに、上衣の下へ入れているのは、GIコルトを、にぎりしめているのだろう。

近藤は、落着きをとりもどして、ひくく答えた。

「よくここが、わかったね。最新式のレーダーでも、持ってるのかい、あんたがた？」

「ふん、あんなイージートリックにゃ、ごまかされねえ。耳が四つそろってりゃ、下駄の音ぐらい聞えるさ」

と、顔つきだして、片桐がいう。

「でも、その意味に気づいたのは、だいぶ上へいってからだろう？　ここまで、ずいぶん時間がかかってる。まさか一軒一軒、このへんを強面に聞いてあるいたんじゃあ、あるまいね」

「すぐわかったさ。下の映画のテケツの子が、おめえのあがってくるのを、見てたんだ」

「色男は損するな。どこへいっても、女性に顔をおぼえられる」

「つらじゃねえや。恰好だい。さあ、早く立たねえか」

と、せきたてる熊田に、近藤は顎をステージにしゃくってみせて、

「もうすこし、待ってくれよ。あたしゃあ、手妻が大好きでね」

「おれたちについてくりゃ、もっとおもしろい芸を、見せてやるよ。こんなへたなんじゃ、ねえやつをな」

「そういう失礼なこと、いっちゃいけない。このひとだって、昔ゃあ、うまかったんだぜ、きっと。アシスタントの女の子を、見てごらんよ。はらはらして、いても立ってもいられないようなあの顔を。ありゃあ、じいさんの娘か、いや、孫かな？　涙ぐましいじゃないか。芸道のきびしさ、旅路の果てのあわれさに、身につまされて、あたしゃあ、とても立てないね」

「立てなきゃあ、立たしてやるぜ」

と、片桐が帽子をぬいだ。上衣の下から、右手をぬく。全長が二十一・八cmある拳銃を、つばびろ帽でカバーして、羽織の肩にあてがった。けれど、近藤はのんびり、ステージをあおいだまま、

「いらいらしても、いらない騒ぎを招くだけだよ。あんた流にいおうなら、タッチイになると、やることがミミッチクなって、ケチがつく。さっきの演説から察するに、あんたがたの縄張(しま)じゃないんだろ、ここは？　花火をあげて、興行(しばや)をめちゃにしても、いいのかい？　まあ、帽子をかぶんなよ。おでこにライトが反射して、タレントのじゃまになるぜ」

そのタレントは、タキシンドの袖を、慎重にまくりあげて、懸命に〈サム・タイ〉をやっている。ジュゼッペ・ピネッティという、百六十三年もまえに死んだイタリア人が考えたものだから、完全なクラシックだ。Xなりに重ねて、紐(ひも)でむすんだ左右の親指を、柱や棒のむこうがわに、通過させてみせるので、〈柱ぬき〉とも呼ばれている。いきおいよく、両手をつきだしながら、片っぽうの親指を、柱のてまえで紐からぬいて、柱のむこうでまた紐へ入れるだけの芸だ。後見役のセミヌードが、竹のステッキの上下をにぎって、ささげている。客からよく見えるほうの手を、上にしているところから勘ぐると、胸あてのゆるんでいるのも、腋毛(わきげ)を剃(そ)っていないのも、なんとか術者の手もとから、注意をそらそうという、可憐(かれん)な計算なのかもしれない。そのおかげか、まばらな拍手が、はじめて起ると、老人はにこにこ顔で、

「指をしばったのも助手、ステッキを持ってるのも助手、これじゃ、怪しいと思われても、しかたがない。こんどはひとつ、お客さんにここへあがってもらって、縛りなおしてもらいましょう」

と、入れ歯をがくがくさせて、客席を見まわした。しめたとばかり、近藤が立ちあがる。

「よしきた。おれがやる」

熊田の手をふりはらって、ステージへとびあがった。まずテーブルへちかづいて、

「紐はどこにあるんだい？　ああ、いま縛ってるやつで、縛りなおすのか。じいさん、覚悟しろよ。バッチリ縛りあげちまうから」

「いいとも。存分にやってくれ」

胸をそらして、両手をだした老人は、一瞬、みょうな顔をした。結びめは、さっきより厳重そうに見えながら、らくに指がぬけて、しかも、形のくずれない縛りかたを、近藤がしたからだ。

「これなら、ぜったいだ。ええっと、こいつは、こう持てばいいんだな？」

セミヌードから、手垢（てあか）びかりのしたステッキをうけとって、近藤が縦にかまえる。ワン・ツー・スリー、と声かけて、老人が両手をつきだす。そのとたん、ステッキの上下をささえた近藤の手に、五枚ずつのトランプが、扇になってあらわれた。あっけにとられた老人に、ステッキを抱かせて、近藤は右手を宙にふった。その指さきに、あとからあとから、わきだすカード！　客席は、拍手にわいた。けれど、テーブルの上には、ひと組のカードしかなかったから、そう長つづきはしない。

ステージに、四十八枚のカードを、散乱させおわると、近藤はかがみこんだ。一枚ひろって、茫然（ぼうぜん）と立つセミヌードの顔へ、ひょいっと投げる。そいつが、ぴったん、ひたいに貼りついた。と思うと、一枚だったはずが、すだれを落したように三枚にふえて、しかも、ひと

つながりに垂れさがったから、客席はまた拍手にゆれた。床からひろったのは、ただの一枚だが、投げたのはべつの三枚、セロファンテープでつないで、重ねたやつだ。はみださせて、折りかえしたテープのはしが、顔にくっついただけのことだが、カード投げに自信はあっても、こんなにうまくいくとは思わなかったから、いちばんおどろいたのは、近藤だった。大げさに一礼すると、身をひるがえして、袖へとびこむ。

タキシンドが、〈サム・タイ〉をはじめたときから、

「いずれ、客を呼びあげるだろう。そうしたら、あがっていって——あのテーブルの上に、カードがあるな。あれを活用して、おれもマジシャンだ、と客には思わせる。あっといわしといて、楽屋から逃げりゃ、ふたりとも追いかけてはこられまい。といったって、なんの用意もなし。できるのは、〈ミリオン・カード〉のまねごとぐらいだが……そうだ。しまいにカードを三、四枚、女の顔にぶらさげてやろう」

と、ふところ手で、スコッチテープを切って、用意をしておいた計画が、図にあたったのだ。せまい舞台うらを、駈けぬける。すぐ、階段があった。あがるのと、おりるのと、二本ある。おりるほうを、近藤がおりていこうとすると、あがるほうを、おりてくる踊り子があった。衣裳の上のほうは、ブラジァだけだが、下のほうがたいへんで、孔雀みたいにすそをひいている。うさんくさそうな目つきで、こっちを見ながら、おりてきた。近藤は、待っていて、笑いかけながら、むきだしの肩をたたくと、

「ははあ、この上が楽屋なのか。さっきのきみの踊り、よかったねえ。ぼくといっしょにき

てた日劇ミュージックのひとが、感心してたよ。あとで話してみたい、なんていってたぜ。ええっと、ここから出られるね？」

口からでまかせで、相手をまるめこむにも、コツがある。常識的な意味での重要らしさは、むしろ省略して、ごく些細なことを、さも重要そうに持ちだすのだ。

「ああ、念のために教えておくけど、そのひと、サシミがきらいなんだ、魚の。ことばを聞いただけでも、蕁麻疹がでるんだとさ。だから、ぜったいに、サシミっていっちゃ、いけないぜ。もういいから、いきたまえ。うまく、やれよ。さよなら」

踊り子は、半信半疑でうなずいて、ステージへむかった。とたんに、近藤は足をひっぱられた。知らないうちに、孔雀の尾羽を踏んでいたのだ。ずりおちた衣裳に、膝をすくわれた踊り子も、ピンクのパンティのお尻をはねあげて、つんのめったが、近藤のほうは、尻もちをついた。うしろは、階段だ。それを、近藤は背中でおりた。足でおりるより、早かった。後頭部は、打たないですんだが、腰を打ったらしい。起きあがれなくて、目を白黒させてると、

「へんなひとだ、とは思ったが、階段のおりかたまで、かわってるな」

と、頭上で声がした。鼻にかかった細い声には、聞きおぼえがある。近藤は、首をねじまげた。まず、キルク張りの草履がみえた。お納戸いろに染めた鹿皮の、華車な鼻緒がすわっている。その上が五枚コハゼの白たびで、といっても、近藤のとはちがう、文字どおりのやつだ。蜘蛛の糸を吹きつけたような縞のある、お納戸いろのごりごりした袷は、ウールらし

いが、安ものではないだろう。帯は金の一本独鈷の入った、なめし皮みたいな鉄いろ博多、とここまでは渋いが、短かめの羽織は、ぐっと派手なアズキいろだ。しかも、なんのつもりか、赤穂浪士の討入り衣裳さながらに、〈和服は汐町通りともゑ屋〉と書いた布が、襟と袖にぬいつけてある。その羽織のいろと、右の手首に巻きつけた金ピカめっきの自転車チェーンが、たちまち、近藤に思いださせた。

「なんだ、けさの運転手氏か。にやにやしてないで、起してくれよ」

「自分の足で、起きたらいいだろう。ぼくたちだって、車津の砂丘から、てくてく歩いたんだ。足が太くなったら、怨むよ」

と、男は赤いくちびるをゆがめた。縦二十*cm*、横三十*cm*ほどの革ケースを、胸にかかえている。新派の花柳章太郎が、銀座の袋物屋にこしらえさせたのが最初、とかいう男性用ハンドバッグだ。袷のいろと羽織のいろをつかって、よろけ縞を、臈纈染めにしてあるが、ものは山羊皮らしい。

「けさとちがって、ぐっといきな拵えだな。きょうは、公休日かい?」

といいながら、近藤は壁をたよりに、立ちあがって、

「まさか、おれのおかげで、お払い箱になったんじゃあるまいね。だったら、気の毒だが」

「そう思ったら、おとなしく、いっしょにきてくれ。なにしろ、臨時やといだからね。あんたを逃がすと、こんどこそ馘だそうだ」

「しかし、こっちにだって、都合ってものがある」

「万障くりあわして、きていただくよ」

男は、ハンドバッグに、右手を入れた。その手は、自動式の拳銃をにぎって、すんなり出てきた。銃身が、毒へびの肌（はだ）のように、青黒く光っている。先端にくっつけてあるのは、一見、竹輪（ちくわ）の黒焼きみたいだが、もっとくえないしろものだ。クーラー、ハッシ、ハッシェム、スピークイージー、あだ名はさまざまだが、ふつうにいえば、サイレンサー、消音装置なのだ。

d

サイレンサーは、重くて、ぶざまで、どのポケットにひそめても、かさばりやすい。急ぎのときには、銃身へはめこむ手間も、もどかしい。といって、つけたままでは、ベルトやポケットの裏地に、ひっかかりやすい。おまけに、銃の性能もそこなう不愉快さは、ゴム製品とおんなじだ、といった殺し屋があるそうな。

けれど、楽屋口をでたところは、幅二*m*のせまい露地で、右手はすぐ行きどまり。男は、露地口を背に、立っている。命中率がわるくなっても、痛痒（つうよう）を感じるほどではないのだろう。小屋の壁はモルタルで、むかいはコンクリートの塀だから、むしろ、音のしない有利さを、発揮するにちがいない。近藤は、ふるえだす足を踏みこらえると、男の手を見つめながら、深呼吸をひとつして、

「こりゃあ、けっこうなお道具だ。しかも、むこう疵のあにさんご愛用、でこでこのGIコ

ルトとちがって、スマートだねえ。イタリア舶来、ベレッタ・ジャガーとにらんだが、間ちがってたら、ごめんなさいよ。まだ本物を、見たことないんで」

「目は、たしかだ。しかし、ご婦人むきなんて、悪口いわれる小口径のやつじゃないよ。ジャーマン・ルガーP08とおなじ、九*mm*口径でね」

男は、きれいな目もとで、笑った。白く透きとおるような皮膚に、目鼻だちがととのいすぎて、おまけに、くちびるの赤すぎるのが、かえって凄い。歌舞伎の女形（おやま）めいた物腰だが、ベレッタをかまえた右手は、しっかりしている。女ならグラマーだが、こいつは男だから、オヤマーだろう。そんなことを、考えるだけの落着きが、近藤にはもどってきていた。

「なるほど、なるほど。ほっそりした撫で肩に、姿かたちはやさしいが、いざともなればリアル・ストッパー、ほんとうに人間を、動けなくしちまうってやつだね。あんたの柄（がら）に、ぴったりだ。その銃身は、六インチじゃないな。四インチ・バレルの全長六インチ¼、約十六*cm*か。われわれには、手ごろだねえ。ただ、そのサイレンサーは、目ざわりだぜ。その羽織の襟と、おなじようにね」

「ああ、これか」

と、オヤマーは、ハンドバッグを持った左手で、襟をおさえて、

「これは、CMさ。ぼくらフリーのガンマンは、資本（もとで）いらずに見えてもね。弾代（たまだい）だって、どうして、馬鹿にならない。内職も、必要なのさ。ところで、下駄やお草履のご用は、駅前のみのり屋へ、どうぞ」

「スポンサーは、一軒だけじゃないのか。きみはコマタレとしても、売れっ子らしいな」

「五分おきに、CMをしゃべらないと、ぼくの草履が、無料にならないんだ。このサイレンサーだって、特別あつらえで、金がかかってるんだよ。こいつがないと、見物人があつまってくるだろう？　本職に関しては、ぼく、神経質でしてね」

「ごもっとも。ガンの選びかたといい、お召しものの選びかたといい、そうにちがいない、と思ってたんだ。その鼠がかった藍いろのきもの——お納戸いろってのかな。日本語は、むつかしいねえ。それと、銃身のいろが、実によくマッチしてるよ。やっぱりガンブルーにかぎるな、拳銃のいろは。不気味な光りが、たまらないね」

「ミッチェル社のガンブルーで、しょっちゅう、磨いてるよ」

「ああ、《ガンガード・ガンブルー》か。どんないろの銃身でも、塗ればたちまちガンブルーに染まり、もとからガンブルーのものに塗れば、汚れがおちて色つやを増す、というやつね。しかし、弾が……そうか、ルガーの九mm弾を、流用してるんだな、あいつなら、だいぶ出まわってるから。たしか、八連発だろ？　その点は、GIコルトとおんなじだな。でも、たいへん軽いそうじゃないの？」

と、近藤は手をだした。銃口を見すえながら、ここまで持ってくる辛抱は、ひと通りではない。だが、オヤマーは無言のまま、ふた足ばかりあとへさがって、にっと笑った。近藤は舌うちすると、

「わかったよ。自分の運転する車でないと、安心できないんだな。他人の口ぐるまにのるほ

ど、甘かないだろうと、思ってた。だから、気にするな。あきらめて、標的になってやるよ。ナニワブシ的だが、泣いてくれる親もなければ、女もいねえ。山のからすが鳴くばかり、山のからすもただ鳴くものか、墓のダンゴが食いたさにってやつだ。こいつは、伊藤大輔作詞の《沓掛時次郎の唄》だけど——いや、関の弥太っぺか、それとも、丹下左膳の唄だったかな？　まあ、いいや。きみは若いらしいから、盗作よばわりするほど、知っちゃあいめえ。ざまあみやがれ」

と、もうやけくそだ。モルタルの壁がでっぱって、露地を行きどまりにしているところへ立ちはだかると、大手をひろげた。もちろん、こう居直ったら、相手も困るだろう、という計算はある。けれど、オヤマーは無造作に、ベレッタ・ジャガー九*mm*をあげた。

「下駄とお草履のご用は、駅前のみのり屋へ、どうぞ」

サイレンサーに抑しつぶされた銃声は、いちど聞いたら、わすれられない。すだっすだっ、と四発つづいた一発めで、近藤は目をとじた。耳もとで、モルタル壁が、悲鳴をあげる。無煙火薬のにおいが、鼻をついた。

目をあけながら、背中を壁からはがしてふりかえると、左右の耳があったちょいと上、左右の肩があったちょいと上に、それぞれ、小穴があいている。

ぞっとして、近藤は、首すじをなでた。冷汗をかいた皮膚に、モルタルの屑がこびりついているだけで、かすり傷もない。あわてて、裾まえを見たが、濡れてはいない。失禁の不めんぼくは、まぬがれたようだ。それだけの度胸は、のこっていたんだ、と思うと、がぜん近

藤は自信をとりもどして、

「お手なみは、わかったよ。本番、ねがおうじゃないか。まだ四発あるんだろ？　けちけちしないで、ぜんぶ叩(たた)っこんでくれ」

と、近藤が顔をあげる。だが、オヤマーは、みょうなぐあいに目をそらした。赤いくちびるをつぼめて、サイレンサーのさきを、ひと吹きすると、

「気前はわるくないつもりだが、重いものをかついであるくのは、きらいでね」

といいながら、ハンドバッグに、ベレッタをしまう。いまだ、とばかり、近藤は腰をおとした。白たびめがけて、抱きつこうとしたとたん、相手の右手首から、金めっきの自転車チェーンが、しゃらしゃらっとのびた。

「ぼく、商売はもっぱら、こいつですることにしてるんだよ。眺めたり、磨いたりしてるぶんには、ガンも楽しいけどさ。仕事につかうと、相手がたちまち、動かなくなっちまうから」

と、おっとりした口調でいいながら、オヤマーは、六十cmばかりにのびた金色のチェーンを、びゅうん！　とふりまわして、

「そんなの、つまらないよね」

「つまらないのは、こっちだ。自分の足であるいてくから、どこにでも案内してくれ」

と、近藤がいったとき、露地口から、片桐と熊田が入ってきた。

「やっぱり、お前を呼んで、ここを張らせといたおれのアイディア、あたったな」

帽子をぬいで、広漠たるひたいをハンカチでふきふき、片桐は得意げだ。オヤマーは、チェーンを手首に、巻きつけながら、

「下駄とお草履のご用は、駅前のみのり屋へ、どうぞ。小屋のなかから、ここまでくるのに、ずいぶん時間がかかりましたね」

「おい、おい、気になるいいかたじゃねえか。おめえがよ、やりそくなったときの用心に、おれたちゃ、露地口の左右をよ、かためてたんだぞ。なあ、兄き」

熊田が口をとがらすと、片桐はうなずいて、つばびろ帽をかぶった。

「そうとも。お前の腕がPRどおりかどうかも、見ときたかったからな。さあ、バイ・ザ・ウェイ、こいつ、どうしてつれていこう？　まさか、縛ってあるくわけにもいかねえし……といって、通りへ出てから、あばれられちゃあ、めんどうだ」

相談をかけられたオヤマーは、首をかしげて、皮肉な微笑をかえしただけだ。どうやら、ふたりの仲間とは、しっくりいっていないらしい。

近藤は、あいだへ顔をだして、

「心配するな。降参した以上、おとなしくついてくよ。きみたちのボスと、話をしてみたくなったんだ」

と、いいながら、袂をさぐった。片桐は顔いろかえて、GIコルトをぬこうとしたが、どこかをベルトにひっかけたらしい。ズボンのループが、ひとつちぎれた。

「あわてると、暴発するぜ。タバコをだすだけだ。ついでに、熊さんから借りた刃物を、お

かえしするよ」

と、近藤はピースの函といっしょに、あいくちも抜きだした。すすんで、武装解除をしたのは、スークレットの筒を思いだして、身体検査を逃げたのだ。タバコをくわえると、すぐに白い手がのびて、椿（つばき）の葉みたいなかたちのガスライターを、かるく鳴らした。近藤が、最初のけむりを吐きだしてから、

「ありがとう。これは、コマーシャル・メッセージなしだね。フランスのフラミネールか。しゃれたやつを持ってるが、そいつ、ご婦人用じゃないかな？　それに、たしか円盤がたのカートリッジが、お腹に入っている。ガスがなくなったら、まるごと取りかえる式だろう？ところが、交換用のカートリッジてのは、あたりはずれが多くてねえ。なかなかガスがでなかったり、やけを起してネジをゆるめると、一気に噴きだしたり……ことに舶来ものは、積みだすときは合格品でも、日本へつくまでに不良品になってたりするから、注入式のほうが無難ですよ。まあ、そいつはそんなこと、ないんだろうけどさ。ただ、ちょいと、ご参考までに」

というと、オヤマーは、はにかんだように、肩をすくめた。近藤は、ぞっとした、さっき四発うたれたあとを、眺めたときとはちがった意味で。

e

寿楽通りから、駅へむかう大通りをつっきって、汐町通りのなかほどを左に折れると、割（かつ）

烹旅館や、芸妓組合の看板をかけた家がならんでいる。それにまじって一軒だけ、二階は近所とつりあった日本ふうだが、一階はコンクリートで場ちがいに壁をかためて、頑丈な鉄のシャッターを半分おろした家がある。半分のこったガラス戸には、《渋田産業》と大きな金文字が、浮いていた。

その戸をあけると、いなかの役場めいたカウンターのむこうに、不ぞろいな机が四つならべてある。けれど、人間はひとりだけ、鳩いろの上っぱりをきた小娘が、鳩みたいな胸をはずませて、白土三平の忍者漫画に、読みふけっていた。

「さあ、あがるんだ。下駄をぬいで」

片桐が、左手の階段へ、顎をしゃくる。やにっこいカウンターや机とちがって、木口のりっぱな、よく拭きこんだ段梯子だ。そこへ、汚れた白たびのあとをしるしながら、近藤は片桐をふりかえって、

「下足札は、くれないのか？」

「ふざけるな。社長が上で、お待ちかねだ」

二階には、道路をみおろす四尺の廊下があって、右がわは腰までが二重の縦格子窓、その上にガラス窓がしまっている。雨戸も上だけで、この下窓、いわゆる夢想櫺子の、内がわを片よせれば、穴がふさがるこしらえや、板の厚さからみると、一朝ことあるときには、銃眼の役目もするらしい。それといい、コンクリートの壁といい、鉄のシャッターといい、ここはまさしく、やくざの本拠だ。反対がわには、大阪猫間の障子が、猫間の部分の小障子もお

ろしてしまっている。片桐がそれをあけて、

「社長、つれてきました」

十畳の日本間に絨緞(じゅうたん)を敷いて、大きなスティールデスクがおいてある。床の間にすえた大金庫を背に、縮みのシャツの腕まくり、朱ぼかしの入れ墨(ずみ)をちらつかせながら、デスクにかがみこんでいたのは、あたまを角刈(かくが)りにした大男だ。蜂(はち)にさされた金太郎(きんたろう)みたいな顔をあげると、

「早く入って、そこをしめろ。おれの道楽に、隙間風(すきまかぜ)は禁物だ。それに、お客人が寝てるとこだしよ。秋元(あきもと)は、どうした?」

がらがら声を、ひくくして聞いた。ひと足おくれて、あがってきた熊田が、

「へい、下で手を洗ってます。ハジキをつかったあとは、におってしょうがねえそうで」

と、返事したところをみると、あのオヤマー、秋元という苗字らしい。近藤は片桐のあとから、十畳間へ入ると、角刈りあたまを見おろして、

「ああ、ありがたの世のなかや。床屋の親方、先生となり、やくざの親方、社長になる、というとこですな。はじめまして」

スティールデスクの表面には、彫刻刀や、歯科金工用の曲り鋏(ばさみ)や、ピンセットや、洗濯(せんたく)ばさみや、輪ゴムの箱や、モノグラム社のプラスティキット・セメントのチューブや、スティロール樹脂のくずがちらばって、第一次大戦にイギリスがつかった複葉戦闘機、ブリストルF28のプラモデルが、できかかっていた。道楽というのは、これだろう。床わきの棚をみる

と、一九〇三年にアメリカはノースカロライナ州キティホークで、はじめて飛んだライト兄弟機をはじめ、一九一九年に初の大西洋横断をした複葉のヴィカーズ機、一九二七年にニューヨーク＝パリ間無着陸飛行をなしとげたリンドバーグのライアン単葉機、そのほかイギリスのソッピーズ・キャメル複葉戦闘機、おなじくイギリスのハンドリ・ペイジ複葉爆撃機、ドイツのアルバトロスD3複葉戦闘機、アメリカの複葉ボーイングF4B艦上戦闘機、わが三葉の10式艦上雷撃機、といった雲上の故人たちが、みごとに彩色されてならんでいる。

「どうも、ここがよくわからねえ。あとでいいから、読んでみてくれ」

英文の説明書とコンサイス英和辞典を、片桐に手わたすと、蜂にさされた金太郎は、未完成のブリストルF28を、金庫の上に丁重にのせてから、近藤にむきなおった。

「おれが、渋田大蔵だ。客人、ことばに気をつけたほうがいいぜ。この市にゃ、やくざなんてものは、いないんだからな。冗談のつもりだろうが、うちの社員にゃ、その、なによ――感受性のつよいのも、いるんだよ」

「それこそ、冗談じゃないですな。野師か、博奕打かは、とにかくだ。やくざのいない町があったら首をやる、なんて野蛮なことはいわないがね。あちらふうに、そのむこう疵のあんちゃんの帽子を、ばりばり喰って、お目にかけますぜ」

近藤が鼻のさきで笑ってみせると、渋田大蔵は、デスクの引きだしから、スリーキャッスルの鑵をだして、

「そんな大見得きるのは、警察へいって聞いてからにしたほうが、いいんじゃあねえかな。

ここの盛り場にゃ、パチンコの景品買いも立っていねえし、若いのが小づかい、たかられたってな訴えもねえんだぜ。バーの女の子をくどいたって、亭主に殴られることはあってもよ、ヒモにおとしまえをとられる、なんて心配は、ぜんぜんねえんだよ。まあ、旅行者の天国さ」

と、くわえたタバコに、モダーン・ガスライターの火をつけて、得意のけむりを吹きかけてきた。それを、近藤は手ではらって、

「そんなこと、やくざがいない根拠にゃならないよ。チンピラどもが、けちな稼ぎをしないってことは、すなわち、親分がしっかりしてるってことだろう。親分がしっかりしてるってことは、すなわち、がっぽり稼いでいるってことじゃないか。景品買いは、立ってないかもしれないさ。そのかわり、福祉なんとか会の事務所なんてのが、そこらにあって、差額を寄附するって名目で、タバコを買ってくれる、といったぐあいじゃないのかね？　つまり、やばい商売しなくても、景気は上上、やくざの天国ここにあり。渋田親分ににこ顔で、プラモの飛行機つくってござる、というわけさ。それも、クラシックとは、けっこうなご趣味で——皮肉じゃないぜ。しかし、フランスのがないようだね。なんとかいったよ、ラピア……かな。単発の複葉で、シックなのがあるんだけど、ありゃあ、プラモになってないのかしら」

「こんど探してみよう——だがな。飛行機の話をするために、お前さんにきてもらったんじゃねえ。おい、熊！」

渋田が、腫れぼったい目蓋の下で、ぎろり目玉を動かすと、うしろで熊田の声がした。

「へい、用意はできてます」

ふりかえる近藤の肩へ、いきなりなにかが、かぶさった。茶いろい大風呂敷だ。片桐が、GIコルトをつきつける。熊田の手が、近藤のめがねにのびた。

「おい、待ってくれ。こいつ、こわれかけてるんだ。お気にめさないなら、自分でとるよ」

「ドゥ・イット。だが、へんなトリックつかやがったら、横っ腹にトンネルができるぜ」

と、片桐がすごむ。近藤がめがねをとると、その顔へ熊田が黒い布を、片目ふさいで斜めに巻いた。

「どうです、これで？　さあ、社長のほうへむくんだ」

と、肩をおされて、大風呂敷をからだに巻かれた近藤が、できそこないのミイラよろしくむきなおってみると、渋田は片手に、写真を一枚つかんでいる。縮みのシャツとニッカーボッカーのあいだに、毛糸の腹巻をのぞかせて、デスクのむこうに立ったところは、鳥打ち帽と太い桜のステッキのないのが、画竜点睛を欠くけれど、まさに昭和初期、暴力団の団長、といった図だ。

「わからねえな。似てるようでもあり、似てないようでもあり……てめえたち、どう思う？」

近藤の顔と自分の手もとを、なんどもなんども見くらべてから、渋田は首をかしげると、写真をデスクのはしへ投げだした。近藤は右の目だけで、それを見て、

「ああ、これ……」

と、思わず口走った。はじが、ぎざぎざの三角になったポラロイド写真は、けさがた市長邸で見たばかり。もちろんポーズはすこしちがうが、中国服に松葉杖、あみだのソフトに黒い眼帯――それは、そっくりそのままの悪意銀行総裁、土方利夫のポートレートなのだ。

第五章
迷惑せんばんなる人ちがいにはじまり
サディストむきの死体展示会にいたる

a

「ノー・ダウトですな。ぜったいですよ、社長。ちょっぴり、実物の顔のほうが、長いようですがね。この写真じゃあ、役者のつかうスポンジを、頬っぺたに入れてたんだな、きっと」

指さきで写真をたたいて、片桐がいう。熊田もわきから、うなずいた。

「あたしも、おなじ人間だ、と思いますね、社長。いまこいつ、なにか口走りゃがったでしょうが。それが、なによりの証拠でさあ。自分の写真が、こんなとこにあるんで、たまげたんですよ」

「ふん、そうかもしれねえな」

と、渋田が腕をくむ。近藤は、左の目をおおった黒い鉢巻を、おでこにおしあげて、

「それじゃ、なにかい？　枕経(まくらぎょう)をたのまれた法界坊(ほうかいぼう)みたいなこの恰好は、その写真とくらべるためにさせたのか？　しかも、それがぼくの変装、間ちがいなし、ときめちまうとは、あきれた県の大こまり市だぜ。だいいち、その写真の男、なんだと思ってるんだい、きみたちは？」

「きまってらあ。塙先生をねらって、東京からやとわれてきた殺し屋——つまり、お前さんのことだがね」

と、近藤の鼻へ指をつきつけて、熊田がいう。

「それが、おかしいんだ、だいたい。こちらさんご一党は、塙先生なるものと、特殊関係があるらしい。だから、先生あやふし、と躍起になるのは、わかりますがね。かっとなりすぎて、道理がわからなくなってんじゃないのかな。おれは、きょう半日、聞いてあるいただけだから、信憑性(しんぴょうせい)はないかもしれない。だが、ひとりぐらい、こんどは酒井さんもあぶないぞ、というのがいても、いいはずだ。ところが、みんな三選確実って意見だぜ。塙さんなんて、目じゃねえんだ。おっとっと、怒っちゃいけないよ。殺し屋なんか、やとうはずがない、といいたかっただけさ」

「ふん、選挙は水ものだ。酒井だって、安心はできねえ」

渋田大蔵は、緑いろの鑵からまた一本、スリーキャッスルをつまみだしながら、

「まあ、あいつは誇大妄想狂(こだいもうそうきょう)だから、平気かもしれねえさ。でも、この前のときは、候補が三人。なかのひとりは、落選確実の道化役だから——」

「佐瀬徳蔵だね？」

「そうよ。だから、酒井とうちの先生の一騎討ちみたいなもんだった。だが、こんどは四人だぜ。しかも、新顔のやつは、労組関係に地盤を持ってる。当選の気づかいはねえにしても、酒井の票が横ながれする可能性は、大いにあるんだ。氷室にしてみりゃあ、おちおちしてはいられねえはずさ」

「ははあ、ご当地二大勢力のひとつ、氷室一家は、現市長派なのか。それで、こちらさんとしては、ぜがひでも、塙氏を市長にしたい、というわけですな」

「はじめて、話がのみこめたような顔、するねえ。氷室にやとわれて、きやがったくせに。こっちにゃあな、お前の写真だって、わけなく手に入れられる情報網が、ちゃんとあるんだ」

　土方の写真をかざして、熊田がいった。近藤は、からだに巻きつけられた大風呂敷を、かなぐり棄(す)てると、

「わからねえやつらだな。しょうがないから、ぶちまけるよ。おれがこうやって、嗅ぎまわってる目的は、いいか。酒井市長を暗殺しよう、と企んでるやつがいる。そういう情報を、つかんだんだ。それを、公明選挙管理会に売りこんでな。秘密調査員として、派遣されてきた私立探偵(たんてい)なんだ、おれは——おどろいたか！　選挙専門のエリオット・ネスってとこさ」

「へっ、さっきは露地のおくで、腎虚(じんきょ)同然のオットドッコイ・ナスみたいに、青くなってたくせに」

と、片桐が口をだす。近藤は、じろっとにらんで、

「駄じゃれのお株をとっちゃいけないよ。だが、あんちゃん、中学英語だけじゃなく、腎虚なんて日本語も知ってたところは、感心だな。しかし、ここは黙って、おれを帰したほうが、親分さんも、お身内衆も無事だろうぜ。そうすりゃあ、塙条之助候補と渋田組のつながりは、わすれるかもしれないな。おれのあたまは、まだ残ってるしごとのために、あけとかなくちゃいけねえんだから」

まくしたてても、渋田の表情はかわらない。それどころか、上顎に三本ならんだ金歯をみせて、声はださずに笑いだした。

「若いやつから、恩を着たかあねえなあ、客人よ。顧問弁護士さんが、選挙にでたんだ。応援するのはあたりまえで、わすれてもらう必要はねえさ。それに、お前さんのしごとは、もう残っちゃいねえ。嗅ぎまわらなくても、教えてやるよ。酒井を消そう、と企んでるやつは、たしかにいる。早耳まことに恐れいったが、そいつは、おれさ。この渋田大蔵だよ。殺し屋も一流ちゅうの一流と契約して、その先生が、ついさっき到着なすったばかりさね」

「嘘つけ」

「つかねえよ。なんなら、引きあわそうか。といったって、旅のつかれで、お寝みのさいちゅうだ。そこの椅子に長くなってるから、顔だけでも拝んどけ」

と、座敷のすみを、渋田はゆびさす。そこに古風な長椅子が、延々二mもあろう背もたれをこちらにむけて、砂ずりの壁におしつけてある。逆むきにおいてあるのが、さっきから気

になってはいたのだけれど、ひとが寝ているとは思わなかった。子ねこ一匹いるような気配さえ、しなかったからだ。だが、いわれるままに歩みよって、のぞいてみるとたしかにいた。それも、ふしぎな人物が。

ひょっとすると、本物かもしれない虎の皮を、たっぷり敷いた長椅子に、手足をのばしていた男は、黒革の上衣に黒革のズボン。ビニールの小風呂敷で、それぞれぶざまにつつんであるが、黒革のスリップオンもはいたまま、大きなミラーグラスもかけたまんまの――あのムッシュウ・ノワールだったのだ。

「これが、一流ちゅうの一流の殺し屋だって？　あきれたな。この男なら、さっきあって口もきいたけど、まるっきり従順だったぜ」

といいながら、念のために、近藤は手をのばした。無精髭がいっぱいの顔から、クロームめっきのめがねをはずす。横一文字の太い眉の下で、くぼんだ両目は、あっけらかんとひらいていた。

「なんだ、眠ってやしないよ」

「目をあいてるからか？　つぶるのが、めんどくさいんだそうだ。だから、あけたまま昼間でも寝られるように、色めがねをかけてるらしい。もとどおりにしてやってくれ。起して、機嫌をそこねると、おれが困る。なにしろ、下で女事務員が、靴をぬいであがってくれ、と注意したら、階段のあがり口に立ったまま、三十分も動いてくれねえしまつだ。聞いたことねえかい、無精松を」

「ぶしょうまつ？」

「松井っていうんだ。たいへんな無精者ですよ。嚙むのがめんどくさいからって、食いものは流動食ばかり。話しかけても、よんでなけりゃあ、口はきかない。着たままで寝て、着たままで起きるてえくらいで……」

「この黒革ずくめは、そのためか。汚れが目立たず、皺になりにくいってわけで——しかし、そのかわりに、不潔なにおいは、発散してないぜ。めんどくさいから、汗もかかないのかな」

「そうかもしれねえ。ハジキをぬくのも、めんどくさいそうだから」

「それじゃ、殺し屋はつとまらないじゃないか」

「だれかがハジキをわたしてやりゃあ、百発百中。とんでる蝿をねらった、としよう。蝿がおっこって、きりきり舞いをするてんだ。わかるか？　つまりだな。とんでる蝿の片羽を、片っぽの羽だけを、だぜ。吹っとばすことができるんだ。だから、蝿はおっこって、のこった羽でバタバタやりながら、ひとっところを、ぐるぐるまわりするわけさ。すげえだろう？」

「そんなエキスパートとは、ちっとも知らねえもんだから、さっきアーケードで——」

　と、片桐と熊田が顔みあわせて、首をすくめた。

「けんつく、食らわしちまったんですよ。あたしらも、あやまりますから、社長、口ぞえねがいますぜ」

「おれだったら、あやまらないがな——ふん、へんな殺し屋！」

と、近藤は口ぶり軽くいいながら、スティールデスクの前へもどったものの、心中、あまりおだやかでない。単なる自慢やおどかしで、渋田がわざわざムッシュウ・ノワールこと松井エイリアス無精松を、紹介したのでないことは、あきらかだからだ。

「得意そうにいってるけれど、渋田さん、実際にはまだ、無精松の腕まえ、見ちゃいないんじゃないのかな」

デスクのはしに両手をついて、近藤がいう。

渋田は肘つきネコスの背もたれを、きしませながら胸をそらして、にたっと笑った。

「あたったよ。賞品には、なにを出そう」

「洋モク一本で、けっこうだ。そこで、あたしを蝿がわりに、オーディションをしようってわけか。それも、あたってたら、賞品としては、こいつを吸いおわるまでの時間がほしいね」

と、近藤は右手で、スリーキャッスルを、かさかさに乾いたくちびるへはさんだ。左手では、袂をさぐる。渋田は鷹揚にうなずいて、

「いいとも。欲のねえやつだ。ゆっくり吸いな。一本でも、二本でも。そのうち、臍からけむをだす芸当が、できるからだにしてやるからよ」

「ちぇっ、マッチがねえや。こいつ、借りるぜ」

と、くわえタバコのままいって、近藤は、デスクの上のガスライターをとりあげる。フラ

ンス・パテントの国産品、小さなバーのマッチぐらいの大きさで、小さなバーの女たちが、よく持っているやつだ。ことによると、渋田め、そんなところから、せしめてきたのかもしれない。ボデイが派手なパールレッドだ。そいつを発火させると同時に、近藤は口のタバコを吹きとばして、袂からだした左手を、高くかざした。

「動くな、きさまら！　ダイナマイトだぞ。小さいからって、甘くみるなよ。スウェーデンはザロッティー社の新製品だ。知ってるか？　スウェーデンてのはな。珪藻土（けいそうど）ダイナマイトを、発明したノーベルが生れてるくらいで、爆薬の本場なんだ。小さくったって、爆発力は三千フットパウンズ——知らねえだろう？　一フットパウンドてえのは、一パウンドのものを、一フィート持ちあげるエネルギーのこった。それが、三千パウンドだぞ！　三千パウンドといやあ、キロになおすと——めんどくせえや。とにかく、すげえんだ。火をつけたら、すぐ爆発するぞ。導火線が短けえからな」

　と、ガスライターを、左手にちかづける。導火線といったって、タバコの薄紙を、こよりにしただけのものだ。それが、スークレットのチューブの蓋に、スコッチテープでとめてある。ちかごろの膠質（にかわしつ）ダイナマイトは、ポリエチレンの筒に入れてあるから、短かいところは舌の長さでおぎなって、ごまかそう、というわけだ。オヤマーにベレッタをつきつけられたときには、不覚にもどわすれしたのが、かえって幸い。こういう手は、多人数に応用したほうが、効果がある。群衆性知能低下、とでもいおうか。冷静な人間も、あわてものにひきずられやすくなるからだ。

「ひとりで死ぬのは、ごめんだよ。てめえらも道づれにするから、覚悟しやがれ！　一㎜でも動いたら、点火するぞ。こんな二階なんか、なくなっちまわあ。ええ、渋田の親分さん、そのブリストルＦ28は永久に完成しねえぜ。お気の毒さま」

と、近藤はすごみをきかしていいながら、じりりじりり後退した。

片桐は上衣の襟を左手でつかんで、ベルトのＧＩコルトに右手をのばしかけたまま、立ちすくんでいる。熊田も長椅子を背に、ぽかんと口をあけている。渋田は、金庫の上の複葉機を両手でかかえこんで、ふりむいた顔はおでこが汗の玉だらけ、がまがえるの背中みたいだ。

「いいか、動くな。五体満足でいたかったら、じっとしてろよ」

近藤は、かかとをつかって、背後の障子をあけた。廊下へでると、こんどは爪さきで、障子をしめる。ほっとしたとたん、左の手首に痛烈な打撃をうけて、悲鳴をあげた。にせのダイナマイトが、宙にはねあがる。それを、左手でうけとめて、右手には金めっきした自転車チェーンをふりながら、

「なんだ、咳どめドロップのからチューブか。ところで、下駄と草履のご用なら、駅前ののり屋へ、どうぞ」

といったのは、オヤマーの秋元だ。

乱暴に障子があくと、四五口径とあいくちをつきだして、片桐と熊田がわめいた。

「畜生、ふざけやがって、ぶっ殺してやる」

「いや、兄き、おれにやらせろ」

ったｏ

「およしなさい。往来から、まるみえですよ」

と、秋元がいう。近藤は左の手首をさすりながら、座敷へ入って、汗をふいてる渋田にいった。

「やれやれ、このおしとやかな兄さんが、階段をあがってくるのを聞きのがしたのは、大失敗だった。でも、そちらの無精松氏は、あんまり、いざという役にゃ立ちそうもないですな」

するど、長椅子のかげで、めんどくさげな声がした。

「ザロッティーてのは、ドイツのチョコレート会社だよ。知らなかったのか、だれも？」

b

四畳半ぐらいの小さな部屋だ。床も、天井も、四方の壁もコンクリートで、スティールのドアがひとつ、換気孔がひとつ、あるきりだった。ドアには錠がおりている。換気孔は高い天井のきわにあって、せいぜい手首が入るていどの大きさだ。床には、古い軍隊マットがすみに敷いてあるきりで、ほかには紙くずひとつない。

その軍隊マットの上に、近藤は、あぐらをかいている。両の手首を、荷づくり用の粘着テープで貼りかためられた上、口も十文字にふさがれて、渋田産業の裏口から、ライトバンにのせられた。毛布をかぶせられていたから、ここがどこだか、見当もつかない。たしかなことはただひとつ、ここは車津の砂丘のそばの家ではない、という判断だけだ。だいぶ時間もたっている。もう夜の七時か、八時ごろだろう。腹がへって、しかたがない。近藤は立ちあがって、スティールドアにちかづいた。がんがん下駄でけとばすと、鍵のまわる音がして、ドアの隙間に片桐の顔と、GIコルトの銃口があらわれた。

「うるせえな。じっとしていられねえのか？　くたばりぞこないめ」

近藤は、不自由な両手を、あかない口へ持っていった。指さきを動かして、めしをかきこむまねをする。

片桐は鼻で笑って、

「へっ、ユア・ポンポン・ハングリーか？　半殺しにされないうちに、すみへひっこんでたほうが、身のためだぞ。てめえのおかげで、今夜のおデイトが、ふいとろよ。さっきから、あたまにきてんだ。どうもおれは、サディストの傾向があるらしいぜ。なあ、ほら！」

いきなりドアを大きくあけて、四五口径をななめにふりかぶる。身をひこうとする近藤の腕を、片桐の左手がつかんだ。千百二十gの重量をこめて、近藤の横鬢へ、銃把がおちかかろうとした瞬間、

「片桐さん！」

と、声がかかった。

「いくら捕虜だからって、そんなあつかいは、国際法違反ですよ」

となりの部屋は、近藤の獄舎よりも、いくらかひろい。駐留軍払下げのベッドがひとつおいてあって、そのそばに、対流型の石油ストーブが燃えている。ドアがあいていて、戸口に

立っているのは、秋元だ。コマーシャル入りの羽織も、お納戸いろの袷も、きていない。車を運転していたときとおなじオリーブいろのタートルネック・スウェーターに、アズキいろの上衣で、ジュラルミンの岡持ちを、片手にさげている。

ふりかえった片桐が、声をとがらした。

「なんだと、おれに命令する気かよ。どうせ、殺しちまう野郎だ。すこしぐらい、腹いせしたっていいだろう」

「社長の命令でしてね。そいつは、もうしばらく、無傷で生かしておくことになったんです。片桐さんが腹を立ててるのは、デイトがだめになったからでしょう？」

「馬鹿いえ。今夜だけは、女にからみつかれねえで寝られる、と思ってよ。ほっとしてたところだ」

「そんなことといわずに、いってらっしゃいな。ゆうべだって、そいつがくるからって呼びだしのおかげで、中途はんぱだったんじゃないですか？」

「おめえ、交替してくれるのかよ？」

「朝までは、だめですがね。ほく、そいつの晩めしを持ってきたんです。食いおわるまでは、どうせ、いなきゃならないんだ。そのあいだ、ひとっ走り女の子のところへいって、ここへつれてきたらどうなんです？　こんな殺風景なところじゃいやだなんて、わがままはいわせないでしょう、あなたのことだから」

「オフコースだ。おれのいうとこ、どこへだってついてくるさ。じゃあ、たのむか。悪いな。

いずれうめあわせするから、社長にゃ内緒だぜ。三十分とはかからねえ」

「どうぞ、ごゆっくり」

ほくほくして片桐が出ていくと、秋元は岡持ちを床におろして、ベッドをゆびさした。

「おかけなさいよ。ここのほうが暖かい。口のテープは、いまとってあげます」

この前、髭をそってから、もう三十時間ちかい。だいぶのびてきたやつが、粘着テープにむしりとられて、近藤はうめいた。

「手は自由にして、もらえないのかい？　いくら、おれが万能選手でも、足で箸つかって、めしは食えないぜ」

「ぼくが、たべさせてあげますよ。そのへんの店屋ものだから、お口にあわないかもしれないけど、ぜいたくはいわないでください」

秋元は、床の岡持ちをあけて、カレーライスの平皿とスプーンをとりだすと、両手に持って、ベッドのはしに横ずわりした。

「きみは、あんがい親切なんだな。親切ついでに、教えてくれないか——ぼくはいったい、どういうことになるんだ？　あーん」

と、近藤が口をあける。

そこへ、たんねんにかきまぜたカレーライスを、スプーンにすくって、持っていきながら、

「さあ、たぶん、おくの部屋の壁に塗りこめられるか、さもなきゃ、浜名湖あたりへはこばれて、うなぎの餌にされるんじゃないかしら」

と、秋元はいった。のみこみかけたカレーライスを逆上させて、近藤が、げっという。その背中を、皿をおいた手でさすりながら、秋元はささやいた。

「逃げたい？」

「そ、そりゃ、逃げたいさ。ああ、苦しい。めし食ってるときに、聞くことじゃなかったな。部屋の壁は厚いほうがいい、とは思うが、厚みをだす役目を、おれがするのはごめんだよ。うなぎだって、食うのは好きだけれど、食われるのは好きじゃない」

「――だったら、逃げだすお手つだい、してあげてもいいわよ」

秋元のことばつきが微妙に変化したことを、考えてみるよりさきに、近藤は意気ごんで聞いた。

「いくらだ？」

「がっかりさせないで。お金なら、こっちがだしてもいいくらいなのに……逃がしてあげるわ、あたしをお嫁さんにしてくれたら」

「お嫁さんって――きみ、ほんとは女なのか？」

「いまはまだ――男なの。でも、一年以内に女になってみせるわ。もう費用も、ほとんどできたから……死んだパパが、特務機関の人間だったもんで、ひとをだます方法や殺す技術ばかり、小さいときから教えこまれてきたんだけれど、でも、あたしの理想は、プロのスパイや殺し屋になることじゃなかったわ。女になることだったの。おととしパパが死んだとき、あたし、決心したのよ、日本でいちばん優秀なお医者さまに、手術をしてもらって女になろうって――でも、一週間やそこらですむ手術じゃなし、お金だって、ものすごくかかるでしょう?」

「それで、資金かせぎのガンマン稼業(かぎょう)、やむなくつづけているわけか」

「そう。女になってからの生活費も、用意しとかなきゃいけないし……でも、これが最後よ。人間をへらすよりも、ふやしていくほうが楽しいわ。あたしのからだじゃ、それは無理だとしても、せめて、すばらしい男性をみつけて、そのひとにつくしたいの、あたし」

「そんなに、おれは理想的な人間じゃないぜ。まるっきりだめだとも、思いたくはないけどね」

「あたしの威嚇(いかく)射撃をうけたあと、口がきけたのは、あなただけよ。逆に殺される、と思って、こわくなったから、あたし、ベレッタをしまったの。車津の茶屋から逃げた手ぎわだって、渋田をおどかした手ぎわだって、みごとだったわ」

「おだてちゃ、いけない。けっきょく、失敗だったじゃないか」

「失敗しても、けろりとしてて、それに武器をたよらないのも、自信があるからでしょ? こんなところ、ひとりでも逃げだせると思うけれど、おねがいだから手つだわせて――あたし、身長が百六十七*cm*、ウエストが四十九*cm*で、ブリジット・バルドオとほとんどおなじなのよ。ウエストを七*mm*へらしてね。ホルモン注射をつづけてバストを九十*cm*、ヒップを九十一・四にすれば、ぜんぶおんなじ。年はいくらかBB(べべ)よりも下だけど、お誕生日はぴったりで、九月の二十八日なの。ぜったい、かわいらしい女になってみせるわ。ねえ、こうすると似ていない？」

秋元は、オリーヴいろの襟もとに顎をうずめて、濃い眉じりを、ちょっと両手でおしあげると、くちびるを楕円形にしてみせた。

近藤は壁ぎわに尻ごみしながら、

「似てる、似てる——をプラスして、酔ってるような気分になったよ。おれもバルドオの大ファンだから、ここがパリのアパルトマンみたいな錯覚にとらわれるね。しかし、待ってくれないかな。腹ぺこじゃあ、ロマンチックになれないだろう？」

と、不自由な両手で、ベッドのはしのカレーライスをゆびさした。

秋元はあわてて、皿とスプーンをとりあげる。

「ごめんなさい。まずくても、我慢してね。これだけの材料費でも、あたしがつくれば、もっとおいしくなるんだけど——嘘じゃないわよ。お料理も勉強したの。カレー料理だけでも、十四種類、知ってるわ。時間があれば、腕まえ見てもらいたかったんだけれど……」

「いや、けっほう、けっほう。その気おちだけで、いしだんと味がわしたよ」

と、口いっぱいに、あだがらいカレーライスをむさぼりながら、近藤がいう。

またたくうちに、皿はからになった。

「ねえ、返事を聞かしてくれない？　ぐずぐずしていると、片桐のやつが帰ってくるわ」

「そういわれても、困ったなあ」

「まさか、奥さんがいるんじゃないんでしょ？　こんな危いまねをしてんだから、てっきりひとりだと、あたし、早合点してたけど……」

秋元は、ほっそりした指を、口にあてた。頬のあたりが、さっと白くなる。

「もちろん、ひとりさ。目下は、恋人もいやしないよ。だけど、おれは空想力にとぼしいのかな。きみが女になったとこを、想像できないんだ。すこし同性愛のけでもありゃあ、いまのきみを正当に観賞して、女になるのを一年でも、二年でも待つ気になるんだろうが……それに、いちばん大事なことだ。逃げるんなら、ひとりの力で、だんぜん逃げたいね。その気になれば、今夜にだってチャンスがつかめるだろう」

「そんなことをいわれると、あたし、いよいよたまらなくなってしまうわ。ねえ、キスしたら、怒る?」

「それも、ひとつのチャンスだな。両手がべつべつにならなくたって、一緒のほうが力は入る。きみの顎をつきあげて、ひっくりかえったところを痛めつければ、逃げられるよ。きみにそんなことはしたくないな、おれは」

と、ベッドをすべりおりて、近藤は、おくの戸口によりかかった。

「じゃあ、あきらめる。いつか返事してくれるのを、わすれないでね、楽しみに待ってるから――ああ、もうひとつ、わすれないでほしいことがあったわ」

と、秋元はベッドから、立ちあがった。一瞬前まで、いまに溶けて流れそうにやわらかだったそのからだが、たちまち芯でも入ったみたいに、隙なくのびる。右の手首の金めっきチェーンが、しゃらっと鳴った。

「あたしが女にならないうちに、あなたをだれかに奪られたら、殺すわよ――その女も、あなたも」

c

左右の手首を貼りかためた布のテープは、歯ではがすのに、たいした時間もかからなかった。近藤は、壁づたいに手さぐりで、スティールドアにちかづいた。口はふさがなかったけれど、おくの部屋のあかりは消して、女づれでもどった片桐と入れかわりに出ていったのだ、秋元は。

「歯がつかえることを、片桐に見せまいとして、暗くしていったのかな。あのオヤマーに、あんまり恩をこうむりたくはないんだがね」

と、胸のなかでつぶやきながら、近藤は、ドアのまえに両膝ついた。錠のおりてることは承知だけれど、めがねのつるに道具が二本、しこんであるから気にもならない。細くてさきのすこし曲った、ちょうど鉄の耳かきみたいなものだ。このピン二本で、鍵穴のまるくないシリンダー式のどんなに複雑な錠がついていようと、時間さえかければあけられる。シリンダー錠というやつは、前後のノブに円筒が二重につうじていて、内部には上下動可能のピンが三本以上、一列縦隊をつくっている。ひらたい鍵を、円筒の鍵穴にさしこむと、鍵のきざみにしたがって、ピンが所定の波状をえがく。そこではじめて、円筒が回転してレバーを起し、錠はひらく、という構造だ。ピンのかずが多ければ、波状のちがう組みあわせは、何千となくできる。合鍵もつくりにくいし、信頼度も高まるわけだが、鉄の耳かきの一本で円筒の位置を保持して、あと一本は鍵穴へさしこむ。それで、ピンをあげさげしていれば、いつかは組みあわせが発見できる。なれた近藤の手にかかれば、早くて二分、手こずっても五、六分、ごくごく手こずっても、十五分とはかからない。

　まして、このドアの錠前は、ありきたりのレバータンブラー式――円に三角をくっつけたかたちの鍵穴が、ノブの下にのぞけるやつだ。錠の内部で、ボルトの動きをさまたげているのは、ピンではなくて、いくつかの鉄片だが、その組みあわせは、前後から鍵をさしこむため――きざみを対称させなければならないために、制限されて、多くはない。その気になればピン一本、三秒かそこらであけられる。だが、まず敵状の偵察だ。近藤は、鍵穴に顔をよせる。のぞいてみると、目のまえがまっ赤だった。ぎょっとしたが、よく見れば、なんのことはない。赤い繊維製品が、穴をふさいでいるだけだ。スリップか、ペチコートか、とにかく女性の下着の一種が、ノブにひっかかって、床にたれているらしい。

　なにも見えないが、音は聞えた。軍隊ベッドのくたびれきったスプリングが、さかんに悲鳴をあげている。近藤は、顔をしかめた。それでも、鍵穴から目をはなして、耳をあてる。よせてはかえす波のような女のうめきを縫って、片桐の声も聞えた。そのお好みにしたがって、ファッションの宣伝文句をまねしていえば、シングルコンバットはファナチックなリズムにのって、いまや、ダイナミックなクライマックスにかかろうとしているようだ。

　女子戦闘員は、となりに中立国があることを知っているのか、知らないのか、遠慮のない音声を発して、ときに意味あることばもそれにまじる。だが、その表現内容は、あまりにもありきたり。多く間投詞をともなった副詞、あるいは形容詞、それも幼稚なモノシラブルの積みかさねで、考慮のうえの発言が可能なほど、冷静な状態でないことは、じゅうぶん酌量してみても、なお独創性がなさすぎる。どうやら、たいした女ではなさそうだ。だからといって、近藤vs片桐の関係に縁なき異性を、かかる状況においておどろかすのも、野暮の骨頂にはかわりがない。近藤が考えこもうとしたとたん、女性の声が、ひときわせつなくうわずって、

「まだよ、まだよ。もうすこし待って」

と、さけんだ。おっしゃる通り、もうすこし待ったほうが、むだな手数をはぶけそうだ。もうすこし待てば、ふたり寝こむか、またはひとり帰って、ひとり寝こむかするだろう。ワンモア・ラウンドあるにしても、鍵穴から離れれば、ドアはしっかりしているから、不協和音に悩まされることもない。近藤は手さぐりで、後退した。軍隊マットに横になると、隣室をみならったわけではないが、なにしろいまが午後九時として、三十六時間ぶりの逢う瀬だ。上下の目蓋は、たちまち仲よくいだきあった。

どれだけの時間ねむったか、目のあきかたのすなおさから推量すると、六時間以上にちがいない。近藤は、はね起きるとドアまで匍って、鍵穴に目をあてた。まだ赤いもので、ふさがっている。耳をあてたが、なんの音もしない。めがねをはずして、ピンを一本ぬきとると、鍵穴にさしこんだ。手ごたえはすぐにあったが、ガチャッという音がこわい。ボルトを九分

だけひっこめたところで、ピンをさしたまま、そうっとドアをあける。もと通りボルトをだして、ぬいたピンをめがねのつるにさしながら、立ちあがったとたん、

「ああっ！」

立ちすくんだのは、天井の電灯が、まぶしかったせいではない。派手な横縞のスカートや、まっ赤なブラウスや、模様編みのカーディガンが床にちらばっている上に、すっ裸の男が倒れていたからだ。うつぶせで、顔はよく見えないが、片桐だ。ストラップレスのブラジァを、右手につかんでいる。あたまのそばに、男物の靴が片っぽころがって、それで殴られた痕跡(こんせき)が、うすい頭髪をみだしていた。白い背中には、大きな般若(はんにゃ)の面の入れ墨がある。肉体的につづかなかったのか、経済的につづかなかったのか、お粗末なすじ彫りだけで、左の目玉が入っていない。いや、右の目玉も入ってはいなかったのだろう。そこに小さく、わずかな血を吐いている穴は、拳銃弾の射入口だ。耳まで裂けた口のまんなかにもひとつ、黒い穴があいている。おかげで般若は、舌さきをちろっとだして、ウインクしているように見えた。射入口は、ほかにもある。頭部にくらべて発毛状態のだんぜん良好な臀部(でんぶ)の左右に、ひとつずつ。

血痕と弾痕をもとめて、壁を見まわしたとたん、近藤は、もうひとつの死体に気づいた。やはり裸だが、こちらは女だ。ベッドのすみに、半ばあぐらをかいたような足つきで、半身、壁にもたれている。うなだれたあたまに、片桐のつばびろ帽子が、かぶせてあった。壁から、尻の下のシーツへかけて、大きく血がにじんでいる。そうたいに小がらだけれど、乳房だけ

は大きな女だ。その乳の下に、ひとつずつ射入口がある。もうひとつは、でっぱりぎみの臍の上、五*cm*ばかりのところ。最後は体毛が黒ぐろと、末広がりに目だちはじめるあたりにひとつ。計四発が臍に手つだわせて、Ｙの字をかいているのだ。

片桐が自分のことを、サディストだ、といっていたけれど、このふたりを殺した人物も、そうらしい。しかも、グロテスクなユーモアを持った、むかつくようなサディストだ。射入口がくっきりと、火薬残渣の汚染もなく、白い裸身に目だっているのは、遠距離で射ったか、接着射撃をしたか、どちらかだろう。女のからだに、目をちかづけてみると、オートマチックを強くおしつけて、射ったらしい。反動による銃口のあとが、射入口に重なってついている。片桐の背中にも、おなじあとが残っていた。

床をよく見ると、から薬莢がちらばって、ベッドとは反対がわの壁ぎわに、ＧＩコルトが投げだしてある。赤いナイロンパンティを、それにかぶせて、ひろいあげた。女がじかに腰へつけるものを、わざわざ選んだわけではない。血にも汚されていない、死体の下にもなっていない、しかも手ごろな大きさ、という註文に、それしかあてはまらなかったのだ。トリガーガードのつけ根のボタンをおして、マガジーンをぬいてみる。バネがぜんぶあがって、弾丸は一発もない。ここにつまっていた八発が、ふたつの死体に公平に配給されたことは、まず間ちがいがないようだ。拳銃をもとにもどしながら、そばに片桐の上衣がまるめてあったので、ついでに鼻をちかづけてみた。無煙火薬のにおいが、なかにこもっている。

「なるほど、こいつで蔽って射ったんで、おれに銃声が聞えなかったんだな。畜生、なれてやがる」

すみの石油ストーブは、消えてはいるが、まだ暖かい。それから判断すると、ふたりが裸で起きているところへ、加害者は侵入してきたのだろう。おそらく、自前の拳銃でおどしながら、まず片桐を靴でなぐって、昏倒させた。つぎに、接着射撃で女を殺してから、床の片桐にも、四五口径をふるまったにちがいない。その顔のそばにころがっている靴を、つくづく見たが、指紋はついていないようだ。手袋を、はめていたらしい。自前の拳銃をつかわなかったのも、壁と床にめりこんでいるにちがいない弾丸の、ライフルマークから足がつくのを、おそれてのことだろう。なにもかも、心得たやつのしわざだ。

けれど、感心してばかりは、いられない。こんなところを、渋田一家のだれかに発見されたら、犯人にされてしまう。どころか、たちまち、殺されてしまうだろう。近藤は赤いパンティで、おくのドアのノブを手ばやくぬぐった。おもてのドアには、錠がおりていない。そのノブには、下ばきをはかしてから、まわした。ちかごろは、鑑識技術が進歩して、衣類からでも、指紋のとれる場合がある。このナイロンは、赤無地で目がこまかい。しかも、なかに腰がつまっていなくて、つまり、布目のひろがっていない状態のところを、汗ばんだ手でつかんだのだから、脂肪が組織に吸収されないうちに、アントラセンか、ローダミンの粉末をかけて、駝鳥の羽ではらったのち、紫外線写真をとれば、確実に指紋がとれるにちがいない。

殺人事件となれば、市の警察だけでなく、愛知県の警察本部がのりだしてくる。渋田一家としては、この際、県警を呼びよせたくはないだろう。だから、片桐と女の死体は、自分たちで始末する公算が大だけれども、用心するに越したことはない。目の前の階段をのぼると、一階は倉庫だった。積んである木箱のかげに下駄で踏みかためたパンティをおしこんでから、防火扉(ぼうかとびら)のくぐりを出てみると、倉庫のならんだしずかな通りに、夜はすっかりあけていた。

第六章　酒井現市長との二度めの会見にはじまり
無精松対近藤のオープンゲームにいたる

a

出水町のせまい坂道を、小さな男と大きな犬が、おりてくる。市長の酒井鉄城と、グレートデン・ハーレクインのツァッヒェスが、恒例の朝の散歩に、いましがた屋敷をでてきたところなのだ。時間はいつもと、ほとんどかわらない。空はひさしぶりに、晴れている。風もなかった。あかるい陽ざしをあびて、関西ふうのいぶきの生け垣が、みどりの葉をひからせている。その生け垣のかげから、ひとりの男が顔をだした。

「おはようございます、酒井市長」

十分ほど前から、待ちうけていた近藤だ。ツァッヒェスが、黒い斑点のある顔をよせて、ちょっとにおいをかいでから、尾をふった。そのあたまを、近藤はおそるおそる手をだして、なでてやりながら、

「やあ、ワンちゃん、おぼえててくれたね。けさはまた、いちだんと毛なみがきれいだよ。さてと――市長さん、あなたもぼくをご記憶でしょうね？」

「ああ、おぼえてますよ。きのうの朝、あったばかりだものね。けさは、なんのご用事でしようかな。また、用心棒の押売りですか」

犬の太い曳綱（ひきづな）をたぐりながら、酒井鉄城は、にこにこしている。近藤は平手でひとつ、後頭部をたたいた。

「いえ、なに、散歩のおともをさせていただこう、と思っただけなんですが――まあ、ついでだから、まずうかがっておきましょう。お気はかわりませんか、ボディガードの件で？」

「やはり、いらないねえ。殺し屋なんて、きみ、そんなにうようよ、いるもんじゃないでしよう？」

「ぼくが殺し屋だったら、どうします？　ここで、ぐさりとやったら、一巻のおわりじゃないですか。まっ昼間だからって、油断しちゃあいけない。その道のエキスパートなら、空気銃でだって、ひとが殺せるんですよ。つづみ弾を首すじへ射ちこんで、中枢神経を破壊するんです。角度を工夫すれば、弾の入った穴が髪にかくれて、見のがされる。心臓麻痺（まひ）ってことで、すんじまうんです。そういう物騒なのがひとり、この巴川へくるってことは、きのうの写真で、はっきりしてるんですから……」

「ああ、あれね。あれは、きみ――」

曳綱をのばして歩きだしながら、酒井鉄城は笑いだした。ツァッヒェスは、さきに立とうとはしないで、近藤にまつわりついている。

「――いたずらしいよ。だれだか知らんが、ひとさわがせをして、おもしろがる人間がいるんだねえ。勝沼君のところにも、あの写真と親切めかした警告の手紙が、舞いこんだそうだ」

「勝沼さん、というのは？」

「知らないかね。やはり、候補者ですよ。立ったのは、こんどが初めてだが」

「ああ、労組をバックに持ってる、とかいう……」

「正義漢だから、さっそく写真を警察へ持ちこんだ。署長も新任なんで、張りきってね。念のために、旅館やホテルをいちおう調べたが、フウ・マンチュウ博士の息子みたいな男は、いなかったそうだよ」

「フウ・マンチュウ博士？」

「はっはっはっは、こりゃあ、ご存じないだろうな。アメリカの古い探偵映画に出てくる支那人ですよ、悪の権化みたいな」

「ああ、あれですか。催眠術かなんかつかう怪人物でしょう。神出鬼没、神秘の東洋から西欧文明に挑戦して、巨大な影をあらわした悪の帝王、というやつ。映画はみてませんが、敢然とむかえうつ正義の快男児、ネイランド・スミスぐらいは、ぼくも知ってますよ」

「そうだ。そうだ。ニュー・スコットランド・ヤードのネイランド・スミス氏だったな、探偵は」

「でも、まさか酒井さんの口から、探偵活劇の怪人物の名がとびだそうとは、思わなかったな」

近藤は、つぶれた函をだして、腰の曲ったピースをくわえる。袂をさぐると、渋田のガスライターが出てきた。立ちどまって火をつける近藤を、ふりかえりながら、酒井は急に年よりくさい目つきになって、

「わたしは、はたち代を六年ばかり、アメリカですごしたんだ。いまでいうアルバイトをしながら、勉強してたんだが、そのくせ映画に夢中になってね。ずいぶん、見たもんだよ。ワーナー・オーランドという役者のフウ・マンチュウ博士が、印象にのこってたんで、ひょいと名が出たんだろうな。*The Mysterious Dr. Fu Manchu* というのが最初で、*The Return of Dr. Fu Manchu, The Daughter of Dragon* と三本あってね。昭和四、五年ごろだ」

酒井市長の発音は、片桐なんかくらべものにならないくらい、正確だった。そういえば、あの片桐、靴でぶんなぐられたとき、英語で、痛い、といったのだろうか。

「最後のやつには、セッシュウ・ハヤカワが、探偵役で出ていたよ。その後、ワーナー・オーランドは、フウ・マンチュウ役を、ボリス・カーロフにゆずって、やはり探偵物のチャーリー・チャンをやってたが、あれは昭和十三年ごろだったな。日本にきたことがあった。そのじぶんには、わたしも帰国して、横浜にすんでたもんだから、なつかしくてねえ。ホテルへ顔をみにいって、ロビーでうろうろしたのを、おぼえてるよ」

「しかし、フウ・マンチュウ・ジューニアが、きのういなかったからって、きょう巴川駅へ

おりたたないとは、限らないでしょう」

「それはそうだが、まあ、わたしの見るところ、いたずらだな、あれは。警察が新聞に伏せてるんで、やった人間、やきもきしてるのかもしれんよ。たしかめたわけじゃないけれど、塙君のところにも、写真と手紙がいったそうだからね」

「塙候補といえば、きのう演説を聞きましたよ。あなたのことを、だいぶ攻撃してましたっけ。はき溜めを売りものにする、おピンク市政だってね」

「わたしのやりかたは、スローモーションだからね。完全を欲する目からみれば、いくらも不満があるでしょうな。しかし、モナコのように、ばくちの寺銭でまかなってる国もある。だからって、モナコ国民ぜんぶを賭博師あつかいしたら、笑われるにきまってますよ。巴川の人間だって、ぜんぶが女好きで、昼間はストリップ小屋でフロントをながめ、夜は酒場でバックをなでてるわけじゃない。もちろん、市民はぜんぶ謹厳そのもの、ともいいません。そんなところだったら、わたしは市長なんかに、立候補しないね。自分のまじめさに満足してる人間のあつまりじゃあ、発展性がないものな。はっきりいうと、生活の方法に進歩はあっても、人間の本質に進歩はない。わたしは、そう考えている。その進歩のない人間を、破滅からすくっているのは、ひとりひとりの欲、というやつだ。生活方式を発展させてきたのも、個人の欲望じゃないかね。その欲のエネルギーを利用しながら、コントロールしていくのが、政治なんだ」

「現市長は金もうけばかり考えて、子どもの教育を考えない、なんてこともいってましたがね」

「学校ばかり、どんなに設備がよくて立派でも、かんじんなのは生徒だよ。生徒の家庭、というべきかな。貧乏で通学できない子どもばかりで、からっぽの学校なら、そこでサーカスでもやったほうが、ましだろう。たとえばね。あんたのからだに、病気がふたつあるとする。どちらも、手術をしなけりゃならないが、ふたつを一度にやるのは無理だ。となれば、さしあたって命に別状ないほうを、あとまわしにするだろうが。政治は人間あいてのしごとだから、はっきりいえば、永久に完全はのぞめない。できることから手をつけて、ひとつひとつ片づけていくより、しようがないんだ。暮しは立たない、税金は高いで、どんどん人口のへってる都市がある。わたしは、自分の生れた巴川を、そんなふうにはしたくないんだ」

「怪文書が、みだれとんでるそうですがね。どうお思いです？」

「はっはっはっ、あれをご覧になったか。あれによると、わたしは二軒の酒場を、それぞれ妾にやらしていて、その女たちは、わたしをよろこばすために、朝晩、風呂へ入って、一コ三千円もするシャボンを、惜しげもなくあぶくにしとるそうだ。そんな高いシャボンがあるにしても――」

「フランスものなら、あるでしょう。コティとか、ゲランとか、香水のメーカーがつくってる化粧石鹸は、高いですからね。香料に金がかかるんでしょうが……」

「それにしても、シャボンはシャボンだろう？　あれを書いたやつは、あぶくにしないでつかう方法を、知ってるのかな。そう思ったら、おかしくてねえ。読みながら、大笑いしてしまったよ」

「けさは、ご機嫌がいいようですね」

「わたしはいつだって、朝は機嫌がいいんだ。ことに、あしたはパレードだからね。一日じゅう、笑顔をつくっていなけりゃならない。いまからトレーニングしとかないと、あさっての朝あたり、顔面筋肉が硬直してしまうおそれがある」

「なんですか、そのパレードって？」

「きみはほんとに、この土地の人間じゃないらしいな。用心棒の押売り屋じゃなくて、週刊誌かなんかの記者なのかね？　それなら、もっと予備知識があるはずだから、なんだろうな？　どうも、わからない――まあ、いいだろう。警戒しながら、話さなけりゃあならん相手は、わたしにはいないからね。あしたは、この市の誕生日なんだよ。市制記念祭、というやつだ。巴川まつり、ともいうが、あすの午後のパレードを皮切りに、むこう一週間――もっとも、今年はあさってが、市長改選の投票日だからな。開票のおわるしあさってと二日間、中断されたぶんが、先へのびるわけだけれども、いろいろな行事がある。花火大会なんかは、ちょっとした見ものだよ。車津の砂丘で、大がかりな仕掛け花火をやるんだが、日本一といってもいいだろうな。そのほか、おととしからは、美人コンテストなんかも、やるようになった」

「ミス巴御前(ともえごぜん)、というんじゃないでしょうね。資格のなかに、腕力が入ってたりして」

近藤は、短かくなったピースを棄てて、踏みけした。完全に消えたのをたしかめて、顔をあげると、十mほどさきの四つ辻を、オートバイがふさいでいる。一瞬まえには、いなかった。音も聞えなかったのだから、曲り角に待機していたのに、ちがいない。まっ赤に塗った大きなやつだ。赤い革ジャンパーの乗り手が、アルミいろのヘルメットをふりかえらせる。黄いろい防塵（ぼうじん）めがねの顔が、にやあっと笑ったようだ。と思うと、酒井たちの進行方向へ、ぐいっとハンドルをむけた。近藤が駈けよろうとしたときには、血のようなスカーフをなびかせて、もう遠く走りさっていた。エンジンのとどろきだけが、塀の上の庭木を、まだふるわしている。

「いまの男、ご近所のひとですか？」

と、近藤は、酒井鉄城をふりかえった。

「さあ、わからないな。でも、この二、三日、音だけはよく耳にするよ。市でオートバイレースをやってるんだから、若い連中に、のるなとはいえないが、非常識だね。場所といい、時間といい」

「それに、いまのは商業車じゃないですよ。このへんに新聞か、通信社の支局でも、ありませんか？」

「ないね。最近、そう遠くないところに、大きなホテルができたから——このさきの角まで いくと見えるよ、六階建てが。そこに、選手でも泊ってるのかな。今週もレースがある。あのひとたちには、泊りきれない場所だけれど……とにかく、他人の迷惑を考えない人間が、多くなったね。こう世のなか、せわしくなってくると、考える余裕がなくなるのかな」

「耳が痛くなってきたから、このへんで退却しますよ、ぼくも」

近藤はていねいに、あたまをさげた。ついでに、犬の顎へも手をのばして、

「きみの役目を横どりするのは、あきらめたよ。そのかわり、市長さんを、しっかり護るんだぜ」

ツァッヒェスは、ひょいと前肢（まえあし）をあげる。それを、先進国の大使みたいな親しみと威厳にみちた態度で、近藤の手にのせた。

b

巴川市の建物は、だいたいにおいて、背がひくい。だから、四階建てのビルでも、かなり目だった。おまけに、新しいときている。松崎（まつざき）町という町名を、地図でけんとうつけていってみると、すぐそのビルが見つかった。一階は、新刊書店と喫茶店、二階には、氷室商事があるはずだ。本屋のなかに、客のすがたも、だいぶ見える。棘（とげ）なしにせアカシアの並木にかざられた歩道を、あるいているひともまばらではない。それなのになんとなく、ひっそりした感じなのは、幅ひろい道路をゆきちがう、車のかずのせいだろう。近藤の目には、嘘みたいにすくない。バスものんびり、走っている。軽オートバイがたまに、すっとばしていくだけだ。

反対がわの歩道を、あるいてきた近藤は、ビルのほうへわたろうとして、左右を見まわした。とたんに、はっとして、うしろのタバコ屋の軒下へ避難したのは、あいたくない人間を

見つけたからだ。すこしさきに、バスの停留所がある。そのかたわらの街路樹に、男がひとり、よりかかっていた。そいつが、車道へ顔をつきだしたおかげで、目に入ったのだ。頭髪のさきから、靴のさきまで、まっ黒ずくめ、ミラーグラスだけを、光らした立ちすがたは、まだ芽もでていないにせアカシアの、骨ばった枝ぶりにふさわしい。ほんとうに木の股から生れて、まだ人間になりきらないような、ムッシュウ・ノワールこと無精松、まこと本名は――いや、それも偽名かもしれないが、とにかく松井なにがしだ。

バスがくるのを、待っているだけかもしれない。けれど、無精鬚だらけの顔は、まっすぐ正面のビルをむいている。いま車道へでていったら、視野に入ること確実だ。敬遠するに、しくはない。近藤は、タバコ屋のわきの露地へ入った。裏道づたいに、二十mほどさきの十字路へでて、車道をわたる。まっすぐすすんで、ビルの裏がわにでられそうな横丁へ曲った。勘はあたって、一階のうらがガレージになっている前へ、たどりつく。

わきのドアを入ると、すぐ右がわに、トイレットがならんでいた。廊下は表口まで、つきぬけている。正面よりに、エレベーターがあるらしい。それも、敬遠することにして、まんなかへんの階段をあがると、目のまえに、黒いパネルドアがあった。上のほうに、氷室商事、というスティールの切りぬき文字が、貼りつけてある。その右の壁には、新型のタイムレコーダーが、午前十時六分をつげていた。左の壁には、芸能部／COOL PRODUCTIONと、二行に白ぬきした黒い矢じるしが、上のほうで左をさしている。下のほうには、白い電話機をのせた黒い扇がたの受付デスクと、スレートグレイの事務服をきたかわいらしい娘さんが、きちんとおいてあった。渋田産業のかまえとは、なにもかもが、正反対だ。視線をむけるやいなや、娘さんの口もとに、わざとらしくもなく、なれなれしくもない適度の微笑が――土方流で解説すれば、what-can-I-do-for-you-smile というやつ、近藤流で命名すれば、〈なんでもおっしゃって笑い〉といったものが、ぴたり貼りついた仕掛けなんぞは、実もって、あっぱれだった。

「あの、氷室さんに……社長さんに、お目にかかりたいんですが」

「どちらさまで、どんなご用でございましょう」

ちょっとかしげた長い首と、目の動きで、ことばの最後に?をつけて、なめらかな声が問いかえす。

「名前をいっても、ご存じありませんよ。そうだな。こうお話ししてみてください。用件は、お目にかかってでなければ、申しあげられない。だから、あっていただけなくても、不満なく帰ります。けれど、ほかの方面から、用件の内容がわかれば、きっと後悔なさる。そのとき、わたしを怨んだり、なさらないように」

「はい、お断りしても失礼にはならないが、あとでお目にかかったのでは、手遅れになるような大切なご用むき、ということでございますね?」

と、要約も手ぎわよく、椅子の音もさせずに、立ちあがると、

「しばらく、お待ちくださいまし。社長がおりますかどうか――」

見てまいります、という結びの文句は、パネルドアをあける手つきで、はっきりいって、

するり社内へすべりこむ。やわらかそうな髪を、ペイジボーイふうに肩へたらして、化粧の目だたない寸づまりの顔といい、胸の目だたない小づくりなからだといい、たぶんに少女がのこっているが、静かで、すばやい身ごなしには、色気のばねも隠されている。黒いドアは、すぐまたあいた。

「お目にかからせていただきます。どうぞ——」

こちらへ、というのを、こんどもまた、肩と腰のひねりかたで代弁すると、廊下を右手へ、さきに立ってあるきだす。ローヒールのすり足について、小さくしまった尻が、タイトスカートのなかで、きびきび動くのを観賞しながら、近藤は聞いた。

「きみはいつも会社がひけると、まっすぐ家へかえるのかい?」

「はい、たいがいは」

「例外も、あるわけだね。そんなとき、社へくるお客さんにあって、食事かなんかにさそわれたら……」

「お断りいたします、たいがいは」

「その例外にならないかな、ぼくは?」

「はい、家の手つだいをしなければなりませんので、たいがいは」

そこで、ぴたっと立ちどまる。廊下のおくの〈第一応接室〉と札のさがったドアを、すばやくあけると、道をひらいて、

「もうしばらく、お待ちください。社長がまいらぬうちに、ご用がございましたら、このブ

ザーを――」

ドアがまちの内がわをゆびさすと、どうぞお楽に、と一礼して、もうドアをしめかけた。その目が、あたまをあげたとき、いたずらっぽく、ちらっと笑う。こんなぐあいに全身の各部分が、それもかなりのスピードで、特殊言語を発する相手にかかっては、さすがの近藤も、読みとるだけで手いっぱい、こっちのペースには、ひきこめなかった。ちょっと癪だが、ここへは、遊びにきたんじゃない。ドアがしまると、負けずにすばやく、もちろん静かに、室内を動きまわった。畳を敷けば、六畳ぐらいだろうか。細長いテーブルをはさんで、チューブの椅子が二脚、おなじ椅子が予備に四脚、壁ぎわにならんでいる。テーブル板は、厚み二cmほどのデコラだし、椅子のチューブにも、とりはずした形跡はない。土方からしこんだ知識によると、アメリカ製の盗聴マイクには、四cm平方、厚さ一cmぐらいのまで、あるそうだ。けれど、これでは装備する余地はない。スタンド型の帽子かけ兼コートかけが、すみでわずかに装飾もかねているだけで、三方の壁には、額一面、カレンダー一冊、かかっていない。スタンドの底もしらべた。壁もしらべた。椅子にのぼって、天井の蛍光灯まで、のぞいてみた。いかにも機能的な印象に、神経をとがらせてみたのだが、悪意銀行の応接間とちがって、ここには盗聴装置も、録音設備もないようだ。

ドアはもうひとつ、左がわの壁にもあった。正面は、スティールサッシュの大きな窓で、曇りガラスがはまっている。その前へいって、ふたつのドアに気をくばりながら、近藤は、右手をふところに入れた。とりだしたのは、十円硬貨五十枚、一金五百円也の棒づつみが二本。それを、スコッチテープで、一本につなぎはじめる。渋田産業におけるような待遇を、ここでも受けないとは、かぎらない。そのときの用意に、酒井市長とわかれてから、銀行をさがして、両替しておいたものだ。

千円を投げるつもりなら、金づちでも、平のみでも、買えないことはない。だが、身体検査をされた場合には、たちまち兇器とみなされる。けれど、硬貨の棒づつみは、アメリカのインテリギャングがあみだした応用法で、まだ日本には普及していない。たとえ相手が、喧嘩（けんか）ずれしたやくざでも、武器になるとは、まず思わないだろう。銀行製の硬貨のロールは、五十枚単位だ。百円、五十円、十円の三種類のうちで、一本の重さが最大なのは、百円よりも五十円硬貨、これが二百七十g強ある。つぎは百円の棒で、二百四十g弱。十円硬貨は、二百二十g強だ。長さの点では、百円がいちばんで、自動計算包装機でしあげたやつが、八十八mmになる。つぎは五十円で、八cmちょうど。十円硬貨は七十七mm、という順序だ。二本つなげば、重さも長さも、倍になる。重量のほうがだいじだから、一万円かけることはない。五百四十g強をにぎって殴れば、ちゃちなゴム製のブラックジャック以上、フランスのやくざがよくつかう畳みこみ式の鉄棒ぐらいの、きき目はある。しかも、なにより便利なのは、いらなくなったら、もとの五千円として、つかえることだ。けれど、その金額と懐中との折りあいが、つかなかった。十円硬貨の四百四十g強でも、棍棒（こんぼう）の弟ぐらいには、役立ってくれるだろう。

セロファンテープで補強して、十五・四cmの棒をつくりながら、ちぎりそこねたテープの切れはしを、近藤はなにげなく、窓ガラスに貼りつけた。

「おや？　こいつは、おもしろいぞ」

テープの密着したところだけ、曇りガラスが透明になって、棘なしにせアカシアの梢も見える。目をちかづけると、むかいの歩道のバス停留所も見えた。無精松の不吉なすがたは、あいかわらず左手はポケット、右手はだらんとさげたまま、まだ街路樹によりかかっている。そのミラーグラスが、こちらをあおいでいるようだ。やはり、バスを待っていたのではないらしい。

「ははあ、テープが乱反射をなくすんで、透明になるんだな。すると、外がわからじゃききめはないわけか。それが欠点だけれど、こりゃあ、いい手をおぼえたね」

と、ほくそ笑んだとき、壁のドアがいきおいよくあいて、元気のいい声がした。

「すっかり、お待たせしてしまって、すみません。あすから、市制記念祭でしょう？　行事の企画制作を、いろいろ引きうけてるもんで、やたらに電話がかかってくる。それが、長話ばかりでしてね。一種の暴力行為ですな、電話というやつは」

近藤はあわてて、窓のテープをはがすと、手のひらにまるめこみながら、声のほうへむきなおった。

c

入ってきたのは、百五十*c m*そこそこの、瘠せた男だ。黒っぽい縞のダブルをきて、渋いネクタイを、きちんとしめている。幅のないからだなのに、ダブルがそれほどおかしくないのは、仕立てた腕のおかげだろう。顔を見ただけでは若いのか、年とってるのか見当もつかない。近藤は、イライシャ・クック・ジューニアという、アメリカの俳優を連想した。西部劇《シェーン》のジャック・バランスに決闘をいどんで、あっさり殺される短気な農夫に、扮していた男だ。

「わたくし、氷室良平(りょうへい)です。どうぞ、おかけください。どうぞ、どうぞ」

まっ黒な長い髪を、長い指でかきあげながら、小男は椅子をすすめた。天然ウエーブらしい長髪は、顔の総面積の三倍くらいに、ふさふさと波うっている。そいつに栄養をうばわれて、顔がしぼんでしまったらしい。

「はじめて、お目にかかります。実はわたし……」

と、立ったまま、近藤が口をきろうとしたとき、また左のドアがあいて、盆をささげた女事務員が入ってきた。紅茶のカップを、前かがみにテーブルへおろすと、事務服の胸が大きくゆれて、ちょっとしたグラマーだが、受付係どうよう、背はあまり高くない。社長を圧倒するがごとき女性は、採用しない方針なのだろうか。

「お茶までお待たせして、失礼しました。いま申しあげたように、目下、大忙しでしてね。みんな、てんてこ舞いしてますので——タバコはいかがです?」

と、氷室社長は、大きなシガレットボックスの蓋を、はらった。西洋の城のかたちの陶製で、三角塔の蓋が、ライターにもなっている。なかにハイライトが五十本ほど入っていることは、さっきの盗聴装置点検であけてみたから、わかっていた。そのかたわらには、スプリングの脚三本で、鏡面の台の上にささえられた灰皿が、おいてある。灰皿の下がスカートになっていて、その中心からは白い足が二本、一本はチャールストンのポーズで膝から曲げて、はねあげて、もう一本はまっすぐ下に、鏡の上にたれている。灰をおとすと、スプリングがふるえて、女の足が踊るしかけだ。氷室は、ダイヤの指輪をこれ見よがしに、左手で灰皿のへりをたたいた。

「これじゃあ、夜のムードですな。わたしんとこは、なんでも屋なんです。バーやキャバレの店内設備品なんかも、供給してるもんで、こういうものの見本をとりよせますとね。ここへおいて、お客さまの反応を、まあ、テストしようという……ははは、ずるい考えですが、これ、うけてますよ。うまいこと、つくったもんですな」

近藤は、すくなからずとまどった。この小男、話すことにも態度にも、氷室一家の親分という感じなんぞ、なかったからだ。左の薬指の純白ダイヤは、二カラットぐらいか。カットのしかたが、近年流行のテーブルのひろいブリリアントのようだ。そこに、成りあがり趣味をかぎとれば、替り身のよさが、完全にやくざらしさを隠している、と考えられないこともない。気をとりなおして、近藤は咳ばらいをひとつ。

「実はわたくし、シック・ニューズ・サービスのセールスマンなんです。*Sick*といっても、病気のことじゃありませんよ。スペシャルのS、インディスペンサブルのI、コンフィデンシャルのC、カインドリーのKをつなげて、SICK——つまり特殊で、ぜったい必要なニュースを、内密かつ懇切に、おとくいさまへ伝達する、というのが、わが社の業務内容でして」

「すると、一種の興信所……みたいなものですな」

「そうともいえますが、規模がちがいますよ。興信所というのは、お客のほうから、亭主の浮気をたしかめてくれ、とか、二号にしたい女のヒモの有無をたしかめろ、とか指定するわけでしょう？　わがシック・ニューズ・サービスは、契約したお客さまに関して、あらゆる情報を蒐集、整理の上で、お知らせするんです。もちろん、対策のご相談にも応じますよ。経験ある調査員を、多数かかえていなければ、できません。創立いらい五年、歴史は浅いようですが、本社はアメリカ、オハイオ州クリーヴランドにありまして、全世界八十七番めの支社が、日本国は東京、というわけなんです」

「そんな大組織にしては、失礼だが、有名ではないような――いや、地方都市の人間のうかつさを暴露してしまったのかな、わたしゃあ」

氷室はいたって、そつがない。皺だらけの顔を、いっそう皺にして笑いながら、山なす髪をかきあげる。熊手みたいに細く長く大きな両手が、テーブルの下へもぐったことは、一度もない。だから、サクションカップつきの盗聴マイクを、デコラの裏面に、つけられた心配はない。服のポケットも、ぴったりして、なにも入っていなそうだ。近藤は安心して、口からでまかせ、その場かぎりのおしゃべりを、スピードアップした。

「どういたしまして。ご存じないのが、当然ですよ。一種の秘密機関ですから。たとえば、何年間にもわたって、ご愛顧いただいてるお客さまでも、そのかたが他人に、わが社のサービスをうけていることをですな、口外なすった場合には、即座に契約失効、という厳しい規約があるくらいです。もっとも、規約はそれだけですが——つまり、失礼ないいかたですが、お客さまをこちらで、選ばしていただくわけで」

「なるほど、選ばれたのは光栄ですな。しかし、わたしがお断りして、こんなおかしな勧誘されたよ、なんてふうにですよ、友だちにでも話したら、ひろまりましょう？　噂が」

「だれも、本気にはしないでしょうね。そのために、わたくしども、こんな変装であるいてるんです。契約金をいただいても、領収証をさしあげない。ただ番号をお教えして、あとでそのナンバーを打った鍵を、お送りするだけです。来週から、おうかがいする連絡員は、あなたのと刻みめが、しっくり食いあう同番号の鍵を、やはり持っている。まるで、スパイ物語みたいでしょう？　勧誘に失敗したときの、それも、用心なんですよ。もっとも、日本支社発足いらい、いちども断られた例はありませんが」

「配慮充分ですな。しかし、そのために、信用されにくくなったりしたら……」

「困りますから、用意してきてますよサンプルの情報を」

「ほほう、たとえばどんな？」

「当市を二分する対抗勢力、氷室一派と渋田一派とのあいだに、市長改選をめぐって、険悪なる空気がかもしだされつつある。その詳報は——といったような……」

近藤は、もっと聞きたければ話してもいいですよ、という顔をした。だが、氷室良平は、

天井をあおいで、大笑いすると、

「いやあ、対抗勢力はおそれいりましたね。まるで、やくざの喧嘩が、はじまるみたいじゃないですか」

「おっしゃる通り、一般市民のいいかたでは、やくざの喧嘩です。それも、もうはじまってる、というべきでしょうね、目下の状況は」

「あきらめてはいても、ちょっと心外ですなあ、そういわれると」

氷室は、テーブルの上に両手をくんで、眉のあいだに、ひときわ深い立て皺をきざむ。

「わたしの父親は、いまでこそ隠居して、病気でねこんでるんで、たわいないですが、昔はね。たしかに、いわゆるやくざでした。わたしも、はたちになるかならない時分には、ずいぶん馬鹿をしたもんです。でもねえ、いまはあなた、やくざなんてものが威勢よがって、住んでいられる時代じゃない。東京なぞは、なおさらでしょう。資金難にあえぐやくざ、なんて新聞に、よく出てるじゃないですか。義理だ、人情だ、男気だっていっていられた昔は、つまり、のんびりしてたんですね、世のなかが」

「そうですかな。すると、氷室組というものは……」

「とっくに、解散しましたよ。そう見てくれないひとが、まだいることは、残念ながら事実です。いまいった資金難で、大都市のやくざが、こんなところへも、手をのばしてくる。そんな影響をうけちゃあ、わたしの苦労も水の泡ですからね。警察が間にあわないとき、元気な社員にキャバレの喧嘩を——西からきたやくざが、盛り場にくいこもうとして起したもんですよ、ええ——それを、鎮めさせたりしたのが、意志あるところと裏腹に、解釈されたりしましてね。でも、まあ、こちらがまともな気もちで、実業にはげんでさえいれば、噂をおそれることなんか、ないんですから」

「しかし、渋田大蔵さんは、どう思ってますかねえ」

「そりゃ、わかりませんよ、ひとのことは」

「となると、やっぱり、いろいろお知りになっていたほうが、いいんじゃないですか」

「どんなことです？」

「渋田大蔵氏は、あなたが市長と結託して、うまい汁を吸いつづけるために、強敵の塙候補を抹殺しようと、東京から殺し屋を呼びよせる、と信じてますよ。わが社の調査員が、その殺し屋と間ちがえられて、あぶない思いをしたくらい、真剣に」

「そんな馬鹿な！　わたしは、たしかに酒井市長の支持者ですがね。結託なんて、とんでもない。だいいち塙さんは、失礼ないいかたですけれど、こんども勝てませんよ。塙さんの演説を、聞いたひとの話だと——」

「わたしも、聞きましたよ。酒井市長を、さかんに攻撃してましたっけ」

「そうだそうですな。立ちあい負けしてる証拠じゃありませんか、それは？　負けるとわかってるものを、大金かけて、しかも、非合法に消すことはない。わたしが現市長と、なんらかの闇取りひきがある、と仮定しても、そうでしょう？　もちろん、いまのは、実業家のはしくれとしての、純粋な損得勘定からいったことですがね」

「しかし、渋田親分は、信じこんでるんです。こういう誤解は、理屈じゃひるがえせませんよ。対抗上、やはり殺し屋を、導入したくらいですから。酒井氏を、消すためばかりじゃない。どうやら、目あてはふたり。あなたも、入っているようですぜ」

「困ったことだ。聞きましたよ。この男でしょう、殺し屋というのは？」

ため息ついて内ポケットから、氷室がとりだす写真をみて、こんどは近藤がため息をついた。それは、ポラロイド・ランド・カメラでとった中国服の男の写真――ちゃんと背中のあるすがたは見せもしないで、いまごろはどこにどうしているのやら、芝居がかった顔ばかり、あっちこっちに配布している悪意銀行総裁、土方利夫のスナップなのだ、またしても！

d

「やれやれ、またこれか。この男こそ、あなたの雇った殺し屋だ、といいますよ、渋田に見せたら」

と、あたまをかかえて、近藤がいう。氷室良平の小さな目は、インスタント・ポプコーンみたいに大きくなった。

「しかし、この写真は、渋田のつかいだ、という男が、けさ受付けへおいていったんですよ。脅迫状みたいな手紙といっしょに」

「でも、ちがうんです。ご覧(らん)に入れましょう」

と、近藤は立ちあがる。窓にちかづいてから、つられて立った氷室をふりかえって、おごそかにいった。

「渋田のやとった殺し屋の実物を――むかしの歩道、バス停留所のそばにいます」

「ほんとですか、そりゃあ?」

と、氷室が窓に手をかけるのを、近藤はさえぎって、

「いけません。あけたら、こっちが気づいてることを、やつに教えるようなもんです」

「でも、それじゃあ……」

「見えない、とおっしゃる? わが社の教育をうけたものなら、そんなことはいいませんな」

と、落着きはらって、スコッチテープの六百番、二十五mm幅のやつをとりだすと、パキッと七cmほど切りとった。そいつを窓のはしに貼りつけると、こんなこと、生れない前から知ってるんだ、という顔で、ちょっと自分がのぞいてから、近藤は氷室をうながす。

「ご覧なさい。街路樹によりかかってる男が、そうです。わかりましたか? あの黒ずくめは、殺し屋の制服として、着てるんじゃない。あいつの場合は、汚れが目だたなくて、着かえる回数がすくなくてすむ、という理由なんです。サングラスも、寝るときに目をつぶるのが、めんどくさい。だから、かけてるんだそうで――つまり、なにもかもが、めんどくさい。あまり働かずに、金はたくさんとれるから、殺し屋になった。ハジキの腕も、練習をつづけるのがめんどくさいから、あっという間にうまくなることにした、という異色の人物ですよ」

最後のコメントは、近藤の推理にもとづく創作だけれども、氷室良平をうならすには充分だった。

「ぶきみなやつだな。ぼやっと立っているようでいて、たしかに隙はないですね、うん」

「無精うまれのものぐさ育ち、腰はおもいが狙いはたしか、本名松井なにがしとて、ついたあだ名が無精松という、その道の達人です。まだ得心がいかないようなら、見ててください。いま、わたしが出てって、あいつの腕のほどをためしてみる。あいつもまさか、ちょっかいだしたくらいで、殺しはしないでしょう。でも、腕の一本ぐらい、折られるかもしれない。その気があったら、契約をさきにしていただきたいな」

「よかろう。いくらだね？」

「契約金は、五千円でけっこうです。毎月のサービス料は、実費のかかりぐあいによるんでね。はっきり申しあげられませんが、一万から十万のあいだ、と思ってください」

「わかった。いうまでもないだろうが、あの男から、わたしを護るのが、さしあたってサービスだよ。わかってるでしょうな？」

氷室は、ヒップのポケットから、鰐革の財布をだすと、折りめのない五千円紙幣を一枚ぬいて、さしだした。それをうけとって、窓ぎわを離れながら、近藤がいう。

「もちろんです。じゃあ、見ててください。ああ、そうだ。あなたの登録番号は、Fの八九三八六ですよ」

Fは Fool のかしら文字、すなわち馬鹿のヤクザヤローといいすてて、ドアをあける。廊下へでる。受付けの娘に手をふって、階段をおりた。正面のドアから、歩道へでると、無精松を見すえて、車道を横断しはじめる。ひょろっと高いムッシュウ・ノワール、いやというほど宣伝されたが、ほんとの腕はまだ知らない。渋田の子分があたりにいれば、命にかかわるかもしれないが、相手はひとりだ。ひとりで、ハジキはぬかないはず。いで、なにほどのことかはあると、三十郎もどきのふところ手、のっしのっしと近藤は、無精松へとちかづいたり。

おりしも涌いたる冪冪の雲、中天の白日つつむとみるや、下界たちまち晻晻として、ひとしくおこる風一陣、歩道のへりに棄てられた新聞紙を、斜めにさっと吹きあぐれば、雲に勇んで舞いあがる、竜のすがたかと疑われ、それにおどろく自動車のクラクションは、怒れる虎の声にも似て、道ゆくひとの足をとどめたそのなかを、近藤ひとりおなじ足どり、無精松の鼻さきへせまる。いずれが竜か、いずれが虎か、両雄ここに対峙して、ふるか血の雨、ふくか死の風、眥さいたその顔を、近藤はミラーグラスにちかづけると、はったと睨んで——いや、なにもこんなに力むことはない。いとも無造作に、

「やあ」

と、いった。むろん、ムッシュウ・ノワールは返事をしない。わずかに顎をひいたのが、うなずいたつもりなのだろう。

「こんなところで、なにしてるんだ？　と聞いたって、返事するのは、めんどくさいだろ。かわりにおれが、答えてやるよ。氷室の動静を、ここからうかがってたのか、それとも、出

てくるのを待って、しまつする気だったのか？　どっちにしても、お前さんなら、顔を知られていないからな。見とがめられる心配は、ないわけだ。そうなんだろう、ええ」

無精松の顎が、こんどはかすかに右へゆれた。つぎに、反動で左へゆれる。

「なんだ？　ちがうっていうのか。馬鹿にするなよ。だいたい、お前さん、気に入らないね。ほんとに強いのか？　ふれこみだけじゃないのかい？　誇大広告ってやつには、政府も目をひからしてるんだぜ。見せてもらおうじゃねえか、お前さんの腕まえをさ」

近藤はいきなり左手で、無精松の革ネクタイをつかんだ。ぐいっとひっぱったとたん、ぎょっとしたのは、ちゃんと結んであると思ったのが、バネにからんでカラの下にとめてあるだけ。つるんと外れてしまったからだが、そればかりではない。つかんだ感じが、ふつうの革ネクタイではなかった。紙みたいにうすい鋼のナイフらしいものが、間ちがいなく革のあいだに入っている。

「こいつ！」

ネクタイを、歩道にたたきつけると同時に、近藤はふところから、右手でぬきはなった短刀――ではない。はなし家のおもて道具である扇子を、あいくちに見たてて、無精松の腹へ、ぐさっとばかり突きたてた。たとえ、ものは扇子でも、力いっぱい要でつかれたら、気をうしなうこともある。ましてや悪事百般、自称名人の近藤が、気あいをこめて突いたのだ。相手がふっとんだとしても、ふしぎはない。ただし、そこに相手の腹があればの話で。

それが、なかった、腹ばかりではない。足もなかった。首もなかった。なんにも、なかった。無精松は、消えてしまったのだ。近藤は扇子といっしょに、前へのめった。

第七章

世紀の対決の分析講評にはじまり
土方利夫が宦官にされるにいたる

a

近藤は扇子といっしょに、前へのめった。のめりながらも、危険を感じて、ふみだした足を軸に、くるり半回転して体をひらく。とたんに、いままで羽織の背中があったところへ、無精松のからだが落ちてきた。近藤が革ネクタイをつかんでから、まだ五秒とはたっていない。そばでバスを待ってるひとは、いなかった。遠くからふたりに、注目していたものがあったとしても、なにが行われたか、理解できなかったろう。予備知識のある氷室良平にも、経過がのみこめたかどうか、おぼつかない。もうムッシュウ・ノワールは、目のまえに、なめし革の背をみせて、なにごともなかったように立っている。

「いったい、どういうことなんだよ。これじゃあ、ご見物衆に不親切だぜ。ここはひとつ、テレビの相撲実況をみならって、分解写真をだそうじゃないか」

と、近藤は、むかいのビルの二階に手をふってから、無精松の前へまわった。もういちど腰をおとして、扇子をかまえる。

「おれが、左手で、ネクタイをたたきつけながら、こう右手で、裂帛の気あいをこめて、突いてかかる。すると、お前さん、なにをしたんだ？」

無精松は、あたまをわずかにのけぞらす。大きなミラーグラスが、雲を脱した陽をうけて、ぎらっとかがやく。革手袋のその右手を、近藤はうなずいて、持ちあげた。

「なるほど、右手で頭上の枝に、とびついたんだね。左手は？　わかった。ポケットへ入れたままで――おどろいたな。うしろむきに、はねあがったのか！」

無精松が、ちょっぴりうなずく。その長身が、にせアカシアでも棘のない枝を基点に、後方九十度まで、円周の¼だけ靴底でえがいた線を、近藤は手でたどりながら、

「すると、おれが突っかかったときには、お前さんのからだ、約三mの上空で、歩道と水平になってたわけだ、だから、おれはつんのめった」

と、すぐ本来の役にもどる。かめの子およぎに、踏鞴をふんで、

「いけない、とばかり、前にでたあんよを軸に、独楽になる。そこへ、お前さんが――」

と、解説者はいそがしい。左の爪さきで、くるっとまわると、こんどは両手で、無精松のからだが、現在点へもどる軌跡をたどりつつ、

「落ちてきた。おれがのめりっぱなしでいたら、その速度によって、後頭部か、僧帽筋か、脊椎か、仙骨のあたりを、お前さんの爪さきか、かかとで――」

と、蹴っとばされるところを、手ぶりでみせながら、近藤は、ムッシュウ・ノワールの前へもどった。

「やられてたわけだな。靴に鉛でもしこんであったら、あの世へいってたかもしれねえや、くわばら、くわばら。でも、ちゃんとよけたんだから、今回はドローンゲームだぜ——ただいまのは、取りくちの分解でございました」

と、氷室商事の窓へむかって一礼したあと、まだあげたままで、じっとしている無精松の右腕を、近藤はおろしてやった。ネクタイもひろって、カラの下にさしこんでやってから、

「なるほどねえ。こと命にかかわるとなると、お前さんのからだも、機敏に動くんだな。お見それして、申しわけなかったよ」

「死ぬのは、めんどくさい」

ぼそっと、低い声がいう。無精鬚のなかの薄いくちびるは、例によって、ほとんど動かない。

「感服させたおあとは、捧腹絶倒させてくれるか。わかったよ。お前さんが、おっかない相手だってことはね。だから、ぼさっと立ってないで、どこかへいってくれ。氷室社長が、目ざわりだ、とおっしゃるんだ」

と、近藤は肩をたたいた。

けれど、こんどはムッシュウ・ノワール、顎もひかない。耳を左右に、ふりもしない。

「だめかね。じゃあ、おれが背中をおしてやる。それなら、歩いてくれるだろ？　どっかの

公園から、銅像を盗んできたみたいに、見えそうだな。見場(みば)がわるいけど、あきらめてやるよ」

氷室から五千円せしめた手まえ、すこしはサービスしなければいけない。しごとにかけては、良心的な近藤だ。無精松の肩をつかんで、右へむかせる。背中をおして、歩きだす。

まだ十歩とは、いかないうちだ。進行方向から、走ってきたひとりの男。

「ああ、先生、たいへんだ。本物がきたんですよ、松葉杖のチャイナ野郎が」

息はずませていう声は、おなじみの熊田のもので、

「十一時六分でついて、はんてんホテルに、入りゃあがった。だから、こっちは切りあげて、そっちへおれと、ご同行ねがいます。先生に見てもらえば、およその腕の見当はつくだろうって、社長がいうもんですからね」

と、無精松の腕をつかんで、せきたてた。近藤は、ひょいと肩ごしに、顔をのぞかせると、

「よお、介添役の交替がきてくれたか。助かったよ。じゃあ、熊さんや、たのんだぜ。おあとのしたくが、よろしいようで」

黒い大きい革の背中を、ぽんとたたいて、両手をひいた。熊田も腕をはなして、ジャンパーの下に右手をつっこむ。

「あっ、野郎！　よくも兄きを——」

うしろを見せて、もう走りだした近藤を、あいくちぬいて追おうとしたが、そのとたん、そっくりかえって押されてきたムッシュウ・ノワール、おす手も、ひく手も、なくなったか

らたまらない。ひょろひょろどしん、と尻もちつくと、たいがいのことには、さからわない方針どおり、あおむけに寝そべってしまった。熊田はあわてて、ぬきかけたあいくちを鞘(さや)におさめる。

「だめですよ、先生、起きてくださいったら。野郎のことは、またにしますから――さあ、こんなところへ、寝ちまわないで」

渋面つくって、抱きおこしにかかるのを、逃げこんだ露地口から、うかがっていた近藤は、しめた、とばかり、また走りだす。そこへ、一台のタクシーがよってきて、ぴたりとまると、客をおろした。かわりあって、シートへとびこんだ近藤は、

「運転手君、はんてんホテルへ大急ぎだ。大きくいえば、巴川の運命がかかってる。がんばってくれよ。産業スパイが、ある男とホテルであおうとしてるんだ。そいつの手に、設計図がわたったら、せっかく誘致した工場が、つぶれるんだぞ」

と、まくしたてられた運転手、東京とちがって、すなおなものだ。のぼせあがって、アクセルふんで、どっと車をスタートさせる。交通量のすくないありがたさで、ひろい道路をわがもの顔に、Uターンした。やっとのことで、無精松をかかえ起した熊田のすがたが、見るみるうちに小さくなる。近藤は安心して、シートにしがみついた。並木通りを右へ曲って、車はぐんぐん、坂道へかかる。その道がだんだん、せまくなっていく。どうも見おぼえがあるような、と思ったら、左へいったところが、酒井の屋敷だ。はんてんホテルというから、従業員は半纏(はんてん)すがたで、外観はホテルふうの和洋折衷かなんかだろう、と想像してきたが、

けさ聞いた新築の六階建てのことらしい。

「もう、すぐ、ですが、玄関へ、つけますか、旦那？」

ハンドルにしがみついて、運転手が声をはずませる。

近藤も、シートといっしょに上下しながら、いいかえした。

「まずいよ、それは。スピードを、おとして、通り、すぎてから、とめて、くれ」

どうやら舌を噛まないうちに、タクシーは速度をゆるめて、ホテルのまえを通過した。なるほど、まあたらしいが、この持ち主、帝国ホテルにあこがれたとみえる。正面のつくりは、荘重だ。道路にめんして、まんまるい池がある。そのまんなかに、立っている石の乙女のになった壺からさかんに水がおちていた。池の左右をめぐった車が、吸いこまれていく車寄せには、屋根がつきでて、その上にならんだ文字は、FOUNTAIN HOTEL——出水町からとって名づけた《ファウンテン・ホテル》だった。

「とめてくれ。ここでいい」

五十mほどいったところで、車をおりると、近藤はあともどりした。まだ背のひくいヒマラヤ杉を、植えこんだ車寄せのへりづたい、玄関のガラスドアまでたどりつく。ドアボーイが、背中をむけているのをさいわいに、ロビーをのぞきこんだとたん、あわてて顔をひっこめたのは、ほかでもない。ボーイと話をしていたのが、顔こそ見えね、アズキいろの右袖と、手首に光るチェーンでわかる。おやまたオヤマー、秋元だったからだ。

b

「もしもし、ファウンテン・ホテルのフロント？　こちら、朝夕新聞の支局のものだがね。この一時間いないに、松葉杖をついた中国服の男が、部屋をとらなかったかなあ？　とってる？　こりゃあ、しめたぞ。それで、なんと名のって？　いや、心配することたないんだ。偉いひとだよ。なんだって？　シオジ・タカヒト——ああ、八重の潮路に、とんびが鷹うんだの鷹ね。人間さまの人か。潮路鷹人ねえ」

アルセーヌ・リュパンきどりのアナグラム、土方利夫をばらばらにして、組みなおした名前だが、それにしても、このキザさかげん！　と顔をしかめながら、近藤はしゃべりつづける。ファウンテン・ホテルの裏手の坂を、くだりきったところの電話ボックスだ。

「ちゃんと、名のったんだな。うん、本名さ。ほんとは日本人なんだ。もと海軍の情報将校、いまは台湾で国府軍の指導にあたってる、という黒幕的人物だよ。ただし、知らん顔してたほうが、いいぜ。日本へ帰ってきたのは、非公式なんだから。当人はもちろん、ほかのひとにもだ。このネタつかんだのは、わが社だけなんだからね。他社にばれたら、あんたのせいだぜ。ただじゃあ、すまないからね。できるだけ早く、そっちへいくよ、ああ、そうだ。ルームナンバー、教えといてもらおう。五百十二号？　五階の十二号室だね。おつなぎしましょうかって？　冗談じゃないよ。そっちへいかないうちに、電話なんかで話したら、断られるか、逃げられるかだ。じゃ、あとで。いろいろ、ありがとう」

　電話を切って、近藤はボックスをとびだした。秋元なんぞが、先のりをしていたのでは、ロビーへのこのこ入っていけない。それでなくとも、フロントをまともに通したのでは、面会を拒否されるおそれ多分にある。だから、横手の外壁に、古風な鉄の非常階段がジグザグについてるのへ、目をつけた。けれど、ルームナンバー不明では、どこまでのぼっていいのか、わからない。そこでまず、公衆電話をさがしたわけだ。

　非常階段のいちばん下は、折りたたみ式になっている。つかうときには、上から押しさげなければ、地上にとどかない。近藤は、下駄と白たびをぬいで、ふところに入れた。ほとんど歯のない下駄だから、それほどかさばらない。塀と壁のあいだのせまい通路で、六mほど助走してから、とびついた。袷のすそがだらんとさがって、颯爽（さっそう）とはいかないが、とにかく身軽に手すりにとりつくと、はだしのまんま、のぼりはじめる。

　階段わきの二階の窓を、ちらっとのぞくと、いい身なりの青年が、旅行用の小さなアイロンで、百円紙幣の皺を、念入りにのばしているのが見えた。三階の窓では、パステルブルーのバスタオルを、からだに巻いただけの小娘が、ワイシャツに毛臑（けずね）の中年男と、キスしているのが見えた。四階の窓では、角ばった黒ぶちめがねの小がらな三十男が、一字も書いてない原稿用紙と、一ダースばかりの削った鉛筆をテーブルにひろげて、熱心に鼻をほじっているのが見えた。五階の窓には、カーテンがしまっている。非常扉には、錠がおりていた。苦もなくあけて、ひろい廊下にすべりこむ。512のドアをさがしてノックすると、土方利夫の声が答えた。

「どなた?」

「貧乏神です、こんにちは」

と、近藤がいう。ドアがあいて、セピアいろの顔がのぞいた。もちろん、帽子はかぶっていない。だが、左の目には、黒い眼帯をしたままだ。松葉杖をあやつって、うしろへさがると、白い歯をみせた。

「まあ、入りたまえ。きみも、この土地へきていたとは、意外だねえ」

「おたくこそ、どこでぐずついていたんだよ、フウ・マンチュウ・ジューニア君」

「なんだって?」

土方は、黒い松葉杖をソファへ立てかけながら、聞きかえした。絨緞を敷いた部屋は、六畳間ぐらいの大きさだ。大きなテーブルとソファ、安楽椅子がひとつ、フロアスタンドがひとつ、すみに大きなテレビがある。ドアがふたつあって、ひとつのむこうには、ベッドがあるのだろう。ガラスのはまったほうは、バスルームらしい。近藤は、ぐるっと見まわしながら、

「フウ・マンチュウ博士を、知らないかね? アメリカの古い推理小説に出てくる大悪漢だ」

「知ってるさ。あれを書いたサックス・ローマーというのは、アメリカじゃない、イギリスの作家だぜ。まだ生きてるんじゃ、ないのかな? 五、六年まえまでは、書いてたからね。フウ・マンチュウが原子爆弾を盗もうとするのを、イギリス情報局のネイランド・スミスが

阻止する話かなんか――」

「スコットランド・ヤードのスミス氏だろう?」

「新しいやつじゃ、もとロンドン警視庁副総監、いまはイギリス情報局の高官、ということになってるんだよ。出世したんだな。しかし、どういう関係が、ぼくとあるんだろう？」

「大人の写真をみて、あるひとがいったのさ、フウ・マンチュウの息子みたいだって」

「そりゃあ、光栄だね」

　土方は、色は渋いが模様は華やかな中国服を、もったいらしくさばいて、ソファに足をくんだ。その前のテーブルに、近藤は羽織をまくって、腰をおろすと、

「へえ、いやな顔をしないのか？」

「相手が、大物だからね。かのイァン・フレミングのドクター・ノオだって、あきらかにフウ・マンチュウの影響で、生れたんだぜ。けれど、だれだい、そんなお褒めのことばをくだすったのは？」

「おたくが殺しにきたお目あての人物さ」

「なんのことだか、わからないな」

　土方は、細くて短かい葉巻をくわえて、ダンヒルの火をつける。

「とぼけるなよ。もっとでっかいシガーを、爪楊枝みたいにくわえた黒幕に、おれがお目にかかってることを、わすれたのか。あんただって、そんな海賊めいた眼帯に、芝居がかった中国服でさ。市制記念祭のパレードに、参加しにきたわけじゃないんだろう？　ごていねい

に、アメリカ製の陽やけ顔料かなんかお塗りあそばして、それじゃあ、風呂へも入れめえ。急な客でもあったら、せっかく凝った変装も、たちまちばれちゃうぜ」

「べつにここまで、風呂へ入りにきたわけじゃないから、心配するなよ」

「じゃあ、かわりにおれが入れてもらうか」

「どうぞ、どうぞ。そのドアのむこうが、バスルームだ」

と、土方はシガリロのさきで、部屋のすみのガラスドアをさししめしながら、

「髭もそるかね。鏡の下の棚に、充電式のかみそりがおいてあるから」

「その前に教えてくれよ、あのアテレコ・ロビンスン――おたくの依頼人は、いったい、なにものなんだ?」

「うまいこと、いうな。しかし、教えてはやらないよ。依頼人の秘密は、まもらなけりゃならない。きみに邪魔されたくも、ないしね」

「そんなら、こっちも教えてやらないぞ。あんたがスター気どりで、やたらにブロマイドをばらまいたせいでね。実物をひと目みたいと、ロビーにファンがつめかけてるんだぜ。予備知識が、必要じゃないかな」

「ああ、警察の連中か。駅からここまで、護衛していただいたよ」

土方は、シガリロのけむりを吐いて、にやりとする。近藤は、テーブルからおりた。バスルームに、ちかづく。ガラスドアをあけながら、急にふりかえって、

「無精松って男、知ってるか?」

「なんだい、そりゃあ？」

「ほんとに、おたくが知らないとすると、みょうなことになるぜ。おれが調べたところじゃあ、酒井市長を殺して得するやつで、そんな非常手段も辞さないってのは、ほかにいないんだ。無精松をやとった男と、そいつが支持する候補者だけ……だが、どっちもアテレコ・ロビンスンじゃないんでねえ」

「だいぶご勉強のもようだが、ものごとは表面だけじゃ、わからないよ。松葉杖だけ見て、ぼくをびっこだと思いこむような早合点を、どこかでしてるのかもしれないぜ、きみは」

「そういえば、ご自慢のオートマチック・ライフル、こんどはご持参じゃなかったのか」

土方の右足が曲らないのは、小児麻痺の後遺症ではない。組立式オートマチック・ライフルの部品を、コルセット・スタイルのケースに入れて、足につけているためだ。太いステッキは、石づきと握りをはずすと、銃身になる。だが、いま土方は、ちゃんと両膝を曲げてすわっているから、近藤は聞いてみたのだ。

「いうそばから、それだよ。ぼくのライフルは、いつもステッキのかたちをしてる、と思いこんでる」

「なるほど、なるほど。今回は松葉杖に、すがたを俏してているわけだな」

「やんなるなあ。どこまでいっても、先入観からはなれないね。あれとこれとは、構造がちがうんだよ。あっちは、アメリカ陸軍のM3をモデルにしたもんで、ただ銃身が、いくらか長い。重量も、軽減してある。四五口径の拳銃弾がつかえて、フルオートマチックにすれば、一分間に百発うてる。しかも、重さは一貫目たらず。けれど、精密射程は百二、三十*m*までだ。ほんとは、サブマシンガンというべきものさ。ところが、こっちのモデルは、ドイツのMG42オートマチック・ライフルでね。ちょっと重くて、口径も七・九二*mm*しかないが、精密射程は三百*m*、フルにすれば、一分間に千五百発うてるんだぜ。ご覧のとおり、片っぽが銃身、もう片っぽには、ボックス・マガジーンがつまってる」

土方は、松葉杖の片っぽをひきよせて、その先端から、羊羹の棹(さお)みたいなマガジーンをすべりださせた。そいつを、残った松葉杖へ直角にはめこんで、あっちこっちをガチャガチャ動かしてから、いい気持そうにかまえてみせる。

「つまり、新しいおもちゃか。いいご身分だな」

いいすてて、近藤はバスルームへ入った。

c

からだじゅうを、ごしごし洗って、ていねいに髭をそると、だいぶ近藤も、見られる顔つきになった。土方は、テレビか、ラジオをかけているらしい。湯舟につかっていたとき、ボサノバのリズムにまじって、電話のベルの鳴るのが聞えた。髭をそっていたときには、ディーン・マーティンのうたう《ラ・パロマ》にまじって、ドアのひらく音が聞えた。バスルームを出てみると、テーブルの上にアンテナを立てたパナソニックから、ナット・キング・コールのうたう、《ルート66!》が聞えていた。ひろいテーブルの上には、さっきはなかったものが、ほかにもある。ビールの小壜が四本に、三百六十mlのゴブレットがふたつ、大きな皿に盛ってあるのは、クラブ・サンドイッチらしい。土方は、トランジスタ・ラジオのスイッチを切って、栓ぬきをとりあげた。

「せっかく、きてくれたんだ。帰るのは、一杯やってからにしてくれよ。ここの蟹はうまいそうだから、サンドイッチにしてもらったんだが……」

「いましがた声が聞えたのは、ボーイがこいつを持ってきてたのか。ああ、帰らないとも。知らぬ他国は、心細い。ずっとおたくのそばに、くっついているつもりで、やってきたんだ」

「しかし、もう二時間もするとぼくはでかけちまうよ」

「おデイトかい？　ラジオのヴォリュームをあげて、おれの耳に入れまいとした電話のぬしだろう、相手は」

と、聞いてはみたが、もちろん返事は期待していない。小壜一本三百三十四ml、そっくりつぎこんだゴブレットを、ぐっと半分ばかり、ひと息にあおってから、クラブ・サンドイッチにのばしかけた手を、鼻へ持っていって、

「このホテルの設備は、どっか間がぬけてるな。古風な非常階段といい、この石鹼のおそまつな香りといい」

「そんなことといって、罰があたらないかね。きみはその古風な設備のおかげで、ここへたどりついたんじゃあ、ないのかい？」

「そんなことより、一コ三千円もする石鹼があるそうだけれど、知らないか」

「ああ、あれだよ、たぶん。いまは亡きマリリンご愛用のお寝巻と、製造元も、銘柄もおなじものののバスサイズ。馬蹄形のくいちがったマークが、ついてるやつだ。そいつを奮発して、プレゼントしたいような女の子でも、あらわれたかね？　東京へ帰ってからでいいんなら、ぼくが格安に手に入れてやるぜ」

「そいつを、朝晩、おしげもなく泡にしてる女が、いるんだとさ。選挙につきもののオードブル、例の怪文書ってやつによると、そのお女性、酒井鉄城氏の第二夫人だそうだ。もちろん、市長どのはみとめていない。その否定のしかたが、ちょいとあっぱれでね」

「現市長にあったのか、きみは？　どんな人物なんだ」

「これが、なかなか、おもしろい。ひと口にゃいえないが、ふた口ぐらいにいうと、行動力があって、必要とあらば現実に徹することも、たやすくできるロマンチスト、といったところだろう。長くつきあったら、満満たる自信が、鼻につくかもしれないがね。説得力は、かなり持ってる。なにしろ、酒井を支持する氷室一家の親分にも、影響らしきものが見られるくらいだ。こいつ、アメリカふうのギャング実業家になろう、と懸命になってる男でね。縞のダブルかなんかきて——そうか、いまごろ、わかったぞ。《アンタッチャブル》のフランク・ニティを気どってるんだな、ありゃ、きっと」

「おもしろそうな男だね。いちど、その氷室親分とやらにあってみたいな」

「おれも、あわせてみたいよ。おたくとの共通性も、たぶんに感じたんだ。もちろん、あんたの悪趣味とキザっぽさのほうが、格段に洗練されてるけどさ」

「心のともなわない言葉も、まあ、そのていどなら、罪がないね」

「どういう意味だい、そりゃあ?」

「もと海軍の情報将校、いま国府軍の指導者、となると、はた迷惑だってことさ、もちろん」

「フロントのやつ、しゃべりゃがったな」

「非常階段のぼってきたのは、足のよごれで、すぐわかった。そんなことをする以上、ルームナンバーを聞きだした方法も、まともであるわけがない。お得意のでまかせで、クラークをけむに巻いたんだろう。単純な三段論法さ。そうなると、嘘の内容を知りたくなるが、当然じゃないか。ビールとサンドイッチをたのむついでに、聞きだしたんだ。ぼくの台本じゃ、日本生れの中国人、戦争ちゅう、スパイ容疑で拷問されたせいで、日本人を殺すことに、異常な情熱をもってる殺し屋、という設定なんだからね。勝手にかえちゃあ、迷惑だよ。噂がひろまって、だれかに中国語で、話しかけられでもしたひにゃあ、たちまち、ばれちまう」

「そんな恰好、するほうが悪いんだ。おれのせいじゃないよ。その松葉杖と眼帯は、拷問のなごり、というわけか」

「というわけだ」

　土方はうつむいて、後頭部の結びめをほどくと、眼帯をはずした。思わせぶりに、ゆっくりと顔をあげる。黒い楕円形の下には、青黒いひっつれのなかに、白く濁った目があった。

コンタクトレンズとプラスティックパテで、こしらえた顔だろうが、子どもが見たら、泣きだすかもしれない。しかし、近藤はふきだした。

「よお、お岩さま、お岩さま。そいつが見せたくて、さっきから、うずうずしてたんだな。どうも落着きがない、と思ったら」

「落着かないのは、外出の予定時間が、だんだん迫ってくるからさ」

と、ゆるやかな袖をめくって、ゾディアックの文字盤をのぞきながら、土方がいう。苦心のメークアップを笑われて、がっかりしているような声だ。近藤は四本めのビールの栓を、勝手にぬきながら、

「だけど、うかつに出てくのは、危険だぜ。さっきもいった通り、ロビーでおたくを待ってるやつがいる。無精松という、こわい男だ。そいつひとりじゃ、ないかもしれない。反酒井派の渋田一家が、ホテルの前に竹槍つらねて、勢ぞろいしてるかもしれないぞ」

「おどかすなよ。ぼくには護衛がついてるから、心配ないはずなんだ」

土方はテーブルのはしから、ダイアルのない電話機をひきよせると、フロントを呼んだ。

「ええっと、ロビーにね。紺の服をきた色のまっくろな男が、いないかな。いる？　いれば、いいんだ。呼んでもらいたいわけじゃない。呼んでもらいたいのは、ハイヤーなんだ。新車の大きなやつが、いいなあ。もちろん、一台でいいんだがね……」

「なるほどねえ。おたくがブロマイドをばらまいたのは、ほんとの目的をあいまいにするためじゃあ、なかったんだな。尾行の刑事を、護衛がわりにつかうなんて、あんたらしいや」

近藤は、クラブ・サンドイッチの右手につまんだ最後のひときれで、土方利夫をさしながら、

「しかし、まさかあれまで、ごまかしてるんじゃないだろうね。たとえば――そうだな。市長暗殺、というふれこみで、ほんとの目的は、選挙の応援にくる政党の有力者かなんかじゃ、ないのかい？　新聞社に電話かけてみりゃ、だれがきてるか、だれがくるか、すぐわかる」

土方は、なにもいわずにもういちど、青磁(せいじ)いろの受話器をとりあげて、

「朝夕新聞の巴川支局へ、かけてくれないか。番号は知らないんだ。ああ、切って待ってる」

土方が電話機をおしてよこす。すぐベルが鳴った。近藤は受話器をとった。

「もしもし、ちょっと教えていただきたいんですがな。現在、あるいは、ここ数日ちゅうに、各政党の有力者で、こちらへ応援にきているひと、くる予定のひとが、ありませんか。ええ、そうです。あさってが、投票日ですね。くるべきひとは、みんな、きてしまった？　ああ、そうですか。どうも、ありがとうござんした」

近藤は電話を切って、残念そうにビールをのみほす。土方が得意げに、

「ぼくはいつだって、フェアプレイでいってるじゃないか。それを、わすれちゃいけないね。もちろん、依頼人の利益のために、隠していることはあるよ。しかし、嘘をついてはいないんだ」

といったとたん、けたたましく、またベルが鳴った。近藤が上むけた手のさきで、受話器

を高くはねあげる。それを土方は左手でうけとめて、

「もしもし――ああ、車がきたの。じゃあ、すぐおりていくから」

「では、旦那さま、拙もおともさせていただきやしょう。いやだといっても、おれが尾行することはわかってるだろう？　ここはひとつ、フェアプレイの精神とやらで、いっしょにつけてってくれないか」

と、近藤も立ちあがった。

d

土方と近藤をのせたのは、ダッジの古いやつで、大きくはあったが、あまり快適なのりごこちではなかった。そのうしろを、紺の服をきた色のくろいのと、もうひとり、子どもっぽい顔の刑事をのせたルノオが、ついていく。そのまたうしろを、無精松と熊田をのせて走っていくのは、秋元の運転するクラウンだ。ホテルを出てから、もう三時間、ダッジは走りまわっている。あっちへいったり、こっちへいったり、まるで、追いこみに懸命な選挙運動のトラックの、まねをしているみたいだった。

みごとな松をあおぎながら、城址公園のすそをめぐる小道も、一周した。将棋の駒をつみあげたみたいに、打ちっぱなしのコンクリートで、モダンに構成した公会堂へも、いってみた。市内をはなれて、工場や、ゴルフリンクスや、競輪場や、オートレース場にも、いってみた。いたるところに車をとめたが、土方はいちども、おりようとしない。国道をはずれる

と、道はとたんに悪くなる。おまけにシートのスプリングは、ゆるんでいた。だんだん尻が痛くなってきて、近藤は土方が運転手に、

「そろそろ、市内へもどってくれ」

と、命じたとき、思わず、

「ありがとう」

と、いった。空は夕焼けで、黄金いろから褪紅色（たいこうしょく）まで、目まぐるしく色をかえていく。育ちはじめの麦畑や、桑畑（くわばたけ）や、あちらこちらの木立ちが、しだいに暗いかげになる。せまい泥道に埃りを舞いたたせて、ダッジが走っていくあとから、ルノオとクラウンが、うんざりしたようについていく。道のわきに、小さな林にかこまれて、りっぱな二階屋があった。大きな鬼瓦（おにがわら）がそびえていて、農家らしくはない。その家のすじむかいに、石の鳥居の小さな神社が、常緑樹にかこまれていた。曾許之御立神社、と白布に墨で書いた幟（のぼり）が、うすよごれて立っている。

「みょうな名前の神社があるぜ。なんて読むか、知ってるかい？」

と、土方がいう。近藤は、首をふった。

「インポテンツの男が、もっぱら信心する神さまでね。たいへん、霊顕あらたかだそうだ。そこのおたち神社、と読むんだよ」

「ほんとかい？」

「知るもんか。元気のない顔をしてるから、きみのいいそうな悪じゃれを、かわりにいって

やったんだ」

「元気も、なくなるさ。このまま朝まで、車にのってる気じゃないだろうな」

「市内へ入れば、もう終点だよ」

「もう、市内ですよ。いまの神社のあたりが、名越町ってまして、市のはずれなんです」

と、運転手が口をはさんだ。

「だったら、もうすこし、どこでもいいから走りまわって――そうだな。車をとめとく場所のあるキャバレか、バーでもいいんだが、とにかく、どこかへ案内してくれないか、まかせるから」

と、土方は腕時計を見ながら、いった。市内は、すっかり夜になって、家なみに灯りがきらめいている。車がゆれなくなったので、近藤は元気をとりもどした。

「なんだ、おたくは要するに、日の暮れるのを待ってたわけか」

「べつに待ってなくたって、いつかは東半球、太陽に背をむけるさ。このドライブの目的は、酒井市長の町づくり手腕を、ざっと拝見、ということだったんだ」

「それで、ご感想は？」

「思ったより、おみごとだね。いかにも、大行は細謹を顧みず、といった人物らしいな、酒井鉄城氏は」

「なんだい、そりゃあ」

「史記の本紀第七にあることばだけど、知らなきゃいいんだ。ぼくにも、新しいことだけじゃない、古典の知識もあるところを、ひけらかしただけだから」

「まったく、おたくはつきあいにくい男だね。なら、つきあわなくてもいいぜ、かなんかいう気だろうが、今夜はそうはいかないよ。徹底的につきあう覚悟で、お尻のいたいのも我慢してるんだ、さっきから」

「どうも、シートが古くて、申しわけありません」

と、あやまったのは、運転手だ。

「あいにく出はらってて、大型はこの車しか、なかったんですよ。ええっと、このキャバレが、まあ、巴川じゃいちばん有名なんですが、とめますか、ここで?」

ダッジはメインストリートを一周して、寿楽通りのはずれにきていた。道路からかなりひっこんで、積み木細工みたいな建物が、NIGHTLESS CASTLEというネオンを光らしている。ガラスドアには金文字で大きく、不夜城、と書いてあった。そのわきへ、白い腹巻、半股引、お祭りのはっぴをきたグラマーの絵に、巴川まつり、福引き大サービス、ぜんぶ一二等、からくじなし、という文字を配した看板が、立てかけてある。

「ここなら、前に駐車できるな。ぼくらはいちおう、入ってみるけどね。おもしろく遊べそうもなかったら、すぐに出てくるよ。だから、きみ、待っててくれないか。もちろん、いままでの分は精算しとくから」

土方は、ダッジボードの下のメーターをのぞきこんで、料金をはらってから、五百円紙幣を一枚つけくわえて、

「これは、待ち賃だ。そうだな、二十分だけ待ってみてくれよ。二十分すぎて、ぼくたちが出てこなかったら、帰っていいからね。足りるだろう、これで？」

「じゅうぶんすぎます。ありがとうございました」

運転手が、あわてて車をおりて、バックシートのドアをあける。土方は、松葉杖からさきにおりると、いやに大きな声で、

「じゃあ、待っててください。おねがいしますよ。さあ、まいりますか」

と、近藤をうながした。ねじり鉢巻、半股引に祭礼はっぴ、毛臑をだしたドアボーイが、ガラスドアを大きくあける。とたんに、くしゃみをした。それを合図に、クロークの横の、桜の造花をいっぱいつけたカーテンがひらく。やはり鉢巻、腹巻、半股引、はっぴすがたの女が二、三人、寒そうに胸をかかえて、走りよってきた。カーテンのわきには、特等の貼り札をした電気炊飯器、一等の貼り札をしたポリバケツ、湯たんぽ、如雨露、洗面器、二等の貼り札をしたクレンザー、マッチの大箱、トイレットペーパーなんぞが、杉なりに積みあげてある。そのかげへ、土方はすばやく、ドアボーイをひっぱりこんだ。

「きみ、悪いけど、たのまれてくれないかな。あとでまたきて、埋めあわせをするからさ。いまは、裏口へ案内してもらいたいんだよ。これをきみに、これはそちらの女の子たちに――」

と、千円紙幣を一枚、また一枚、ボーイの手におしこんで、

「新聞社の連中に追いまわされて、困ってるんだ。これじゃ、おちおち遊ぶことも、できな

いからね。裏から、そとへ出られるんだろう、ここは？」

「ええ、出られますよ。じゃあ、ご案内させますから」

と、ボーイが女のひとりに、耳うちする。女は、クロークのわきのせまいドアをあけた。せまい通路を、まっすぐいくと、またドアがある。もうそのそとは、暗い露地だ。土方がさきへでると、女は近藤にしがみついた。鳥肌（とりはだ）立った腿を、こすりつけながら、

「あたし、暁（あかつき）っていうの。かわってて、おぼえやすい名でしょう。ほんとにあとできて、暖めてね。このかっこ、寒いんですもの」

と、乳房のはみだしそうな腹巻へ、近藤の手をあてがわせて、つぎには下へ持っていく。

「こっちのほうは、いつも熱くなってるけど」

半股引は男のもので、前が斜めにわれていた。近藤はあわてて、手をひっこめて、

「わかった。ほんとにくるよ。名前も、おぼえた」

「特別の福引き、ひかせてあげるわ。あたしが、あたるかもしれないやつを」

と、派手なウインクをして、女は身をひるがえす。

くしゃみをしながら、急いでひきかえしていくのを、土方は見おくって、

「いまのが、名にしおう巴川式サービスか。あれが序の口だとすると、だいぶ、すさまじいらしいね」

「でも、あの暁さんじゃ、あかつきばかり憂きものはなし、という口だぜ。ところで――」

と、板戸をしめながら、近藤がいう。

「尾行はこれで、ふた組とも簡単にまけたわけだな。東京とちがって、甘いもんだなんて思うと、大間ちがいだぜ。だいいち、まだ小生がくっついてる」

「わかってるさ。車を待たした心理的トリックが、あっさり成功するとは、思ってやしない。最後尾のやつらは、警察を敬遠するだろうがね。刑事さんたちは、店へ入ったかもしれないな」

と、土方はさきに立って急ぎながら、

「フロアの照明は、くらいようだった。だから、すぐには気がつかないとしても、いずれは警察手帳をひけらかすよ。うろうろしてちゃ、すぐ見つかる。ぼくらもどこかへ、入ろうじゃないか」

「いまみたいなところは、ごめんだぜ。通りぬけるとは、思わなかったからね。福引きをひかされて、ポリバケツなんぞがあたったら、どうしようか、と心配したよ」

露地をでると、いくらかひろい横丁に、バーの軒灯がならんでいた。塙条之助候補が、演説ちゅうに言及していた一劃らしい。土方は松葉杖をあげて、

「よりどり見どりだ。おくから二番めのあの店が、いいだろう」

と、さししめした看板には《なぎ》という二字が読める。《なぎ》とは、凪の意味だろう。だが、うの字をおとしたんじゃないか、と思われたほど、間口のせまい奥行のふかい店だ。しかも、鉤の手にひっこんだボックスが、おくにあった。そこだけがあいていたのも、好都合だった。マダムらしい中年女が、

「かきいれどきなのに、休みの女の子が多くって」

と、こぼしていたくらいで、サービスは悪かったが、それはふたりの、異様な風体のせいだったのかもしれない。とにかく、一時間半ばかりいたあいだ、客のふりして、のぞきにきたものはいなかった。それでも、土方は勘定をすますと、

「どういうわけだか、ぼくはね。入ったところから出るってのが、いやなんだよ。さっきトイレへいって、観察したんだけれど、裏口があるようだね、マダム。あっちから、出ちゃいけないかい」

「そりゃ、かまいませんわよ。でも、みょうなお癖ね」

「人間だって、そうじゃないか。酒でも、めしでも、入れるところと出すところは、べつになってるだろう?」

「けれど、出すところを入れることは、お好きなんでしょう?」

とっさの反撃に、土方は、ぽかんとしている。その肩をたたいて、近藤がいった。

「このひとの拵えを見てごらんよ、マダム。宦官てえの、知ってるだろう? 気の毒に、このひとのおやじさんも宦官、じいさんも宦官でね。だから、そういうしゃれは、通じないんだ」

第八章　やたらに重なりすぎた偶然からはじまり女にもてすぎた近藤が眠くなるにいたる

a

「ひどいことに、されたもんだね。おやじが宦官、じいさんが宦官で、どうしてぼくが生れたんだろうな。こりゃあ、とっくり考えてみる必要があるよ」

《なぎ》の裏口から、肩のつかえそうな露地をぬけでたところで、土方がいった。そこも、バーのならんだ横丁だ。街灯がひどく間遠で、うすぐらい通りに、ひと足はすくない。角に、《エトワール》という店があった。西瓜ぐらいの黒い針金であんだ球体が、軒にぶらさがっている。星座を銀ではりつけた天球儀だ。

「ぼくは、ここらに腰をおちつけて、考えることにするがね。もちろん、きみがあとから入ってくるのは、ご自由だけれど……」

「会計の責任は持たないよ、というわけだろう？　ああ、けっこうですとも。邪魔にするところを見ると、これからが大切らしいな。おれは、あとからなんか入らないさ。さきに入る」

近藤は、えとわーる、と銀で書いた黒ぬりの扉を、さっさとあけた。店内はやはり、うなぎの寝床スタイルだ。そこへ首をつっこんだとたん、左手のカウンターから、声が起った。

「あら！」

「なんだ、きみか」

声のぬしを見きわめて、近藤も目をまるくする。黒いデコラ張りのカウンターのすみ、赤く黄いろいスパラキシスを、四、五本いけた花瓶(かびん)のかげから、顔をあげたのは、昼間、氷室商事の受付けにすわっていた娘なのだ。もちろん、もうスレートグレイの事務服は、きていない。目のまえに活(い)けてある南アフリカ原産の花に似た模様を、イタリアふうにプリントしたサテン・シャンタンのドレス。スリーブレスだが、《不夜城》の女性たちとちがって、肩からむきだした腕も、いっこうに寒そうではない。楕円形にふかくのぞかせた胸も、襟がギヤザーで、いくえにも重なっているせいか、昼間よりふくらんでみえた。背もなんだか、高いような気がする。

「なるほど、手つだわなきゃいけないところがある、ときみがいってたのは、ここのことなのか」

と、近藤はカウンターに手をかけた。黒いビニール張りの泊り木に、のぼろうとしたときだ。おくのボックスから、和服の女が立ってきた。それが、だいぶ酔っているらしい声で、

「あら、あたし、このひと、知ってるわ」

「はてな、いつおれは、そんなに有名になったんだ？」

と、近藤はふりかえった。背の高い女を、見あげる。紫の和服で、ちょっと感じがちがっているが、佐瀬候補の娘だった。

「リエちゃんも、このひと、知ってるの？」

と、郁代が聞くと、カウンターのなかの娘は、ええ、と例によって、目で答える。近藤は泊り木に尻をのせて、

「このひと、リエさんていうのかい？」

「そう。ここのマダムの妹さん。あたし、あんたに貸しがあったっけ」

「そうだったかね」

「とぼけちゃ、だめだね。いくらだか、知らないけどさ。資料提供費。その分だけ、いまから飲ませてよ。たのむね、リエちゃん」

郁代は袖まくりして、カウンターに両肘ついた。なになさいます？　とリエが笑った目もとで、近藤に聞く。そのとき、うしろで、土方の声がした。

「やれやれ、ここでもきみは、女性に追いまわされているのか。あいかわらずだな。でも、ぼくはうらやましがらずに、ゆっくりおくで、腰を落着けるぜ」

「交替してもらいたいくらいだが、無理はいわないよ」

うしろの壁には、東京オリンピックの大きなポスターが、ガラス板にはさんだ貴重品あつ

かいで、貼りつけてある。国籍のちがう六人のランナーがスタートした瞬間を、曇った晩に、五十台のストロボつかって、横から撮った写真の第二号ポスター。限度以上にのばした粒子の荒れと、バックの艶消（マット）ブラックを生かして、全版のオペイク印刷紙に、その大きさでは日本最初の、グラビア七色刷りしたやつだ。それと、五つならんだ泊り木のあいだを、松葉杖でたどっていく土方のために、近藤は腰を浮かしてやった。ついでに、カウンターのむこうをのぞいてみると、床が一段、高くなっている。

「なるほど、あげ底か。安心したよ。リエさんが、昼間よりのっぽに見えたんで、がっかりしてたんだが」

「あんた、のっぽは嫌（きら）いなの？　そんなことといわれると、あたし、いくら飲んでも、酔えなくなっちゃうよ」

と、郁代がいう。近藤はあわてて、カウンターのおくの棚をあおいだ。はじに、手つかずのサラミの黒い棒がぶらさげてあって、その下にカーボネイト・サイフォンが、安置してある。そいつは、どうにもいただけないが、壜やグラスの種類は、ひと通りそろっていた。あいだには、ブラック・アンド・ホワイトのスコティッシュテリア像や、キング・ジョージ・フォアスのジョージ四世像や、漫画家の柳原良平（やなぎはらりょうへい）がつくったアンクル・トリスの人形、《プレイボーイ》誌のマスコットを、そっくりそのまま盗用したアリスのヌード人形、といった大小の宣材も、色どりよく配置してある。

「さあて、なにを飲もうかな。ジョニ黒に赤に、白いお馬に王子さま、オールドパーに黒白か。いちおう、揃ってるね。クルヴォワジェにしても、ナポレオンまであるじゃないか」

と、近藤がゆびさすと、郁代は首をふって、

「あれは飾りで、からっぽよ。でも、ほかのは、ちゃんと入ってるわ。ここは、高級な店でございますから」

「なんて、みんなスミダ・ウイスキーじゃないのかい？」

なんのこと？　とリエの顔が、聞きかえす。近藤は袂のタバコをさぐりながら、

「去年つかまって、新聞にでたじゃないか、にせの舶来ウイスキー。あれのことを、アメリカの新聞記者が、隅田川にちなんで、命名したんだ。けちをつけるわけじゃないが、今夜は国産愛用運動に参加して、サントリーにしよう。角をダブルで――カナダドライ、おいてある？」

ございます、とリエの手が、すばやく、青いジンジャーエールの壜をつまみあげる。だが、カナダドライでわって、ウイスキー・ジンジャーにしたら、口あたりがやたらによくなる。何杯のまれるか、わかったものじゃない、と思いかえして、

「よそう、オンザロックスにするよ。お隣りさんにも、おなじものを」

と、近藤がいったとたん、おくで声あり。

「リエちゃん、あたしたちにおビール。それから、ウォッカ・マティニー、おねがいね」

近藤はピースを一本、函からぬいて、

「おくの中国服の大先生は、とてもうるさいんだよ。ふつうのウォッカ・マティニーじゃい

けないんだ。教えてあげよう。カクテルグラスじゃだめ。コーリングラスに氷を入れて、ウォッカを八分め、フレンチヴェルモット一滴、オレンジビターズをゼロ。ステアする必要なし。オリーブを三つぶちこんで、レモンピールを小皿に山もり添えてだす。こうすりゃ、大人、けろけろいって、よろこぶぜ」

「冗談じゃないぞ。ぼくはここで酔いつぶれる気は、ないんだからな。リエさん、へんな謀略にのらないで、ふつうのドライ・マティニーをつくってくれれば、いいんですよ。ウォッカ・ベースでね。オレンジビターズは、そいつのいう通り、いりません。レモンピールもべつにして、ただし、山もりじゃないよ。ふた切れもありゃ、いいんだ。オリーブも、もちろんひとつさ」

と、土方の声がした。近藤は笑いながら、タバコをくわえる。となりで郁代が、帯のあいだをさぐりながら、

「あたしのライター、どうしたかな？　そうか。ちぇっ、こないだ渋田のやつに——」

「失敬されたんだろう？　取りもどしてきてやったぜ」

近藤はモダーン・ガスライターを、もったいぶってカウンターにおいた。

「ああ、おどろいた。どうして、知ってたの、これ、あたしのだって？」

と、郁代が目をまるくする。その前に、もうカクテルグラスとビール壜をのっけた銀の盆が、さしだされた。それを捧げて、郁代がおくに立つ。とりのこされたライターで、近藤はピースに火をつけると、

「おどろいたのは、実はこっちさ。偶然のトリプルプレーだ。こんなことも、あるんだな。あの子、ずっとここへ、つとめてるのかい？」

その前へ、つまみのカシューナッツの皿とコースターをおきながら、リエは首をふった。

「選挙のあいだだけ。あとは、ときたま」

「やっと、口をきいてくれたね。ははあ、この店、女性ばかりだから、こんなマークをつけたのか」

と、白地のコースターに、代赭（たいしゃ）いろで刷ってある♀の記号を、近藤がゆびさす。《ベン・ケーシー》のタイトルにでる、女性シンボルとおなじだからだ。けれど、その上に、オンザロックスのオールドファッショングラスをおきながら、リエはまた首をふった。

「占星術のマーク。ヴィーナスですって」

「ああ、金星ね。たしか愛情とか、洗練された美を、意味するんだったな」

リエはうなずいて、グラスのわきに灰皿をおいた。うすい陶器の四角い小皿で、一九一三年型のパッカード48クーペの絵が、焼きつけてある。まだ四枚ばかり、クラシックカーでも、車種はそれぞれちがった絵柄らしいのが、革製のスタンドに、きっちりと重なって、花瓶のわきにおいてあった。近藤は、自分のまえの一枚を、ひっくりかえしてみて、

「ドイツものか。これ、きみの趣味？　それとも、姉さんの？」

「あたし。池袋（いけぶくろ）の西武（せいぶ）で、こないだ買ってきたの。東京に、おばがいるんです」

「この趣味のよさには、敬意を表するけれども、そのインスタント炭酸水製造壜は、いかさ

ないな。そりゃあ、ホームバーの雰囲気だよ。入り口に、天球儀をつるした気どりと、ぜんぜん裏腹だ」

と、近藤がゆびさしたのは、棚のすみのカーボネイト・サイフォン——カットグラスの徳利がた壜に、ふつうの水を入れて、蓋のハンドルをおすと、栓にしこんだCO_2のカートリッジを通過したH_2Oが、ソーダ水になって噴きだす、というやつだ。

「そんなことといったって、しょうがないわよ。常連のお客さんから、もらった品だもん。おいとかないわけに、いかないでしょ」

と、抗弁したのは、おくのボックスから、もどってきた郁代だった。

「ライターを、とりもどしてきてくれたから、貸しは帳消しにしてあげよう、と思ったんだけどな。そんなキザなことというなら、罰をつけくわえるぞ」

男みたいな口調は、そこで急に、やわらかくなって、酔ったからだが、もたれかかる。

「ねえ、いいでしょう？　ミス巴川コンテストのときに、あたしに投票してえ」

「その日まで、いるかいないか、わからないよ。それに、旅行者だ。資格がないだろう？」

「旅行者でもいいし、当日いなくてもいいのよ。投票券を買って、名前を書いといてくれれば……一枚百円」

「うまい手だな。客よせだけじゃなくて、金もうけにもなるコンテストか。これも酒井市長の発案かい？」

「そう。ミスに選ばれると、賞金がもらえるの。十枚買ってくれるわね、罰として」

「つまらない批評精神、発揮しちまったな。しかし、きみにだけ、というわけにもいかないだろう。リエさんは？」

あたしは出ないから、ご心配なく、とカウンターのなかの顔が微笑する。その手は、ひと組のトランプを、器用にシャッフルして、一枚ずつ伏せはじめた。背模様は黒白二匹の犬のマークで、ブラック・アンド・ホワイトの会社が、宣伝用につくったカードだ。

「きみが出ないとは、残念だな」

「だったら、このひとに投票したつもりでさ。あたしのを、もう十枚ふやしてよ」

「冗談じゃない。十枚だけは、あきら――あきらかに、ひきうけるよ、よろこんでね。あしたの晩、またくるから、用意しといてくれ」

「おいでになれないわ」

と、カードをひらきながら、リエが口をはさむ。近藤のけげんな顔に、ごめんなさい、と眉でわびて、

「わるい札が、出てるの」

「このひとのトランプ占い、すごくあたるんだ。用意するも、しないもないわよ。投票券はここにあるんだから、いま買って」

郁代はあわてて、身をのりだす。カウンターのかげから、細長い綴りこみをとりだした。近藤があきらめて、ふところに手をひっこめたときだ。いきなりドアがあいて、のぞきこんだる長い顔。

「あっ、ここにいやがった！」

b

熊田の声に、近藤はとびあがった。戸口では、はじめてみる顔が、おなじみの長い顔をおしのけて、でっかい拳固（げんこ）をかためると、

「こいつか、片桐の兄きをやったのは！」

と、あたまからさきに、突っこんできた。まっ赤なシャツのチンピラだ。近藤は泊り木を、ぐるっとまわした勢いで、そいつのむこう脛を蹴っとばす。同時に、ふところからぬいた右手が、昼間はつかわずにすんだ十円硬貨百枚分、四百四十*g*強の棒づつみをにぎって、泳いでくる後頭部を、おもいっきりひっぱたいた。つつみ紙が、やぶれる。なかの銅貨が、かちかっちかっち、じゃらじゃらじゃらん、とオリンピック・ポスターのガラス板にあたって、床にちらばる。赤シャツは、げっといってうずくまった。

とたんに、郁代が悲鳴をあげる。しゃあっ、という耳ざわりな音が、上のほうでした。かたん、という金属質のにぶい音が、下のほうでした。つづいて、男のわめき声。ふりかえってみると、熊田があいくちを床におとして、両手で顔をおおっている。近藤の背中を、ひと突きしようとした瞬間、ソーダ水の目つぶしを、くらったらしい。カウンターのなかで、リエが両手に、カーボネイト・サイフォンをかまえている。それに、

「ありがとう」

と、声をかけて、近藤は、熊田の濡れた胸ぐらをつかむと、ドアのそとへ押しだした。

「渋田一家ベアのハイボール、一丁あがりだ。それ！」

突きとばしておいて、あとから出ていこうとする鼻さきへ、リエがアイスピックをさしだした。氷をかく棒のほうに、紙ナプキンが巻いてある。そこをつかんで、瓢(ひょう)たん形にふくらんだ握りのほうを、棍棒(こんぼう)がわりにおつかいなさい、という意味らしい。

「かさねがさね」

と、おしいただいた近藤は、おもてへ出てみて、ほっとした。無精松はいない。秋元のすがたも見あたらない。けれども、熊田をふくめて、敵は五人だ。いつまでも、ほっとしてはいられない。すばやく見わたしたところ、あいくちを落した熊田と、もうひとりが素手(すで)。あとのひとりは、近藤が出ていったとたん、飛びだしナイフの刃を、しゃきりと立てた。もうひとりは、右手にブラスナックル、俗にいうメリケンを、はめているらしい。最後のひとりは太いゴム管の切れっぱし、五十cmぐらいあるやつをにぎっている。そいつがまず、とびかかってきた。だが、その進路へ、赤シャツの男がころがりでたから、たまらない。

「野郎、ふざけや——」

といいかけて、ゴム管の男は、赤シャツと正面衝突、折りかさなって、尻もちついた。わきで嬌声(きょうせい)が、

「ざまあご覧よ」

と、あがったところをみると、赤シャツをひきずりだして、突きとばしたのは、郁代らし

い。もうそのときには、アイスピックを逆か手に、近藤は、右がわの飛びだしナイフめがけて、おどりかかっていた。鋼(はがね)の帯をしめた瓢たん形の握りで、したたか手首をうたれた男は、

「わあっ！」

と、さけんで、ナイフをほうりだす。その顎へ、近藤のレフト・アッパーカットが、見事にきまった。男は斜めにひっくりかえって、コンクリートのごみ箱に、あたまをぶつける。ごっくん、と陰にこもった音がした。近藤は、身をひるがえして、熊田にむかう。すこし離れたところでは、郁代がブラスナックルの男の右手をつかんで、ぐるぐる、ひきずりまわしていた。

「はなしてくれ。手が折れる。目がまわる。降参だ！」

と、口走る男にぶつかって、やっと起きなおったばかりの赤シャツが、起きなおろうとするゴム管の男の上に、また尻もちをついた。

近藤が、アイスピックをふりあげると、熊田は、じりじり、あとじさった。

「畜生、おぼえてやがれ。みんな、ひきあげろ！」

と、急にうしろを見せて、逃げにかかる。近藤は、アイスピックをおろして、いった。

「おいおい、味方をすてていくのか。ここに、気絶してるやつのことだよ。おいていかれちゃあ、こっちが迷惑だ。つれてってやったら、どうなんだい？　そばへきても、なにもしないからさ。それと、ナイフが落ちてるのも、おわすれなく」

「どうも、失礼しました。どうも」

と、素手のひとりが、おそるおそる寄ってきた。ごみ箱のわきに倒れている男を、かかえ起す。熊田も仏頂づらで、手をかした。しおしお、ひきあげていく五人を、見おくりながら、郁代がいう。

「なんだ、もうおしまい？　あっけなかったわ。あら、いけない。これ、返してやるの、わすれたよ」

と、ひろげた手のひらに、のっているのは、手製のブラスナックルだ。ボルトにはめる六角ナットの、ねじ穴に指が入るくらいでかいやつを三つ、グラインダーで、将棋の駒がたにして、盤陀づけにしたものらしい。

「きみ、怖いもの知らずだな。こいつで頭を殴られたら、お嫁にいけなくなるとこだったぜ」

「そう思ったから、まず手首をつかまえて、ひっこぬいたんじゃないか」

「こういう危険なアクセサリは、棄てちまったほうが、いいな」

と、近藤は郁代の手から、ブラスナックルをとりあげて、ゴム管の切れっぱしもろとも、ごみ箱へたたきこんだ。

「さて、なかへ入ろうか。しかし、きみの強いのには、おどろいたね。ひとりで半ダースは、荷が重いと思ってたけど、おかげで、あっさり片がついた」

「あんなの、ちょろいわよ。あたし、お客さんと腕相撲したって、負けたことないんだから」

「きみの体格じゃ、そうだろうな。でも、感謝はするが、投票券はふやさないぜ。だいいち、おれなんぞが投票しなくたって、きみなら、ぜったいミス巴御前になれるよ、床にちらばった十円玉が、ちょうど千円あるはずだ。ひろいあつめて、投票券代にあててくれ」

といいながら、黒ぬりの扉をあけてみると、十円硬貨はもう、カウンターの上にあつめてあった。泊り木のきわに立っている和服の女は、ここのマダムだろう。顔だちが、リエに似ている。

「ああ、よかった。心配してたんですけれど、あちらのお客さまが、そんな必要ないから、とおっしゃるんで……あの、これ、どうしましょう?」

と、気味わるそうに、あいくちをさしだす。近藤は、アイスピックをカウンターにおいて、それをうけとった。

「危険物は、こちらで保管しましょう。無事にすんだのは、郁代さんとリエさんのおかげです。ありがとう」

と、カウンターに、ひたいをすりつけて、

「サイフォンの悪口をいったの、後悔してるよ。それに、きみのカード占い、こんなに的中するとはね」

「あれだけじゃ、ないんです」

リエは、心配を眉にしめして、まださっきのまま、ひろげてあるトランプを、ゆびさした。スペードのJ、ハートの3、スペードの3という順序で、ならんでいる。どういうシステムで、やってるのかは、わからない。だが、近藤の知識によれば、スペードのJは、突発的な事件、という意味を、よく与えられているようだ。ハートの3は、大きな争い、スペードの3は、急な旅立ち、という意味を。

「いけない。あの中国服の客——」

近藤はあいくちを持ったまま、あわてておくのボックスへいった。ジャン・コクトーの《占星術Ⅳ：火》という絵、パステルと油絵具、グワッシュを併用して、一九五四年にかいた作品の、大きさがオリンピック・ポスターとほぼおなじ、原寸大の複製を額にしてある壁の下には、和服のホステスが三人、ビールを前にしているばかり。黒いデコラのテーブルに、ウォッカ・マティニーのグラスは、まだ飲みかけでのこっている。

けれど、土方はもういない。

「あいつ、どこへいった？」

「おトイレよ」

「ちょっと、お長いわね」

ホステスふたりがいうのを聞いて、近藤はおくのドアをあけた。左手に、便所の板戸がある。右手は、二階へあがる階段だ。まんまえには、ドアがもうひとつ。便所の板戸に紙幣が一枚、細長くふたつに折って、はさんである。五千円の聖徳太子。勘定はこれで、という意味にちがいない。

c

「しまった。うまく、ずらかられたか！」

まんまえのドアをひいて、首をだす。せまい露地の右手には、だれもいない。けれど、左手に人影が――その赤いジャンパーと、アルミいろのヘルメットを識別したとき、近藤の手は動いていた。あいくちの刃をつまんで、たたきつける。きのう酒井の家の庭では、うまく投げよう、という料簡（りょうけん）が、かえって手もとを狂わしたけれど、こんどはちがう。目から手へ、神経の直結した反射運動、みごと自称名人たるゆえんを発揮して、相手が逃げこもうとした角の板壁へ、赤いスカーフを縫いとめた。

「へっ、どんなもんだい」

近藤は、走りよる。赤ジャンパーの襟をつかんで、ひっこぬいたあいくちを、喉（のど）へ擬した。耳へは、残酷さをこめた口調で、

「声を立てたら、ぐさりだぞ。おとなしく一緒にこい」

《エトワール》の裏口には、郁代が顔をだしていた。そこまで、ヘルメットの男を追いたててきて、

「こいつ縛って、ころがしとくような場所ないかな？」

と、近藤は聞いた。

「二階が、あいてるわよ。つかってもいいか、聞いてくるね」

と、郁代は店へひきかえす。すぐさま、リエをさきに立てて、もどってきた。

「せまいけど……」

どうぞ、ご自由に——は、目と指さきでいって、リエがさししめす階段へ、近藤は赤ジャンパーを追いあげた。

「馬鹿野郎、靴ぐらい自分でぬげよ。いいか、とちゅうで、おれを蹴おとそうなんて、考えてもだめだぜ。さっきの手なみを思いだせば、そんな気にゃならないはずだ」

階段をあがりきって、襖紙（ふすまがみ）をはった板戸をあける。とたんに電灯がついたのは、リエが階下で、スイッチを入れたのだろう。手前に長四畳、そのさきは板の間で、カーテンのしきりのために、見えないけれど、ベッドがおいてあるらしい。窓もそちらに、あるのだろう。長四畳の片がわには、一間の押入れと、はめこみの洋服だんすがある。反対がわの壁には、ロードマップを貼りあわせて、日本全図ができあがっていた。その前に近藤は、赤ジャンパーをすわらせると、ヘルメットと防塵（ぼうじん）めがねを、ひっぺがした。スポーツ刈りのまんまるな顔は、せいぜい二十歳ぐらいだが、くちびるを嚙みしめて、ふてくされた表情だ。

「あら、このチンピラ、あたしの好きな俳優に、ちょっと似てるわ。テレビの《反逆児》ってのに出てた——ほら、あれよ。ニック・アダムズ？」

と、うしろで、郁代がいった。近藤がふりかえってみると、リエもいっしょにあがってきている。

「そんなことよりも、なにか縛るものを、貸してくれないか」

「腰ひもでいい？」

帯の下から、郁代がたぐりだしたのをうけとって、近藤は、国産アダムズをうしろ手に縛りあげた。つぎに、ズボンのベルトをとりあげて、両足をくくりながら、

「この坊や、見おぼえないかな。たぶん、渋田一家のチンピラだろう、と思うんだが」

「さあ、わかんない」

と、あっさり郁代は首をふる。リエは首をかしげて、しばらくしてから、横にふった。両足を縛りおわると、近藤は相手の首から、まっ赤なスカーフをほどいて、

「こんどは、さるぐつわだ。なにか、こいつの口のなかへ押しこむもの、ないかな？」

リエがすぐ、大きくひらいた襟もとへ、手を入れた。とりだしたのは、白くてまるいスポンジゴム、ブラパッドの片っぽだ。

「これじゃあ？」

「もったいないくらいだね。おい、坊や、美人の胸のこの仄(ほの)かなるぬくもりを、ありがたく味わえよ」

と、赤ジャンパーの鼻をつまんだ。ひらいた口へ、ブラパッドをねじこむ。その上へ、赤いスカーフをあてがって、厳重にさるぐつわをかけると、近藤は立ちあがった。あいくちを、手ぬぐいでくるんで、帯にさす。

「これで、よしと——下でゆっくり、飲みなおそう」

と、女ふたりをうながした。だが、階段をおりきると、声をひそめて、

「すこし、調べなきゃならないことが、あるんだ。帰ってくるまで、あの小僧をたのむよ。姉さんが心配するかもしれないが、勘定はつれがちゃんとおいてった。これで、足りるだろ?」

まだ便所の板戸に、はさんだままになっている紙幣をひきぬいて、リエにわたすと、近藤は裏口からすべりでた。せまい露地づたいに、角という角をのぞいてあるく。バーや小料理屋だらけのあたり一帯、くまなくさがした。だが、赤いオートバイは、どこにもない。《エトワール》のすぐわきの庇あわいに、自転車が——ハンドルが、牛の角みたいに前へつきでて、タイヤの細い競輪用のやつが一台、あったきりだ。近藤は、もとの裏口へもどって、ドアをあけた。

「おかえんなさい」

階段のいちばん下に、郁代が腰をかけている。

「こんなところで、なにしてるんだ?」

「きまってるじゃない。捕虜が逃げないように、番してたのよ」

「そりゃ、すまなかった。そうだ。きみ、知らないかな、このわきにおいてある自転車——」

「あれは、あたしの通勤用」

「だけど、きみ……」

「もちろん、この恰好じゃあ、のらないわよ。かんばんになったら、スウェーターとスラックスに二階できかえて、颯爽と――」

「おれがいおうとしたのは、あの自転車、競輪につかうやつだろう？　だから……」

「あたしの兄さん、いま名古屋にいってるけど、競輪の選手だもの」

「なんだ、そうか。わかったよ。どうだろうね？　あいつをおれに、貸してくれないか」

「いいわよ。ただし、特別に。この意味、よく考えながらのってね」

「いますぐ、借りたいわけじゃない。ちょっと二階へ、坊やのご機嫌うかがいにいってくる。きみ、さっきまで中国服の大先生がいたボックスに、ビールをはこんで待っててくれ」

と、たのんでおいて、近藤は階段をあがる。赤いジャンパーの男は、畳にころがされたまま、天井をななめに睨めあげていた。

「ブラパッドの味は、どうだった？　いま、さるぐつわをゆるめてやるから、返事してくれ。ほかにも、聞きたいことがあるんだ」

赤いスカーフをほどいてやると、男は苦しげに涙ぐんで、スポンジゴムを吐きだした。近藤はあいくちを帯からぬいて、手ぬぐいをほどきながら、

「さあ、教えてくれよ。あんちゃん、あんなところで、なにしてたんだ？」

「なにもしちゃ、いねえや」

「いねえことは、なかったでしょう。歩いてたのは、たしかだからな。それに、おれを見て逃げたじゃないか。強がらないで、すなおに喋れよ」

と、あいくちの刃を、頬へやんわり寝かしてあてる。赤ジャンパーの肩が、びくっと縮ん

だ。

「あのよお、おれ、しょんべんが出たかったから、露地へ入って――」

「嘘をつくなら、もっと上品なやつにしてもらいたいね。あたしゃ、趣味がいいんだよ。いくらか、風変りなところもあるけどさ。実はこないだから、人間の目玉で、指環をつくりたい、と思ってたんだ。きみは若いだけに、目が濁ってないねえ。大きさも、手ごろだなあ。片っぽでいいんだが、どっちをくれる？　右かい、左かい？」

「嘘じゃねえよ。ほ、ほんとだよ。ほんとに小便が――」

「オートバイは、どこへおいた」

「え？　ああ、オートバイか。そりゃあ、店のまえへおいたよ。となりの店だ」

「なかった。どこにも、なかったぞ。おい、中国服をきたやつが、お前のオートバイにのってったんだろう？　ええ、そうじゃないのか。どうなんだよ？」

「知らねえ。おれ、なんにも知らねえよ。かんべんしてくれ。たのむよ。兄き」

「もういちど、よく考えろ。一時間したら、またあがってくる。わかったな？」

近藤は、男の口にブラパッドをおしこんで、さるぐつわをかけた。ジャンパーとズボンのポケットをさぐる。千円紙幣が二枚、あった。

「しけた野郎だ。あずかっとくぜ。あとで返してやるから、心配するな」

うしろ手に縛りあげた腰ひもを、いったん解いてむすびなおしてから、近藤は階下へおりた。ゆるんでいたから、縛りなおしたわけではない。派手にもがけば、ゆるむように直したたのだ。ボックスのすみにすわると、郁代のほかにホステスふたり、勝手なお喋りをさせておいて、近藤は耳をすました。もうひとりいたホステスとマダムは、カウンターに客がきて、その相手をしているらしい。けれど、衝立てがあるので、すがたは見えない。そのすぐむこうで、レコードが《太陽はひとりぼっち》のテーマ、ジョヴァンニ・フスコ作曲のツイスティング・ブルースを、嫋嫋とひびかせはじめた。

カウンターから見た衝立ては、ステインレス・スティール張りで、やはりスティールの桟と針金をつかい、レコード・ハンガーに仕立ててあった。ジャケットのきれいなLPを選んで、そこに掛けてならべてあったけれど、こちらがわは詰めものをした黒ビニール張り、銀鋲が大小十五うってある。その配列が店の名にちなんで、星座の獅子をあらわしていた。衝立ては郁代の背よりも、やや高い。それを跨いで、カウンターからも、ボックスからも、あおげる位置のおくの壁に、楕円形のお盆みたいなセイコー・ポラリスがかかっている。いまは十時八分。近藤はゆっくりビールをのみながら、その長針を見つめていた。《太陽はひとりぼっち》のレコードがおわると、こんどは客のリクエストらしい。アイ・ジョージの声が、《戦友》をうたいはじめた。つぎは《ウエストサイド物語》のサウンドトラック盤、それが《トゥナイト》のくだりにかかって、ナタリイ・ウッドから、リチャード・ベイマーの声にかわったとき、階段にかすかな物音がした。裏口のドアが、そっとあいて、またしまる。近藤は、にやりと笑った。最初のレコードがはじまってから、かれこれ三十分になる。あんがい、不器用なやつだ。グラスのビールを、ぐっと飲みほすと、

「じゃ、自転車を借りるぜ。あとでかならず返しにくる」

と、郁代の耳にささやいて、近藤は立ちあがった。

d

赤い革ジャンパーの男は、赤い革手袋の手を、小学生みたいに大きくふって、大股にあるいていく。防塵めがねをかけて、ヘルメットをかぶった首が、だいぶ前へかたむいている。気ばかりせいて、くたびれてきたのだろう。両がわの商店は、あらかた寝しずまっている。街灯もすくなくなって、自転車で尾行するには、都合がいい。たまに迫ってくる、あるいは、追いこしていく自動車のヘッドライトが心配だけれど、男はいちども、ふりかえらない。ふりかえったところで、黄いろいめがねをかけている相手だ。離れていれば、顔を見わけられるおそれは、まずないだろう。近藤は、慎重にペダルをふみしめて、一定の距離をたもっていた。

道路の左がわに、そびえていた城址公園の丘が、いつの間にかなくなった。右がわに、大きな寺が二軒、ならんでいる。雲がまた、厚くひろがりはじめた空を、三本ならんだ大欅の枝が、いっそう暗くしていた。舗装道路が砂利道にかわって、タイヤの音が耳につく。前をいく赤いジャンパーは、いちだんと顎をつきだして、肩でせわしく息をしている。ペダルをふむ近藤の足も、だんだん重くなってきた。いつぞやの贋幣事件のとき、のれないばかりにひどい目にあったので、急遽ならいおぼえた自転車だ。自由自在というわけにはいかない。

商店がまばらになって、ほとんど両がわ、軒のひくいしもた屋だ。木立ちや、小やぶや、小さな祠などが、やたら目につくようになってくる。

「なんだか、見たようなところだな」

と、近藤が小首をかしげた。片がわに、黒ぐろとした木立ちがあって、石の鳥居らしいそばに、ぼんやり白いものがある。物干竿の幽霊みたいに、細長くて、ふらふらゆれているのが、幟らしい。と気づいたとたんに、思いだした。たしか、曾許之御立神社、とかいうお社で、ここは夕方、タクシーで走りすぎた道なのだ。

神社のむかいには、大きな二階屋がある。灰汁を流したような空に、棟の鬼瓦が黒くそびえている。そのあたりで、赤ジャンパーのすがたが、見えなくなった。近藤は、自転車を生け垣に立てかけて、太い柱を二本、立ててあるだけの門をのぞきこんだ。石畳のはずれに、玄関が見える。その左右をすかしみた目に、オートバイがうつった。板羽目によせてあるのは、たしかに赤い重量車だ。手ぬぐいにつつんで、帯のむすびめちかくに、さしておいたあいくちを、近藤はぬきとった。玄関へ、そっと歩みよる。こまかい格子のガラス障子のわきに、大きな表札が出ているのへ、顔をちかづけた。

「こんな馬鹿な！」

と、胸のなかで口走ったのは、下駄みたいな表札に、漆を入れて彫ってあったのが、氷室、という二字だったからだ。近藤は、ちょっと迷った。けれど、たちまち心をきめる。ブザーのボタンに、指をのばした。しばらくすると、下駄の音がして、

「どなたです？」

と、暗いガラス障子のむこうで、聞きおぼえのある声がした。

「氷室社長ですね？　わたしです。昼間、会社へおたずねした、ほら、シック・ニューズ・サービスの」

「ああ、あなたですか」

下駄の音は、いったん遠のいた。六角燈籠みたいな軒灯が、あたまの上で、まずともる。つぎに、ガラス障子の内がわが、蛍光灯であかるくなって、ねじこみ錠をもどす音がした。

「なんです、いまごろ？」

と、戸をあけながら、氷室がいう。玉虫いろのキルティングガウンをきて、素足に下駄をはいている。その恰好とは、まるでそぐわない玄関へ、近藤をまねきいれた。正面の式台をあがったところには、墨絵の竜の衝立てがおいてある。鎖かたびらの原田甲斐、短刀くわえて、いまがいまにも、突きやぶってあらわれそうな大きなやつだ。ひろい土間の左わきには、りっぱな下駄箱があって、その上に、アクロバットダンサーみたいにくねった松の鉢植えが、すえてあった。反対がわの壁の上のほうには、氷室、と筆太にかいた弓張提灯が、六つならべてかけてある。

「よんどの急用でなければ、会社のほうへ、お越しねがいたかったですな。まあ、寿楽通りあたりじゃ、まだ宵の口でしょうが、このへんは、みんなもう寝てる時間だ」

と、氷室良平は式台に腰をおろして、

「それに、病人がいるんです。ずっとこもりきりだった父が、あすのパレードには、どうしても出席するって――年よりは、祭りずきでね。興奮してて、ようやくいましがた、寝ついたばかりなんですよ」

「申しわけありません。実はここが、おたくだってこと、表札を拝見するまで、知らずにやってきたんです」

近藤は、うしろにまわした両手で、羽織のすそをたくしあげて、あいくちを帯にかくしながら、いった。

「というと?」

「きのうの朝、わたし、酒井市長をおたずねしたんです。そのとき、みょうなオートバイに襲われて、轢きころされそうになったんですよ。けさも、おなじ場所で、そのカミナリ族にあった。突っかけてこそ、きませんでしたがね。やっぱり、威嚇的な態度でしたよ。そいつを見かけたんで、つけてきたら、なんと、おたくに入った。しかも、見おぼえのあるオートバイが、おいてある。これ、どういうことなんです?」

「あの小僧ですか」

と、氷室はいっこう、困った様子もない。

「ありゃあ、わたしがいいつけて、酒井さんのおたくを見張らせといた男ですよ。よけいなことをする、と市長には怒られそうですがね。どうも、こんどの選挙、あくどい妨害がありそうなんで、老婆心というか、いや、おせっかいかもしれません。内緒で護衛を、というつもりで、若い連中を交替で、あのへんにおいといたんです。しかし、あんたにそんな失礼しましたか。そりゃあ、轢きころすつもりなんて、ぜったい、ないですよ。なにか早合点して、いやがらせをしちまったんでしょう。叱っときます、じゅうぶんに」

「オートバイのほうが、さきに帰ってるのは、どういうわけなんです？　だれが乗ってきたんです、中国服の男じゃあ、ないでしょうな？」

「なんの話です。あの単車なら、夕方からずっと、あそこにあったんですよ」

「でも、あの男は、ヘルメットに防塵めがね、という恰好で、わたしに見つけられたんですぜ」

「おかしいでしょう？　よくいうんだけれど、やめないんだ。オトキチ、とかいうんだそうですな。ここへ住みこんでて、もっぱら走りつかいをやってますが、近所へタバコを買いにいくにも、あの恰好でねえ。ヘルメットをぬぐのは、寝るときだけってくらいです」

「あたまが禿げるぞって、おどかしてやったら、どうなんです？」

「禿げても、いいそうですよ。ほかには、なにか？」

「それだけです、いまのところは」

「じゃあ、追いたてるみたいで失礼だが――」

と、氷室は式台に立ちあがった。

「なにしろ、長わずらいの年よりってのは、耳ざとくて、わがままなもんでね」

「夜分、おさわがせして、すいません」

踏みなれないペダルのせいで、疲れた足が、立っていると、ふるえてくる。近藤はあきらめて、ひきあげることにした。門をでて、玄関のあかりが消えてから、一時間ばかり、生け垣のかげにしゃがんでいたが、二階屋はひっそりとして、なんの音もしない。神社の森で、ふくろうが馬鹿にしたように、鳴きはじめた。

「なにが、ほう、ほう、阿呆だよ」

と、舌うちしたとたん、はっとした。

土方のやつ、夜陰に乗じて、市長暗殺にでかけたのではなかろうか？　胸がさわいだが、すぐ思いかえした。アテレコ・ロビンスンは、

「できるだけ、派手にやってもらいたい」

と、いっていた、註文がそうなら、ただでさえ派手ずきな土方だ。白昼堂堂、あっというような離れ業を、やろうとするにちがいない。さもなければ、せっかくの中国服に松葉杖、凝った扮装のみせどころも、ないことになる。近藤は安心して、自転車にまたがった。

e

ロボットになったみたいな気分で、近藤が《エトワール》の前へ、自転車をのりつけてみると、もう軒さきの天球儀は、ひっこめられていた。黒いドアにも、錠がおりている。もとの露地へ自転車をおいて、裏口へまわった。そこのドアは、すぐあいた。階段の上に、あかりがついている。

「どなたか、いますか?」

　と、声をかけると、郁代の声が上からおりてきた。

「どうぞ、あがってらっしゃいよ」

　二階の座敷は、しきりのカーテンが片よせられて、おくの板敷に、想像したとおり、ベッドのおいてあるのが見えた。小さなテーブルを前にして、リエがベッドに腰かけている。郁代は、さしむかいのオットマンストゥールに、すわっていた。リエの服はさっきのままだが、郁代のほうは、スウェーターとスラックスに着かえている。

「いつもは一時までなんだけれど、あしたから、忙しいでしょ。今夜は、十二時で早じまいってことになったの。あんたの帰り、わりに早かったね。コーヒー、ご馳走にならない?」

　と、郁代がいうと、リエは白地のぶあついマッグをもうひとつ、テーブルの上にふやしながら、

「ネスカフェですけど」

「大いばりですよ。インスタントじゃあ、まずそれだな。ただ、入れかたにコツがあってね。いきなり、お湯をついじゃいけない。いろいろお世話になったから、とくに秘伝をお教え――」

　と、あいているストゥールに腰をかけて、一席のべる身がまえをした。だが、気づいてみると、もうリエは、適量のコーヒーと砂糖を、マッグへ計りこんで、丹念にかきまぜている。

　近藤は、ひたいに手をやって、

「なんだ、知ってるのか。粉のうちに砂糖をよくまぜてから、お湯をつぐってのを――お店をしょってたつ女バーテンダーとしては、コーヒーの入れかたなんぞ、常識なのかもしれないが、だれたね、あたしゃあ」

微笑しながら三つのマッグに、リエは魔法壜の湯をついだ。そのひとつをとりあげながら、郁代が聞いた。

「あんた、どこに泊ってるの？」

「いけない。あんまり忙しかったんで、宿をとるのをわすれてたよ。どこか気軽に泊れるところを、教えてくれないかな」

「ここで、よかったら」

と、リエがいう。

「しかし、きみの姉さんが……」

「ここに泊ってるのは、リエちゃんだけよ。ほんとは、べつに家があるの。でも、このへんはうるさいからな。あたしんとこへきたらどう？」

と、郁代がいう。返事をしないで、近藤は周囲をみまわした。ベッドの上の壁にはロートレックのポスター、《ディヴァン・ジャポネ》の大きな複製がかかっている。正面は左半分が縦長の窓。ヘッドボードの上が飾り棚で、そこにマッチ箱ほどのミニチュアカーが百台あまりならべてある。けれど、ふつうのセダンは、ひとつもない。イギリスはリスニイ社製、一九〇七年型ロールズ＝ロイス・シルバーゴースト、一九一三年型マーサ・レイスアバウト、一九〇八年型ゲー・ペー・メルセデス、一九二六年型ブガッティ・タイプ53、といったクラシックカー・シリーズのおもにスポーツタイプのやつが、少しばかり。あとはMGのEX181、ロータスのイレヴン・ル・マン58、ポルシェのスパイダー、アルファ・ロメオのディスコ・ヴォランテ、フェラリのテスタ・ロッサ、といった現役のレースィングカーが、ずらり揃っている。

「女のひとでミニチュアカーを集めてる、というのが、そもそも珍しいけど、きみのは徹底してるねえ。スポーツカーばかりじゃないか」

と、近藤がいうと、郁代は天井をむいて、コーヒーを飲みほしてから、

「このひと、おしとやか専門と思ってるんでしょう、あんた？　いまは、猫をかぶってるんだよ。ほんとは、たいへんなスピード狂なの。五月のはじめに鈴鹿サーキットでやる第一回、日本グランプリ自動車レースに、どうしても出るんだって、大騒ぎしてるくらいなんだから。お姉さんとこに、六二年型のコルベットが、あずけてあってね。でも、心臓に自信がなかったら、乗っけてやるといわれても、断ったほうがいいな」

「そんなにすごい運転、するのかい？」

「事故を起したことはないわ、まだ」

と、リエがいう。

郁代は立ちあがって、近藤をうながした。

「帰りましょうよ。リエちゃんが珍しく、みょうな気、起したらしいけどさあ。あたしに足

どめくわした責任は、とってもらわなくちゃね。家まで送ってって」

「あの自転車でかい？　もうへとへとで、足が動かないんだがな」

「あたしがこぐわよ。あんたはうしろに乗るの」

「だって、あれにゃあ荷台がない」

「椅子に敷くフォームラバーを、借りてあげるよ」

と、片腕つかんで、ストゥールからひきたてる。クレーンにつかまれたみたいな気がして、近藤はいった。

「ひどいことになったな。リエさん、助けてくれないか」

「逃げてくれれば、匿(かくま)ってあげるけど」

腕ずくでは、とてもかなわないわ、というように、リエは小さな肩をすくめた。

f

佐瀬徳蔵選挙事務所のわきに、自転車をとめると、郁代は裏口をあけた。台所からあがったところに、すぐ階段のあるのが、暗いなかに見える。右手の障子が、半分ばかりひらいていた。

そのなかの暗がりから、咳ばらいが聞えた。

「ただいま」

と、小声でいって、郁代は階段をあがりはじめる。しびれた腿をさすりながら、あとにつづこうとした近藤の目に、障子の内部がうつった。せまい部屋のなかに、大きな影がすわっている。あたまには、そりかえった大きな角が、肩には角ばった小さなつばさが、生えているようだ。近藤は、ぎょっとして、目のまえのみごとなお尻にささやいた。

「下にいるのは？」

「おとうさんよ」

と、郁代は小声でいった。階段をあがりきって、障子をあけながら、あとをつづける。

「うちに、家宝ってほど大したもんじゃ、ないんだけどさ。鎧かぶとがあるのよ。それを、着てるの。あきれたもんだわ。暗殺するぞ、とかなんとか、脅迫状みたいなのがきたもんだから……」

「ここへもか！」

「いたずらに、きまってるわよ。だのに、おとうさん、わしも男だ、くるならきてみろ、とかいってね。警察へもとどけないで、けさから、ああやってるの。鎧かぶとに身をかためて、殺し屋がきたら、応戦する気らしいわ。重くって、ろくに身うごきもできないのに」

と、笑いながら、天井の蛍光灯をつけた。八畳間のまんなかに、夜具が敷きっぱなしになっている。その裾のほうに、唐紙がしまっていて、もうひとつ座敷があるらしい。近藤は、小声でいった。

「そうすると、あの角は、かぶとの飾りか。きみがペットに、鬼を飼ってるのか、と思って、おどろいたんだ」

「水牛かなんかの角ね。黒田長政のかぶとを、写したものなんだって。そんな小さな声ださなくたって、大丈夫よ。となりは兄きの部屋だけど、いま留守だし、下まで声は聞えないもの」

往来にめんしたほうはガラス障子の窓で、わきの壁には、唐草のおおいをかけた箪笥が、ひと棹おいてある。そのとなりの大きな和机の上には、大きな鷺娘の人形が、大きなガラスケースにおさまっていた。ほかにも硯箱や、赤銅の文鎮や、尾上柴舟のかな手本がのっている。近藤はその前にあぐらをかいて、

「この硯、きみがつかうのかい？」

「そうよ。和菓子の説明やなんかは、筆で書いたのが多いじゃない？　うちじゃあ、ひとにお金だして書いてもらうなんてこと、できないからね。あきらめて、習ってるうちに、好きんなっちゃった」

「ひとは、見かけによらないってことを、だいぶ教えられたよ、きょうは」

と、顔をあげると、郁代がスウェーターを、あたまの上まで、ひっぱりあげたところだった。肌着を乳房が盛りあげている。近藤は立ちあがった。

「となりの部屋へいってるぜ」

「どうしてよ」

スウェーターを投げすてると、郁代は、近藤にしがみついた。不意をつかれて、近藤は枕につまずく。あおむけに倒れた顔へ、郁代の顔が重なった。

「あんた、なんのために、ついてきたの？」

「寝るためさ」

「ひとりで寝るためじゃあ、ないんでしょう？　あたしのからだが、名前のとおり敏感かどうか、ためしてみたくない？」

「けっこうなお申しでだけれど、これじゃ、なんだか勝手がちがうな。ムード派なんだよ、これでも」

「ムードなら、こうしてるうちに出てくるわ」

郁代のくちびるが、近藤のくちびるをふさいだ。口のなかに、花が咲いたようだった。けれど、帯のうしろにさしたあいくちで、腰が痛い。近藤は、重い相手をころがして、大きな餅にありついた鼠みたいに、のしかかった。片手をすべらせて、スラックスのジッパーをさぐる。そのとき、カチッと音がした。窓になにかが、あたったのだ。近藤は、はね起きて、ガラス障子をあけた。下の通りで、リエが手をふっている。出てこい、という意味らしい。とたんに、階段のきしむ音が耳についた。近藤は、手すりをまたいだ。庇屋根の瓦にとびだす。戸袋に身をひいて、座敷をふりむいた目に、障子の隙間が、いや、正確にいえば、そこから突きでた小さな拳銃が、いや、もっと正確にいえば、サイレンサーの黒い小さな穴が、とびこんできた。

「ちぇっ、秋元か！」

近藤は、帯からぬいたあいくちを、手ぬぐいごと投げつける。思いきって、庇からとんだ。

さいわい、軒はそんな高くない。膝をすりむいたが、すぐ起きあがれた。

「こっちよ!」

走りながら、リエがいう。すこしさきの横丁に、銀いろのコルベットが、お尻をつっこんでいた。しなやかな足を蹴あげて、そのフロントシートに、リエがとびこむ。たちまち、エンジンが唸りだした。つづいて、ドアをおどりこえた近藤の足が、下駄の上におちる。

「あんたのよ。裏口から持ってきたの」

車をスタートさせながら、リエがいった。

「実にすばしっこいんだな、きみは」

「窓からのぞいたら、へんなやつがいたの。あんたがたをつけてったから、あたし、急いで車をとりにいって、こっちへ駈けつけたわけよ。へんなやつ、裏口でしばらく様子をうかがってから、二階へあがってったわ。だから、あんたの下駄をとって、おもてへまわって、窓へ石をほうり投げたの」

「ありがとう。きみがいなかったら、他国へ骨をうずめてたところだ」

「郁代ちゃん、大丈夫かしら?」

「おれがいなくなりゃ、あとの心配はないさ。まだ、なんでもなかったんだから」

「それ聞いて、安心したわ、あたしも」

はにかんだような微笑を見せて、リエはそれきり黙りこんだ。コルベットは寝しずまった通りを、文字どおり風のごとく走っていく。想像以上の運転ぶりだが、ハンドルをにぎる手もとはたしかだ。あっという間に、城址公園の崖の下についた。石垣にギャレージの口が、ひらいている。そのなかに、リエはスポーツカーをのりいれた。

「この上が、姉さんの家なの」

ギャレージを出て、リエがシャッターをしめるのを待ちながら、近藤は石垣をあおいだ。石段があって、その上が玄関らしい。けれど、公園の木立ちがのしかかっていて、なんにも見えない。とつぜん石段の上に、人影があらわれた。だが、下にいる近藤に気づくと、その人影は、たちまち闇に逆もどりした。

「なにを見てるの？　いきましょうよ」

リエにうながされて、歩きだしながら、近藤は首をかしげた。

「いま、だれかがおりてこようとして、あわてて引っこんだんだが……」

「あれ？　姉さんの大事なひと。あたしは好きじゃないけれど、あんまり」

「どうも見たことがあるようなんだ、あのからだ恰好は。ひょっとして――酒井市長じゃないのかい？」

「さあ」

どうかしら、と肩をすくめてから、リエは両手をたがいちがいに組んで、むきだしの二の腕をさすった。

「安心したら、寒くなったわ」

「これでもいくらかは、助けになるよ」

と、近藤は、羽織をぬいで、肩へかけてやった。

「親切ね」

「そりゃあ、きみのほうだ。ぼくのは、だれにでもってわけじゃない」

「あたしのもよ」

リエは、肩をよせてきた。

せまい露地を、くねくねと辿(たど)っていくと、あんがい簡単に、《エトワール》へついた。裏口から入って、近藤がさきに階段をあがる。板戸をあけたとたん、目を見はった。長四畳のまんまんなかに、ストゥールをすえて、郁代がまたがっていたからだ。

「どこへいっていたのよ、ふたりとも帰ってこないのか、と思ったわ」

「きみこそ、どうして——」

「自転車で、追いかけてきたにきまってるじゃないの」

「あの男、どうした？」

「あんたの投げた短刀が、手にあたってね。あわてて、おりてったわ。下でおとうさんに出あって、たまげたらしいわよ」

「とにかく、無事でよかった。ところで、こんどはどういうことになるんだ？」

「あたしも、ここへ泊めてもらうわ。リエちゃん、今夜はおたがいに協定をむすんで、手をひくことにしない？」

それには答えずに、リエはベッドへいって、腰をおろした。うつむいて、泣きだしそうな恰好だったが、そうでないことは、すぐにわかった。くすくす笑う声が、だんだん際立ってきたからだ。しまいに、両手で顔をおおって、笑いつづけた。郁代も天井をむいて、笑いだした。近藤は、顎のはずれそうなあくびをした。

第九章

近藤と土方が罠にかかるいきさつにはじまり
だれが片桐と女を殺したか判明するにいたる

a

あくる日の午後二時四十分、近藤庸三は、下駄とたびを両手にぶらさげて、ファウンテン・ホテルの非常階段を、のぼっていた。雲の多い空には、ひっきりなしに、花火があがっている。巴川まつりの第一日であるためか、二階の窓にも、三階の窓にも、カーテンがしまっていた。ただ四階の窓にだけ、きのうとおなじめがねの小男が、きのうとおなじように、鼻の穴をほじくっているのが見えた。ただテーブルにひろげた原稿用紙に、太い万年筆の大きな楷書(かいしょ)で、《三重露出》という、小説の題名らしいものが、書いてあるところだけ、きのうとちがう。五階の窓には、やはりカーテンがしまっている。近藤は防火扉をあけて、廊下にすべりこむと、たびと下駄をはいた。512のドアをノックする。すぐ、土方があらわれた。きのうとおなじ中国服に、松葉杖をついて、もちろん帽子はかぶっていない。それに、眼帯

もとっている。お岩さまみたいな顔をうなずかせて、

「なんだ、きみか」

「ボーイだったら、その顔で、ぎょっとさせようと思ったんだな。まいどお楽しみをうばって、申しわけない」

あたまをさげて、近藤は部屋へ入った。土方は、松葉杖をソファに立てかけて、

「すべからく、ゆうべのぼくみたいに、ひとの邪魔はしないことだね。あれから、どうした？　ふたりの女のどっちかと寝たんだろう、どうせ」

「寝たさ。どっちともね」

「ダブル・ヘッダーとは、頑張ったじゃないか」

「ああ、ふたりとも、朝まで寝られなかったそうだ。たがいに、牽制しあってね。おかげでおれは、ひとり安らかに眠れたよ。夜があけて、ふたりが寝たから、きみをさがしにとびだしたのさ。電話をかけたら、部屋にいるってんで、ずっと玄関を見張ってたんだ。朝の九時半からだぜ。しびれを切らして、あがってきたわけだよ」

「ロビーにいたんなら、早くあがってくればよかったのに。遠慮するなんて、きみらしくもない」

「ロビーじゃない。あすこにゃ、きのうの刑事さんがいたからね。ほかのファンはあきらめたらしいが――きょうは、きみ、出かけないつもりなのかい？　市制記念祭で、町はにぎやかだぜ」

「出かけるさ。きょうのパレードは、とくに趣向をこらしているそうだからね。見のがしちゃあ、ここまできたかいがない」

「そのパレードだけど、どんなことをやるんだ？」

「なんだ、ぼくよりさきにきていて、知らないのかい。この土地には江戸時代から、名物の山車のでる祭りが、あったんだそうだ。京都の祇園さんや、東京の神田まつりみたいにね。ところが、戦災でぜんぶ焼けちまった。おんなしものは、もうつくれない。しかし、なんとか趣きだけでも、復興させたいってんで、四、五年前、酒井市長が考えだしたのが、このパレードなんだよ。山車の行列のあじを、外国ふうに生かして、つまり、トラックの荷台に装飾をくっつけてね」

「花電車でなくて、花トラックってわけか」

「そんないいかた、もう東京でだって、通用しないぜ。花電車ってのは、いまや下半身によって、特殊な芸をみせる女性の呼称に、あわれをとどめてるだけの言葉だからな。とにかく、そのフロートを町ごとに一台、毎年、趣向をこらしてだす。出来ばえのコンテストなんかもあって、けっこう観光客をあつめてるらしいよ」

「そりゃあ、見たいな。おれは子どものころから、山車や花電車となると、目がないだけじゃなくて、口も鼻もない。のっぺらぼうになって、どこまでも追っかけたほうでね。神田の山車も、いくつか焼けのこってるけど、いまじゃ本まつりのとき、お旅所に飾ってみせるだけだからな。むかし神田にゃ、山車がなん本、あったと思う？」

「知るもんか、そんなこと」

と、土方はいっこう興味をしめさない。けれども、近藤はおかまいなしに言葉をつづけて、

「三十六本だ。お練りの順序でいうと、一番が大伝馬町の諫鼓鳥。二番目が南伝馬町の猿。三番が旅籠町一丁目の翁。四番が同二丁目の和布刈り。五番が鍋町の神功皇后。六番は通り新石町の歳徳神。七番が須田町一丁目の住吉神。八番は同二丁目の項羽。九番は連雀町の熊坂長範。十番は三河町一丁目の鞍馬山僧正坊。十一番が豊島町の豊玉姫の尊、湯島の日本武尊、金沢町の坂上田村麿の三本。十二番が岩井町の弁慶。十三番が橋本町一丁目の双見ガ浦に日の出」

「ぼくは、そろそろ、出かけなくちゃあ……」

土方が眼帯をかけて、立ちあがる。帽子をかぶって、松葉杖をついた。

近藤はドアをあけてやりながら、

「十四番が橋本二丁目の乙姫さん。十五番が佐久間町一、二丁目の素盞嗚尊。十六番は同三丁目の岩に牡丹。十七番が久右衛門町の蓬萊。十八番が多町一丁目の堰台に稲に蝶。十九番はおなじく二丁目、鍾馗さま。二十番が長富町の竜神。二十一番は竪大工町の飛驒の内匠」

「ぼくなんかに聞かせるより、時代物の作家志望者に教えてやったほうが、よろこばれるんじゃないかな、そういうことは」

土方は顔をしかめて、廊下のエレベーターの前に、立ちどまった。ボタンをおして、ケージのあがってくるのを、待ちながら、近藤がつづける。

「二十二番が蠟燭町ならびに関口町の松に杯。二十三番、明神西町の大国主命。二十四番は新銀町と鶴ガ町の鳥居。二十五番が新右衛門町の戸隠。二十六番が新革屋町の弁財天。二十七番は鍛冶町一丁目、三条の小鍛冶宗近」

　エレベーターは、ふたりをのせておりていく。近藤はそのなかでも、

「二十八番が元乗物町の牡丹。二十九番は大工町で、岩に松竹梅。三十番が雉子町の雉子。三十一番が三河町四丁目の武内宿禰」

　一階について、ドアがあく。土方は、松葉杖を大きくあやつって、ロビーをさっさと横ぎった。近藤も大股に、肩をならべながら、

「三十二番は明神下台所町、石橋に竜神。三十三番が皆川町二、三丁目の烏帽子狩衣」

　きょうも、あがっていったはずのない男が、いっしょにおりてきたので、土方から鍵をうけとったクラークは、目をまるくした。色の黒いのと子どもっぽい顔だちの、ふたりの刑事も目くばせをかわす。玄関をでながら、近藤はつづけた。

「三十四番は塗師町で、猩猩の能人形。三十五番が白壁町の夷三郎。三十六番は松田町の伊予入道頼義公で、おしまいだ。失礼。しゃべりだしたら、全部さらわないと、わすれちまうおそれがあるもんでね」

「いまどきの役には立たないことを、よくもまあ、暗記してるねえ」

「はなし家になりきる気なら、まんざら役に立たない知識でもないさ。それに、あたまは使えばつかうほど、よくなるそうだからね。おやおや、きょうは車、呼ばなかったのかい？」

と、近藤はまるい池にそって、歩いていく土方を追いながら、聞いた。

「ああ、足の鍛練だ。無理につきあえとは、いわないよ。だいたいぼくは、きみを誘ったおぼえなんか、ないんだからな」

「すげないことをおっしゃるよ、このひとは。おれのつきあいのいいの、知らないな」

ファウンテン・ホテルの前を、酒井市長の家とは反対がわのほうへ、すこし歩くと、ひろい通りへでた、まん前に、まあたらしい教会がある。扉の上に、十字架のかたちの窓があった。幼な子イエスをだいた聖母マリアのステインドグラスが、陽ざしをうけて、あざやかな色彩を見せている。だらだら坂になって、右へくだっている通りを、モダンなワンマン・バスがのぼってきた。土方はさきに立って、白ぬりのガードレールぞいに、坂をおりはじめる。はるかの下も、ひろい通りだ。自動車をつんだフルトレーラー・トラックが、棚にぎっしりならべた車体を、ミニチュアみたいに見せて、走っていく。どうやら、国道一号線らしい。坂道ぞいの屋根のむこうに、巴川駅の建物も見えた。

「へえ、こんな立派な近道があろうとは――すぐそこが、駅じゃないか」

と、近藤がいって、通りを見わたす。目のすみに、ふたりの刑事がついてくるのが入った。

「本日の予定としては、どんなぐあいに、お供をまくんだい？」

「よけいな心配はしなさんな。あれは、ぼくについている尾行で、きみのじゃない」

と、土方がいう。坂をおりきると、駅にむかった。駅前広場には、裸婦像が三人、ねそべっている花壇をまたいで、緑のアーチができていた。トモエアーケードへおりるキオスクのいちばん手前の口へ、土方はちかづいた。〈パレード参加のため、全店、本日休業〉という立看板が、階段の上に立っている。けれど、土方はかまわず、おりていく。地下街には、両がわの商店にシャッターがおりていて、天井の蛍光灯だけが、いやに明るい。がらんとした地下道のまんなかへんで、男がひとりシャッターによりかかっている。アズキいろの上衣にオリーブいろのタートルネック・スウェーター、金めっきの自転車チェーンを手首にからませた秋元だ。近藤は、ぎょっとして、立ちどまった。だが、土方は平気でちかづいていく。秋元が、にこっと笑って、会釈をした。

「やっぱり、きみたちゃ、なあなあだったんだな。ゆうべの《エトワール》で、きみが消えたとき、どうもへんだと思ったんだ。偶然も三つまでは重なるかもしれないが、四つ重なると、作意がにおうぜ。あの渋田一家のなぐりこみは、タイミングがよすぎたよ」

と、近藤がいう。土方は秋元に会釈をかえして、

「さっきは、電話をありがとう」

と、いってから、近藤をふりかえった。

「おっしゃる通り、《エトワール》へいったのは、予定の行動さ。しかし、女の子たちはなんにも知らなかったんだから、疑っちゃかわいそうだぜ」

「わかってるよ。なにか知ってたら、きみを裏切って、教えてくれたはずだからね」

「自信のほど、おみごとですな」

と、土方がいったとき、うしろのほうで、ガラガラガッシャーンと大きな音がした。近藤

はふりかえった。尾行の刑事のふたりが、みょうな顔して歩いてくる。うしろに男がふたり、したがっていた。どうやら、いまの大音響は、キオスクのシャッターが、勢いよくおりた音らしい。ふたりの男は、一軒の商店のシャッターについているくぐり戸をひらいた。

「刑事さんたち、このなかへ入ってもらおうか」

ひとりはコルト・オートマチックの四五口径、もうひとりはスミス・アンド・ウェッスンの四五口径リボルバーを、右手に持っている。それに追いたてられて、ふたりの刑事は、くぐり戸を入った。男ふたりはふりかえって、近藤に銃口をむける。土方がいった。

「気の毒だが、ぼくは重要な商談がある。邪魔されたくないんだ。しばらく刑事さんたちといっしょに、世間話でもしてくれないか。いろいろ、参考になると思うよ」

「非紳士的なやりかただな、きみらしくもない」

「やあ、ちゃんと、ひとしがつかいわけられたね」

と、土方が微笑したとたん、地下道の左右に、ずらっとしまっているシャッターのくぐり戸が、いっせいにひらいた。男ばかり二十人ちかい人数が、大掃除にあわてたノミみたいに、とびだした。

「なんですか、いったい、この歓迎ぶりは？」

と、土方が眉をひそめる。秋元は、すっと無言で、あとへさがった。右手にベレッタ・ジャガー九*mm*が、不気味なガンブルーのつやを見せている。

「歓迎じゃないぜ、東京の殺し屋さん。野辺（のべ）おくりさ」

と、男たちのうしろで、近藤には聞きおぼえのある声が、おもしろそうにいった。

「あんたがたふたりの葬式を、みんなで盛大に送ってあげよう、という仏ごころだよ」

人垣がふたつにわかれて、黒紋つきの羽織に仙台平（せんだいひら）の袴（はかま）、腕ぐみをした渋田大蔵があらわれた。

土方は、近藤の顔をみた。近藤は、土方の顔をみかえして、肩をすくめた。

b

「いったい、どういうことなんだろうね、こりゃあ」

と、土方がいった。

「きみは、肝腎（かんじん）なところになると、あたまが鈍くなるんだな。おれたち、ここで殺されるんだよ。きみも、おれも、罠（わな）にかかったらしいな。こちらは渋田一家の大親分、渋田大蔵さんでね。きみのことを、塙条之助候補暗殺に、東京から導入された殺し屋だ、と信じこんでるんだ」

「そうじゃねえ、とでもいう気かよ。笑わせるねえ。ふたりとも、さっさと手をあげるんだ」

と、渋田大蔵がどなった。土方は、松葉杖をあやつって、うしろへさがりながら、

「そんな大きな声しなくたって、聞えるよ。しかし、これはたいへんな誤解だぜ。ぼくは酒井現市長暗殺計画の、プロデューサー兼ディレクターとして、ご当地へのりこんできたん

だ」

「そんな口ぐるまに、乗っかるおれと思うのか。ちゃんと知ってるんだ。手めえが、にせびっこだってこともな、手をあげろい！」

渋田は、松葉杖の右がわの一本を、蹴とばした。土方が、両手をあげる。左の松葉杖も、床にたおれた。二十人ちかい男たちの手には、それぞれ拳銃がにぎられているから、どうしようもない、ゆうべの赤シャツもいる。飛びだしナイフの男もいる。ブラスナックルの男もいる。もちろん、熊田もいる。それが、ＧＩコルトをかまえて、まず土方の身体検査をした。つぎに近藤のからだをさぐりながら、

「おめえも、ばんざいするんだよ。きょうこそ、兄きのかたきを討ってやるぜ。このハジキに、見おぼえがあるだろう？　片桐の兄きんだ。おめえが兄きを殺すのに、つかったやつよ。弾のかずを倍にして、お礼をしてやらあ」

「それも、誤解なんだがな、わかっちゃもらえないだろうねえ」

と、近藤は両手を肩のところへあげながら、

「しかし、よくまあ、これだけハジキを揃えましたね、渋田親分。ＳＷのリボルバーがだいぶあるけど、警察から盗んできたんですか？　あとは、駐留軍の置きみやげのＧＩコルト。珍らしいのもあるな。そっちのにいさんが持ってるのドイツの名銃、ワルサーＰ38じゃないか。おやおや、帝国陸軍華やかなりしころの十四年式まで、ひっぱりだしてるね。トリガーガードの歪つなかたちで、ひと目でわかる。そいつは親分が持ったら、似あいますよ、きっ

と」

「うるせえ、べらべら喋らずに、むこうの壁までさがりゃあがれ」

渋田が、つきあたりの壁をゆびさす。近藤は手をあげたまま、歩きだした。土方はやけを起したように、松葉杖を蹴とばした。二本の杖は床をすべっていって、いちばんはじの商店のシャッターにぶつかった。

「ちぇっ、うまく渋田一家を利用するつもりが、とんだことになっちまった」

と、松葉杖を横目でにらんで歩きながら、土方がいう。

「あんまり、凝った演出をするからさ。役者はそんなに、器用にうごいちゃくれないもんだよ」

と近藤も小声で、ため息をつく。

「しかし、癪だな。なんとか逃げよう」

「ぼくも同感だが、手があるかい？」

おくの壁には、赤く塗った消火栓の函が、とりつけてある。その上に、オートレースの絵看板がかかっていた。左右をみると、地上へあがる階段のなかほどに、鉄のシャッターがしまっている。近藤と土方は肩をならべて、まわれ右をすると、拳銃を手に地下道をふさいでいる渋田一家、およそ二十人とむかいあった。

「むりに強がってみせなくても、いいんだぜ。泣こうが、わめこうが、上へ聞える心配はねえんだからな」

と、いいながら、渋田がわきにいる赤シャツの肩をたたく。赤シャツはうなずいて、ひとつだけ、あけっぱなしになっているシャッターのくぐり戸へ、駈けこんだ。すぐ出てきたが、その手には、銃身の長いジャーマン・ルガーの海軍モデルを持っている。しかも、三十と二発入りのドラム・マガジーンをつけたやつだ。そいつをうけとった渋田が、遊底リングを逆V字がたにひきあげて、射撃準備をととのえるのを、土方はながめながら、

「親分だけに、貫禄のあるのを、持ちだしたじゃないか。しかし、そんなにぶちこまれちゃ、迷惑だな。体重がふえて、天国へのぼれなくなる」

「ふん、手めえらの行きさきは、地獄にきまってるんだ。そろそろ念仏をとなえたほうが、いいんじゃねえか」

「そんな殊勝なおれたちじゃないよ」

と、近藤は手をふって、

「あんたがたは信用してくれないが、ほんとにあたしゃ、はなし家なんだ。どうせ死ぬなら、野暮な念仏なんぞより、唄でもうたって、はなし家らしく成仏したいな」

「おもしれえ。パレードが市役所まえへかかるまでにゃあ、まだまだ時間はたっぷりある。聞いてやるよ。なんでも唄いな」

「まず、この手をおろさせてくれませんかね。おしゃむせんなんぞと、ぜいたくはいわないが、せめて手拍子ぐらいは、とらなけりゃあ」

「いいとも、おれたちゃ、手がふさがってるからな」

と、ドラム・マガジーンに片手をそえて、渋田がルガーをかまえなおす。

近藤は、両手をおろして、

「さあて、なにを唄おうかな。カッポレときちゃあ、ありきたりだし、大津絵の両国は長すぎるね。立山じゃあ、しんみりしちまうし、品川甚句なんかいいんだけど、〽朝きて昼きて晩にきて、きてこんとは胴欲な、きた証拠にゃ、目がだれちょる、だれちょる、というところしか知らないんだ」

といいながら、背後の消火栓の蓋を、ぺたぺた叩く。土方がかすかにうなずくのを見て、つづけた。

「いっそ、スチャラカチャンにしようかね。あれなら陽気で、おあつらえむきだ。あんたもつきあわないか」

「スチャラカチャンなんてクラシカルな唄、知らないよ、ぼくは」

と、土方がいう。

「それじゃ、踊れよ。でたらめで、いいからさ」

「よおし、なにもつきあいだ。南京おどりを、いっちょうやったるぞ」

と、土方が前にすすみでる。

近藤は胸をそらして、

「それじゃあ、あたしがスチャラカチャンてのを唄って、こいつが一世一代の踊りを、ご披露するぜ、渋田親分、《野ざらし》って落語のなかで替え唄をうたうから、節を知っているひとがいるかもしれない。いたら、調子をとってくれると、助かるがね。三番までうたうよ。唄いおさめ、踊りおさめたとたん、ドンドンパチパチやってくれよな。たのむぜ」

「わかった。心おきなく、唄ってくれ」

「さらば」

近藤は大声あげて、唄いはじめた。

〽スチャラカチャン、
おや、スチャラカチャン、
紺ののれんにさ、松葉を染めてさ、
待つに来んとは、コラサノサ、
気にかかる、サイサイサイ。

土方は、中国服のすそを片手でつまみあげると、片手を頭上でくねらせて、珍妙なおどりを踊りはじめた。渋田大蔵が、ルガーの銃口をおろして、大笑いをする。子分たちも大口あいて、笑いだした。

「こいつは、いいや。スチャラカチャンか。もっとやれ。こんどは調子をとってやるぜ」

と、渋田親分、膝をたたいた。

c

近藤のうしろにある消火栓は、長いホースが折りたたまれて、長方形の赤いボックスにおさまっている。横長のガラス窓のある蓋は、金属製だ。赤地に白く、消火栓、と書いてある。水をだすには、赤い蓋をひらいて、まずホースをひっぱりだす。つぎに水栓をひねって、それだけでは、まだいけない。そばの赤いボタンをおすと、はじめて水は勢いづいて噴きだすのだ。蓋をひらくのに、手間ひまはかからない。けれど、いくら土方が、南京おどりでカバーしてくれていても、ホースを長ながと、ひっぱりだすわけにはいかないだろう。

〽スチャラカチャン、
おや、スチャラカチャン、
松の根かたにさ、クルミを植えてさ、
待つより来る身の、コラサノサ、
そのつらさ、サイサイサイ、

唄いながら、近藤は、うしろにまわした手で、ボックスの蓋をあけた。手をつっこんで、ホースの口を受け金からはずす。蓋のはしまでひきだして、水栓をゆるめた。

〽スチャラカチャン、

　おや、スチャラカチャン、

　狸とっつかまえて、藁苞につつみさ、

　これがほんとの、コラサノサ――

　狸のわらづつみ、サイサイサイ、という最後の文句はうたわずに、近藤は、ぐいっと赤いボタンをおした。ボックスの蓋をあけはなすと同時に、ホースの口を力いっぱい投げだして、

「やったぞ！」

　階段のかげへ、おどりこんだ、土方が、松葉杖めがけて、とびかかる。消火ホースは、てんかんの発作を起した大蛇みたいに、ボックスからのたうちだした。筒口からは、つぎめのない弾丸のような水が、放射される。渋田一家のなかから、悲鳴があがった。同時に銃声も。

　土方は松葉杖をかかえて、近藤とは反対の階段口へ走りこむ。左手で松葉杖の片っぽから、ボックス・マガジーンをくりだしながら、右手は中国服のすそをまくる。股間につるした黒いものを、

「近藤、うけとれ！」

　と、投げてよこした。キャッチした手に、ずしんと応えたのは、口径九$m$$m$十三連発のブローニング・ハイパワーだ。近藤は安全装置をはずして、撃鉄を起すと、階段のかげから射ちはじめた。土方も、松葉杖のオートマチック・ライフルに、マガジーンをさしこんで、身

がまえる。

ホースは狂ったように跳ねながら、地下道いっぱいに、水をまきちらしていた。弾丸のあたった穴からも、水柱がたっている。その凄まじい水音にまじって、渋田一家の発する銃声。はじきだされた薬莢が霰となって、シャッターにあたる音。そこへ近藤のオートマチック拳銃と、土方のオートマチック・ライフルが加わったのだから、たまらない。地下街ぜんたいに、逃げ場のない銃声、水声、罵声、絶叫がこもって、唸りをあげた。

「おい、なんだかむこうからは、音がしなくなったぜ」

十三発を射ちつくして、近藤が叫んだ。土方は三本めのマガジーンを、からにしはじめながら、大声あげる。

「掩護射撃は、ひきうけた。水をとめてみろ」

「よしきた」

近藤が、ボックスにとびかかる。青いボタンを、まず押した。水音が、とたんに弱まる。オートマチック・ライフルの連射音だけが、ひびきつづけた。それも、すぐやんで、地下街は鎮まりかえった。近藤が水栓をしめると、ぐったりしたホースは、ボックスぎわから筒口へかけて、ぺたぺたと平べったくなっていく。

「やれやれ、ひどいことになってるな」

と、からのマガジーンを、松葉杖のケースにおさめながら、土方がいう。近藤は、ふりかえった。渋田大蔵をはじめ、二十人ちかくが、ぐしょ濡れになって、ころがっている。

「でも、血が水で洗われてるだけ、この前のエレベーターのときよりは、ましだろうぜ」

といいながら、近藤はたおれている連中を、いちいち改めた。だれも呼吸はしていない。ひとりの手に、ワルサーP38が、握られているのを見つけて、もぎとった。

「こんな芸術的実用品を、死人に持たしとくのは、もったいないや。おれが預かっとこう」

「じゃあ、ぼくは、これを預かっとくよ」

土方がひろいあげたのは、旧陸軍の十四年式、八連発の自動拳銃だ。

「そんな骨董品、しようがないだろう？」

「ところが、こいつ、アメリカの二世のあいだで、最近、馬鹿にもてているんだ。ぼくんとこへ、いろんなものを持ってくるアメリカ人が探してたから——まあ、祖国愛と、これでわりあい命中率がいいせいだろうな。ただ口径八$m$$m$という、敵にぶんどられてもつかえないようにって、いかにも日本的な配慮がしてあるだろう？　だから、弾がむこうじゃあ、手に入らないらしくてね」
「そうだ、こっちも弾なしじゃ、話にならない。九$m$$m$ルガー弾があれば、ワルサーにも、ブローニングにもあうわけだが、ここにストック、あるんじゃないかな」
近藤は、さっき赤シャツが海軍モデルを持ちだしたくぐり戸へ、入っていった。土方がオートマチック・ライフルを、松葉杖のかたちにもどしてから、消火栓のそばに落ちている帽子をひろって、型くずれを直していると、

「思ったとおりだよ。おれたちの死体をはこぶキャンバスサックから、弾のめりこんだ壁を

塗りなおすクイックドライ・セメントまで、用意してありゃあがる。こいつもついでに、いっぱいにしといたぜ」

　近藤が、くぐり戸から出てきて、ベルギー製自動拳銃と紙の小箱をさしだした。

「返すよ。こっちの箱は八mm弾だ。しかし、このブローニング、うまく隠しといたな。おれはぜんぜん、気がつかなかった」

「中華民国のスパイ——便衣隊(べんいたい)の故智(こち)にならったのさ。だぶだぶの中国服の股のあいだに拳銃をつるしたり、厚い腹巻のなかにマガジーンを隠しとけば、身体検査(シェイクダウン)されても、見つからないからね」

　土方は、中国服をまくりあげた。腹巻に十四年式拳銃と弾丸の箱をおさめてから、股間にたれたひものさきの鉤(かぎ)へ、ブローニングをつるす。近藤は、げらげら笑いながら、

「おちついてみると、そうやる恰好は、噴飯ものだな。ところで、どうする？　これから」

「こんなところに、長居はできない。市制記念祭のパレードが、市役所まえにさしかかるところだよ、もう」

「だから、どうだっていうんだ？」

「渋田がいってたろう？　酒井鉄城主演の特別ショーは、市役所まえにパレードがさしかかったときに、はじまるんだよ」

「やっぱり、きみが共演するのか」

「ぼくは、べつのショーの主演者さ。ブロマイドと挨拶状(あいさつじょう)をばらまいて、こういう目立つす

がたで登場すれば、警察の注意は、ぼくにあつまる。そのあいだに、ぼくの台本、演出による本番を、やっちまおうってわけだ。そっちで死刑執行人の役をつとめるのが、無精松でね」

「なんだって！　きみは無精松なんて男、知らないといってたじゃないか。しかも、ぜったいに嘘はつかないって」

「そうさ。あのときは、知らなかった。無精松をやとったのは、氷室なんだから」

「氷室親分が、きみのスポンサーだったのか、やっぱり。すると、おい、暗殺のほんとの目的は――」

「だから、ぐずぐずしてられない、というんだ。ぼくの台本を、書きかえられるおそれがある」

「急ごう」

と、近藤は消火栓のほうへ走りだしかけて、

「こういうところのシャッターは、外がわから、鍵をかけるんだな？」

「うん、だけど、やつらの出ていく口が、のこしてあるわけだ」

「おれたちを、こっちへ追いこんだところを見ると――」

「あっちだ」

さっきおりてきた階段のほうへ、ふたりが急ぎかけたとき、はじの商店のしまっているシャッターのくぐり戸が、いきなりあいた。出てきたのは、秋元だ。近藤は、ふところのなか

で安全装置をはずして、撃鉄を起しながら、すばやくワルサーをひきぬいた。

「およしなさい、市役所なんかへいくのは」

と、秋元がいう。近藤は、聞きかえした。

「どうして？」

「やつらの目的は、新任の警察署長なんです。あんたがたを、ここで渋田一家と嚙みあわせといて、渋田が生きのこれば、暗殺の罪をきせちまおう。あんたがたが生きのこったら、あたしに消させようって――」

「そんなことが、できると思うのかい？」

と、近藤がワルサーP38をつきつける。

秋元は、首をふって、

「できても、しませんよ。つぎは、あたしが消される番に、きまってますもの。こんな騒ぎにまきこまれちゃあ、つまらない。逃げましょう、いっしょに」

「そうはいかない」

といったのは、土方だ。

「こんなふうに利用されて、黙っていちゃあ、悪意銀行の名誉にかかわる。ぼくひとりでも、邪魔しにいくよ」

「おれも、いくぜ。そこはさっき、刑事をとじこめたところだろう。どうした、やつらを？」

と、近藤はシャッターのくぐり戸をのぞきこむ。暗いなかに、ふたりの刑事は折りかさなって、死んでいた。こわれたショーケースのガラスの破片が、いちめんに光っている。顔をしかめて、近藤は秋元をふりかえった。

「わかったぞ。片桐と女をやったのは、きみなんだな。おれにとっちゃ、いい迷惑だったぜ」

「渋田一家をあやつるためには、しょうがなかったの。ごめんなさいね」

と、秋元がからだをくねらす。

近藤は、ぞっとして、土方をうながした。

「こいつにかまわず、いこうぜ、早く」

第十章

暗殺プランの実行にはじまり
悪意銀行の収支報告におわる

a

陽が西にかたむきかけたせいで、藍（あい）のいろをました空に、花火のけむりが白く黄いろく、つぎつぎひらく。いく組もの楽隊をあいだにはさんで、パレードのトラックは、駅前通りを市役所さして、ゆっくりゆっくり進んでいく。両がわの歩道は、見物人でいっぱいだ。それをかきわけて、近藤と土方は、華やかに飾ったトラックを、一台一台あらためている。土方のシナリオによると、無精松は、渋田産業の所在地、汐町のトラックに、のっているはずだからだ。フロントグラスに、町名をしるした紙が、貼りつけてある。それをいちいち見てあるくには、車道へでたほうが楽だけれども、警備の巡査がついているので、敬遠した。見物人のいくたりかに、汐町のトラックはどのへんか、聞いてみた。だが、だれも知ってるものはいない。しかたなく、うしろから一台ずつ、町名をたしかめることにした。

最後尾のトラックは、大きなつばさの天使人形をのせて、空とぶ馬車にしたててあった。ボンネットより前につきでた二頭立ての、天馬のつくりものが、ときどき前足を高くあげる。そのさきのトラックは、忍法ブームをあてこんだものだ。荷台に巴川城の天守閣をのせて、黒装束と白装束、忍者スタイルの男ふたりがその上で、アクロバティックなチャンバラを、なかなか器用に見せている。その前は、自動車工場のある町のトラックだろう。ほんものの花で飾った台の上に、ほんもののスポーツカーをのせて、これもほんものの女が三人。ひとりはまっ赤なバックレス、ひとりは水玉のネーブルカット、ひとりは脇でむすんだ本格的ビキニの、果敢なる水着すがたで、かわるがわるクラッカーを鳴らしたり、五色の風船を放したり、沿道の見物に投げキッスしたりしている。

張りぼての砂山と、本水をたたえたガラスの水槽で、浜にあそぶ人魚のすがたを、見せているトラックもあった。人魚は、ストリッパーのアルバイトらしい。腰から上は、裸の大きくもりあがった胸に藻をちょっぴりのせて、腰から下は尾びれの超タイトスカート、そのさきを水槽にひたして、長い髪を貝の櫛でとかしている。近藤と土方が、巴川おんなの寒さをおそれぬ熱心さに、感嘆しながら、そのトラックのところまできたときだ。沿道の商店の二階の窓から、とつぜん釣り竿が一本のびた。細くしなった先端が、人魚の胸の海藻をひっかけて、持ちあげる。

「きゃーっ」

と、人魚が悲鳴をあげて、手をのばす。警官の大声は、よろこんだ見物の喊声で、かきけされた。釣り竿は、水槽のなかに海藻をおとして、もとの窓へたちまちひっこむ。人魚は乳房をかくすのもわすれて、水中に手をつっこんだ。

「ほかの町の妨害や」

「あくどいこと、するわい」

「いやあ、あの町のもんが、人気とりにしくんだお芝居や。きまっとるで。見てみい、あの女、わざとおっぱい、隠さんどる」

勝手なことをいいながら、見物たちは、人魚のトラックを追いかける。

近藤と土方は、身動きがとれなくなった。

「こんなことしてたら、間にあわないぞ。それこそ、あとの祭りになっちまう」

と、近藤がいう。土方はうなずいて、

「市役所まえへ直行したほうが、よさそうだな」

ふたりは、群衆をかきわけて、露地へ入った。楽隊のひびきと、見物のどよめきは、依然、やかましいけれど、裏通りのひとけは、嘘みたいにすくない。駅の方角に背をむけて、まっすぐ急ぐと、ひろい通りにつきあたる。ななめむこうに、三角柱の時計塔をいただいて建っているのが、市役所だ。正式には、巴川市庁だろう。車寄せのスロープを利用して、パレード・コンテストの審査員席が、組んである。モーニングの胸に、大きな造花をつけて、まんなかに腰かけてるのは、酒井市長だ。その右どなりの制服の人物が、警察署長にちがいない。

近藤は、ほっと息をついた。

「まだ、無事だったな」

そのとき、元禄花見おどりのトラックが、ゆっくり動いて、市長の左どなりの、いままで隠れていた顔を見せた。酒井市長と、やはりモーニングすがたの氷室良平とのあいだに、黒の紋服で悠然とすわっているのは、白熊みたいな大男だ。

「ありゃりゃりゃ、あれは、きみ――アテレコ・ロビンスンじゃないか！」

「あんまり、大きな声をだすなよ。そう、わが残酷なるスポンサー、氷室善平氏さ」

「すると、良平氏のおやじさんなのか。畜生、しまったなあ。瘠せっぽちをこしらえたおやじ殿だから、やっぱり瘠せっぽちだろうなんて、おれも、とんだ早合点したもんだ。しかし、おやじさんはもう隠居した上に、病気で寝たきりだったって……」

「病気して隠居したのは、事実だがね。まだ癒らないで、きょうは無理して出てきてるなんてことは、嘘っぱちさ。氷室一家の実権は、まだあのじじいが握ってるんだ」

「ゆうべ、きみは例の小僧の赤バイで、あのじいさんに会いにいったんだな、さては」

「あたったよ」

「ところで、どうする？　これじゃ、どうしようもないだろう」

あたりは、ぎっしりの見物で、窓という窓にも、ひとの顔が、鈴なりだ。土方は、もとの露地へひっこみながら、小声でいう。

「無理すれば、前へでられないことも、なさそうだがね。まさか、これだけの見物人の目のまえで、ライフルをふりまわすこともできないよ。しかたがないから、ぼくは屋根にのぼる」

「うん、こっちがわは、二階建ての商店ばかりだ。屋根の上なら、ひと目にゃつかない。でも、トラックまで、かなりの距離になるぜ。狙いうち、できるか?」

「大丈夫、これにはテレスコピックサイトがつけられるように、ちゃんとなってる」

土方は松葉杖を、ぽんとたたいた。

「よし、おれもつきあう。見ろよ。あそこに、おあつらえむきの家があらあ」

と、近藤がゆびさしたのは、露地のおく。角の平屋で、屋根に物干台がついている。塀のすぐ内がわから、鉄の梯子で、そこへのぼれるようになってるらしい。ふたりが駈けつけてみると、塀の木戸はすぐあいた。まず物干台へあがってから、あとは鼠小僧(ねずみこぞう)もどきの屋根づたい、大通りにめんした商店に、たちまちたどりつくと、棟瓦(むながわら)のかげに伏せる。オートマチック・ライフルに、マガジーンをさしこんで、セレクタースイッチを、シングルショットに直してから、土方は中国服をまくりあげた。腹巻から、細長い棒を二本とりだす。太いほうは、サイレンサーらしい。それを銃口にはめこんでから、細いほうを、銃身の上にとりつけた。

「なるほど、そいつがステレンキョか」

「テレスコピックサイトだよ。平たくいえば、望遠鏡式照準器ってとこかな」

「ちょっと江戸前のしゃれをいうと、通じないんだから、やんなるね。おっ、こりゃあ、すげえや。なんにも着てないいんじゃないかな」

と、近藤が大通りを見おろして、口走った。ビニールのプールをのせたトラックが、さざ波たった水のまんなかに大きな貝殻をすえて、しずしずと市庁の前に、さしかかろうとしているのだ。口をあけた貝の上には、肩から前へ長ながと垂らした髪で、うまいぐあいに胸と腰とをかくしたヴィーナスが、にこやかに立っている。土方は、テレスコピックサイトに片目をあててから、首をふって、

「残念でした。全身装備だよ。肉じゅばんというか、コンビネーション・タイツというか、とにかく一着におよんでるんだ。裸なのは、顔だけさ。しかし、このパレードは、なかなか愉快だな。おあとにゃあ、雷さまなんてえのが、つづいてるぜ」

ヴィーナスから四台め、ちょうどいま、駅前通りから市役所通りへ、曲ってきたトラックのことだ。

土方は、そちらへライフルをむけて、焦点をあわせたとたん、口走った。

「あれが、汐町のトラックだ！」

b

「なんだって！　ちょっとおれにも、ステレンキョをのぞかせろ」

近藤は、土方をおしのけた。テレスコピックサイトに、片目をあてる。トラックの荷台はいちめん、張りぼての雲だ。そのまんなかに、小太鼓をつらねた輪をしょって、虎の皮まがいのパンツをはいた雷神が、立ちはだかっている。全身、まっ赤な肉じゅばん。あたまに二

本、つくりものの黄金の角をつけて、顔もまっ赤に塗っている。だが、ぼさぼさの髪も、無精鬚も自まえで、ミラーグラスをとっただけの無精松だ。

「たしかに、ムッシュウ・ノワールだ。いや、いまんところは、ムッシュウ・ルージュだな。しかし、あいつにゃ、だれかが拳銃をわたしてやらなきゃ、だめなはずだぜ。だのに、だれもそばにいないじゃないか」

「ギャラをはずんで、自分でぬくのを承知させたんだろう、こんどだけ」

「それにしても、拳銃をかくす場所がないぞ。虎の皮のパンツも、肉じゅばんも、ぴったりしてる。太鼓は、針金とブリキ細工らしい。角がとがりすぎてるのは、ちょっと気になるけれど、あれをナイフがわりに投げるにしちゃあ、距離がありすぎるよ。そんな不確実な方法、とるはずがないぜ、きみ」

「張りぼての雲のどこかに、隠してあるんじゃあないのかな」

「しゃがんで取るところまで、無精松が譲歩するかね。とにかく気になるよ。おれ、そばへいってみるぜ」

近藤は屋根づたいに、もとの物干台までもどって、露地へおりた。空の花火と、トラックのあいだの楽隊と、見物のどよめきで、大通りはわきかえっている。雷神をのせたトラックは、ゆっくり市庁前へちかづいていた。

「すみません。千円札を三十枚、百円玉を二百枚、風呂敷がほどけて、ばらまいちゃったんですよ。百円玉はひろったかたにさしあげますから、ご協力ねがいます。おねがいしますよ。

ちょっと失礼、はい、ごめんよ」

といいながら、近藤は、群衆をかきわける。やっとこさで車道へでたが、縄が張ってあって、警備の巡査におしもどされた。両手で縄につかまって、近藤は前かがみになりながら、雷神を見まもった。トラックのわきにも、巡査がひとりついている。荷台の無精松は、ぜんぜんからだを動かさない。右手を頭上にふりかぶって、左手は腰のあたりにかまえている。進行方向にむかって、立っているのだ。もうそろそろ、なにかやりだすはずだった。近藤の場所からは、運転台にさえぎられて、審査員席がみえなくなる。運転席の屋根には、スピーカーがついていた。そこから、とつぜん、すさまじい雷鳴がわきおこる。見物が、喊声をあげた。雷神のせおった小太鼓から、つぎつぎフラッシュがひらめいて、白煙をあげたからだ。けれど、そんなもの、近藤の目には入らない。トラックにつきそう巡査の肩からのびた白い吊りひもが、どうも銃把の環につながっていないようなので、注目していたかいがあった。はっきりと見てとったのは、雷鳴のおこると同時に、巡査が腰のリボルバーをひきぬいて、荷台へ投げあげたことだった。無精松の左手が、それをキャッチした。最初のフラッシュといっしょに、引き金をひく。銃声は、雷鳴にかきけされた。すぐ拳銃は、赤くぬった手からとんで、巡査の手にもどる。と思ったとき、その十七年型スミス・アンド・ウェッスンから、発射された四五口径弾は、無精松の心臓を、背後から射ぬいていた。噴きだした血が、たちまち運転席の屋根を、まっ赤にいろどる。こんどの銃声も、まだつづいている雷鳴にかきけされた。赤い肉じゅばんのからだが、わずかにねじれる。右手のあたりから、金いろの光りが、さっと走った。それがなんだかは、わからない。とたんに、血をあびたスピーカーが黙りこむ。フロントグラスにまで、流れおちる赤いものに、運転手がおどろいたのか、トラックもとまる。

審査員席のほうで、悲鳴があがった。警備の巡査が、そちらへ走る。近藤は、縄をぐってとびだした。トラックのわきに、SWをホルスターへつっこみかけた姿勢のまま、あおむけになって、巡査がたおれている。その喉に、するどく尖った金いろの角が、つきささっていた。けれども、トラックの上の雷神は、角が一本へっただけで、依然として、立っている。

近藤は、荷台のへりに手をかけて、とびあがった。無精松は、かっと目を見ひらいて、胸にあいた大きな穴から、まだしたたりつづける血が、虎の皮のパンツを濡らしている。

「お前さん、左手もきくとは気づかなかったぜ。もう死んでるのに、いつまで立ってるんだよ。あきれたもんだね。そうか、倒れるのが、めんどうくさいんだな?」

と、近藤がいうと、無精松はかすかにうなずいた。

「じゃあ、おれが手つだってやろう」

肩をおしてやると、赤い雷神は、それこそ雷電にうたれた大木みたいに、荷台をひびかせて、あおむけに倒れた。小太鼓の輪につながった電線がショートして、火花をちらす。肉じゅばんが、ぷすぷすと燃えはじめた。

「これが、無精松の最後か。なむ、頓証菩提、頓証菩提」

近藤は、トラックからとびおりた。巡査の死体のまわりに、あつまっていた群衆が、おどろいて後退する。

　近藤は大声で、

「みんな、はなれた。はなれた。狙撃犯人は、もう死んでるから、心配ない。だれも、トラックにさわっちゃ、いかんぞ。部長を、呼んでこなくちゃあ……」

　と、最後はひとりごとみたいにいって、ひとごみをかきわけた。さっきの露地へ、走りこむ。ちょうど土方は、塀の木戸から、出てきたところだ。近藤の顔をみると、

「おい、いったい、どういうことになってるんだ？」

「おれも、おどろいたね。まさか、巡査が買収されて、凶器の供給係りをつとめるとは」

「そんなことじゃあ、ないよ。なぜ無精松は、氷室のじじいを狙ったのか、ということさ。ぼくがやる気で、いたところなのに」

「なんだって！　やられたのは、署長じゃないのか？　おれんところからは、審査員席が見えないから……」

「氷室善平なんだ。アテレコ・ロビンスンなんだよ。狙いが狂ったわけじゃない。無造作ながら、確実に一発、しかも、即死だろうね。聞きしにまさる、というやつだな、あの腕前は」

「とすると……」

「考えるのは、あとでいい。すぐ東京へ、ひきあげようぜ。ホテルに車がおいてあるから
――こんなおかしなところに長居をしたら、それこそ、どんな目にあうかわかったもんじゃ

ない」

　土方は、松葉杖を二本いっしょくたにかかえて、走りだす。近藤も肩をならべて、走りながら、

「おれもいくけど、夜まで待てないか。このまま帰ったんじゃ、また赤字だぜ。せっかく、こいつを手に入れたからには、役立てなけりゃ嘘だろう」

と、銃身をにぎって、近藤がとりだしたのは、スミス・アンド・ウェッスン陸軍モデル1917、でかでかとした警察拳銃だ。

「それが、どういう役に立つ？」

「すぐとびだして、倒れた巡査から、いただいといた。今夜、事件のほんとの黒幕を訪問して、こいつを買ってもらおう、と思ってね」

「ほんとの黒幕だって？　だれのことなんだ、そりゃあ」

「ホテルについたら、教えてやるよ」

　リボルバーのおさまったふところを、後生大事に、片手でかかえて駈けながら、近藤は、にやりと笑った。

c

　ブロック塀には、ところどころ透(すか)し模様の部分があるから、それが足がかりになって、のりこえやすい。だが、うすぐらい庭へおりようとしたとたん、蘭渓燈籠(らんけいどうろう)のかげから、犬のう

なり声がおこった。近藤はあわてて、塀のてっぺんに、しがみつきなおす。

「しっ、おれだよ、ツァッヒェス。きのうは仲好くしてくれたじゃないか」

と、小声でいうと、うなり声はしずまって、グレートデン・ハーレクィンがよってきた。ざらざらした舌が、くるぶしを舐めまわす。近藤は、ほっとして手をはなした。

「よし、よし、こんど明るいときに、遊んでやるからね。いまは縁の下へでも、犬小屋へでも、入っていな」

と、ツァッヒェスのあたまをなでてやってから、小さな池のへりをまわった。もう夜が十二時ちかいのに、縁がわの雨戸は、まだあいている。主人がいましがた、帰宅したばかりのせいだろう。部屋の障子も、あかるかった。近藤は、縁がわにちかづいて、ガラス戸に手をかける。ねじこみ錠が、しまっていた。ふところから、ワルサーをだす。その銃口で、ガラス戸の桟を、かるく叩いた。

「だれだね？」

酒井のひくい声がして、障子がひらく。近藤は笑いながら、かまえている自動拳銃を、左手でゆびさした。和服の酒井鉄城は、ちょっとためらってから、ねじこみ錠をはずして、ガラス戸をあけた。

「また、あんたか。こんなに遅く、なんの用だね？」

「ちょっとばかり、こみいった話がありましてね。どうも、縁さきじゃあ……」

「あがりたまえ」

　十畳の座敷の正面は、床の間だ。晴泉流の盆景をおいた上に、漢詩の軸がさがっている。そちらを枕に、夜具がのべてあった。だが、まだ乱れてはいない。そのわきの座蒲団に、床(とこ)脇(わき)を背にして、酒井がすわる。ちがい棚には、上の段に、手文庫とビッグベンの置時計、下の段には、山岡荘八(やまおかそうはち)の《徳川家康(とくがわいえやす)》が、大理石のブックエンドにはさまれて、揃っていた。わきの長押(なげ)しに、青貝たたきの六尺柄、貂(てん)の皮の投げ鞘をかけた鑓(やり)が、かかっている。

　近藤は、市長のまえに座をしめると、左手でふところから、細長いつつみをとりだした。スミス・アンド・ウェッスンだ。土方の部屋から失敬したタオルに、くるんである。畳の上で、そいつをひらいて、

「酒井さん、黙ってこいつを買っていただきたいな。お買得ですよ。わずか二十万」

「拳銃か。わしには用のないものだ」

「そりゃあ、そうでしょう。もう用は、すんじゃったんだから。しかし、こいつが警察の手に——ご当地の警察じゃだめかもしれないが、殺人事件だ。県警本部がのりだすでしょう。その手にわたったら、どうします？　氷室善平と無精松をころした弾の、ライフルマークが一致して、このSWから飛んで出たことが、わかるんですよ。しかも、銃把には、無精松と死んだ刑事の指紋、という付録までついてるんだ」

「それが、どうかしたかね？」

「ええ、しましたとも。あんたが買ってくれないなら、県警本部へ持ちこん……じゃあ、お金にならない。氷室良平んとこへ、いきますよ。あの実業ギャング氏、命びろいをしたとこ

みると、おとっつぁんと市長さんが、手をくんでたのも知らないらしい。あんまり、おつむは精密でないんだね。けれど、それだけにさ。おとっつぁんが市長の罠にかかって、殺されたと知ったら、かっとくるんじゃあないですか?」

酒井市長は、答えない。タオルの上のスミス・アンド・ウェッスンと、近藤の手のワルサーP38を、見くらべている。

「知らぬ他国へきたせいか、あたしのあたまも、精密度がおちましてね。ようやく、事態がのみこめたばかりなんです。あんたは、氷室善平と手をくんでた。うまい汁を吸ってた、とはいいません。ぜんぜん吸わなかった、とも思わないが、まあ、あんたのことだ。市の発展に、やつらをうまく利用したんでしょうよ。ギャンブルムード、おピンクムードで、巴川市は売りだした。おかげで商業もふるい立ち、工場誘致でますますごさかん、という昨今、こんどはやくざが、邪魔んなってきたんじゃありませんかね?」

空気のぬけた西郷さんは、腕をくんだ。目をつぶって、聞いていないように見える。けれど、近藤はかまわずつづけた。

「あんたは、氷室と手を切ろうとした。どっこい、そうは問屋がおろさない。アテレコ・ロビンスン、がぜん凄(すご)んで、こっちにゃあ汚職の証拠があるかなんか、いいだしたんでしょう。フウ・マンチュウ博士のファンとしては、一計を案じましたね、そこで。

『手を切ろう、といいだしたのは、実は新任の警察署長、あいつがあんまり張りきってるため。いっそ、きゃつを消してしまえば、なんとかなる。やる気はないか』

なんていわれて、氷室のじいさん、ころっと乗った。

『大あり名古屋は、目と鼻だ。すぐにもやろうが、してはその策は？』

『されば、それには渋田を利用し、一石二鳥をねらうが上策。こんどの選挙にひっかけて、塙候補が暗殺されるといいふらし、なあ』

と、あんたがさずける名案が、自分の命をねらうものとは、氷室のじいさん、夢にも知らない。渋田一家には秋元をもぐりこませて、悪意銀行てのをおっ立てたおっちょこちょいが東京にいる。そいつをつかって、こうやって、と組みあげたのが、今回の段どりだ。三重底とは気がつかなかったね、あたしも」

と、近藤はため息ついて、

「大行は細謹を顧みず、というんだそうですな。市長の大任をはたすためには、ろくでもない人間がいくたりくたばろうと、かまわないのかもしれないけれど、大胆ですなあ。警察の知ってる三人のほかに、駅前の地下街にゃあ、死体がごろごろしてるんですぜ。あたしたちも、そのお仲間入りをするところだった」

「きみの想像力には感心したよ。しかし……」

「そりゃ、市長さんのことでしょう。あんたが氷室にさずけた心理的誘導で、悪意銀行の頭取りが、お好みどおりの暗殺計画を立ててるくらいだ。頭取りに聞いたら、あたまをかいて、みとめましたよ」

「いいかけたことを、いわしてもらおう。きみの想像力には感心するけれど、あくまで想像でしかないのが、残念だといおうとしたんだ」

「あんたの舌には、もう乗りません。わたしは嘘は申しませんかなんかいってたくせに、城址公園の崖下の家へ、おかよいあそばしてるひとだもの、おたくは」

「女がいない、といったおぼえはないよ。ふたりはいない、といっただけだ」

「なるほどね。その伝で、氷室もだまさなかった、とおっしゃるんですか。はっきり一石二鳥といったのに、鳥はだれだか、勝手に誤解しただけだって」

「そんなところさ」

といってしまって、酒井は、はじめて顔いろをかえた。近藤が、にやりと笑う。

「ねえ、市長さん、あたしゃあ、こんなゆすりがましいことは、大きらいなんだ。この拳銃、県警本部へ持ってくほうが、ほんとは性にあってるんです。でも、考えたんですよ。あんたが失脚すれば、塙粂之助が当選するらしい。あんなやつが市長になったんじゃ、巴川のみなさん、お気の毒だとね」

「みょうな男だな、きみは」

と、酒井はしきりに顎をなでて、

「しかし、いまここに二十万の現金はない。小切手でもいいのかね？」

「いくらならあるんです、現金で？」

「さあ、けさ後援会のひとが、持ってきてくれたんだがね。五万くらいはあるかな」

と、市長が立ちあがる。近藤はそれにしたがって、銃口をあげながら、

「立ちあがったとたん、長押しの鑓に手をのばし、投げ鞘ふりとばして……なんてアナクロニズムは、およしなさい」

「いや、これをとるだけだ」

と、背中をみせて、ちがい棚の古風な手文庫を、酒井はとりあげた。

「おっと蓋をとらずに、こっちをむいてくださいよ。なにも用心だ。おかしなおもちゃでも、入ってるといけないから」

と、近藤がいう。市長はむきなおって、月にすすきの蒔絵(まきえ)した手箱を、畳においた。蓋をはらって、大きな角封筒をとりだす。なかをのぞいて、

「九万あるよ。いや、四枚が五千円札だ。だから、七万円だな。これだけで、がまんしてくれるかね」

「しかたがないでしょう」

「じゃあ、あらためてくれ」

と、さしだす封筒を、近藤は左手でうけとりながら、タオルの上の四五口径へ、顎をしゃくった。

「ただし、あたしが数えてるうちに、そいつをつかんで、ズドンなんてことは、考えなさんな。弾はぬいてあるんだから、市長さんの指紋が付録にふえるだけですよ」

と、ワルサーをふところに入れて、封筒のなかの紙幣をかぞえる。

「ありました、たしかに七万。ありがとござんす」

「もう、用はないんだろう」

「もう、用はありません。でも、そちらにおありなら、お役に立ちますよ。ひとごとながら、心配してるんだ。汚職の証拠、ちゃんと取りもどしてあるんでしょうな。もし、まだだったら、なんとかしますぜ。もちろん、料金は別勘定ですが」

「そんなもの、きみ、あるはずがないだろう。ただ、あの男には実力がある。でっちあげの証拠でも、わしを失脚させられる、というだけのことでね。死んでしまえば、実力もへったくれも、あったもんじゃないよ。ゴルフ場の農地法違反なんてのは、わしひとりが困ることじゃあ、ないからな」

「おやおや、もうけそこねたか」

近藤は、封筒をたもとに入れて、立ちあがった。廊下から庭へおりると、縁の下からグレートデンが、もぞもぞ匍いだす。とたんに、酒井が号令をかけた。

「ツァッヒエス、ファス！」

だが、犬はいっこうに飛びかからない。

「どうした、ツァッヒエス、襲え！　噛むんだ！　噛みころしてしまえ！　ファス！」

と、叱咤しても、鼻づらを近藤にすりつけて、尾をふるばかりだ。

「前の持ち主のドイツ人てのが、シェパードなみの調教をしてたんですね。でも、ドイツ語の声符をわすれちゃったらしいな、この犬。日本語で調教しなおすんですな。もっとも、あたしにゃききません。さっきだって、吠えなかったでしょう？　こいつ、雌じゃないんですか。あたしは、ふしぎと女にゃもてるんです」

と、近藤はツァッヒェスのあたまをなでながら、

「なお念のために申しあげときますが、お売りした拳銃、ありゃあ、定評あるガタクリ丸で、
暴発しやすいですからね。まだ四発、弾も入っていることだし、気をつけてくださいよ」

「しかし、きみはさっき――」

「あたしゃあ、自衛のための嘘はつくが、良心的な人間でしてね。証拠品という以上、のこりの弾も入ってなけりゃ、気になるでしょう、市長さん。じゃあ、さいなら」

近藤は、身をひるがえした。酒井が座敷へもどって、SWを持ちだしても間にあわないように、池をおどりこえると、一気に塀にとびついた。市長が拳銃のあつかいかたを、知っているかどうかは、わからない。けれど、用心するに、越したことはないだろう。

d

ファウンテン・ホテルの前を走りぬけて、水銀灯のあかるい大通りへでると、むかいの教会のそばに、土方の車が待っていた。いつもの、中古スポーツカーではない。黒ぬりの六一年型、ベンツ180だ。フロントシートのドアをあけて、

「どうした？　予期した成果は、あがったかい」

と、顔をだした土方も、もう中国服はきていない。赤いポロシャツに、黒いナイロン製ジャンパー。帽子もかぶっていないし、眼帯もはずしている。もちろん、お岩さまみたいなメ

ークアップは、あとかたもない。

「まああだね。どうやら、赤字にならずにすんだってところさ」

「考えてみたら、ぼくもお供をするべきだったよ。きのう、いくらか雑費をせしめたんだけれど、とうてい足りやしない。けっきょく手付けの十万のうち、浮いたのは七万ぐらいかな」

「それじゃ、おれとチョボチョボか。もうからないねえ。やっぱりクライム・ダズント・ペイかな」

「いや、クライム・ダズント・ペイ――イナフさ」

〈犯罪は金にならない――申しぶんないほどには〉という、アメリカ推理作家協会のしゃれたスローガンを借用して、土方がいったとき、ふいにうしろで、クラクションが鳴った。近藤はふりかえって、目をまるくした。見おぼえのある銀いろのコルベットが、ダブルパーキングのかたちで、わきにとまったのだ。だが、ハンドルをにぎっているのは、リエではない。秋元だった。

「こちらの車を見はってれば、きっとおあいできると思ったの」

と、ドライブマップ模様のスカーフを女みたいにかぶった顔で、にっこり笑う。近藤は首をすくめて、

「なんだ、きみはまだ、うろちょろしてたのか」

「利用されっぱなしで逃げるのも、癪じゃない？　だから、渋田のところへいって、金庫の

なかに現金で六十万ばかりあったから、いただいてきたわ」

「ひでえもんだな。そんなら、なおさらだ。早くずらからないと、警察につかまるぞ」

「大丈夫よ。あの暗殺さわぎを利用して、商業振興会の事務所から、四百万円ぬすんだやつがいるの。住みこみの守衛の娘を人質にして、ほら、氷室商事のあるビル、あの四階に、まだ籠城（ろうじょう）してるわ。警察はそこを取りまいて、大わらわのまっ最中よ」

「やれやれ、ぼくらは、なんという安全無害な人間なんだろう！」

　と、土方がため息をついた。秋元は肩をすくめて、

「署長さんも、お気の毒ね。いままで平和だった巴川に、たった一日で、こんなに事件が重なったんですもの。朝んなって、地下街が屠殺（とさつ）場になってることを知ったら、きっと目をまわすわ」

「おれたちの知ったこっちゃ、ないだろう？」

　と、近藤はそっけない。秋元は、すがりつくような目つきをして、

「怒らないで。そんなつもりで、いったんじゃないんだから。ねえ、お金はできたし、東京へいって、すぐ手術をうけることに、あたし、きめたのよ。でも、ひとりじゃ心細いから、おねがい、いっしょについてきて」

「そんな盗んだ車にゃ、のりたくないね」

「ごめんなさい。あんたが《エトワール》の娘と、あんまり仲よさそうだったから、つい癪にさわって――東京へついたら、かならず返すわ」

「それも、おれの知ったこっちゃないよ。おい、こんなのにかまわず出かけようぜ」

と、近藤がのりこもうとするドアを、土方はにやにやしながら、ぱたんと閉めた。

「なるほど、そういうわけか。ぼくは野暮なまねをしたくない。おさきへ失礼するよ」

たちまち、ベンツは走りだす。近藤もあわてて、手をふりながら、駈けだした。

「おい、待てよ。待てったら！」

「待ってよ。ねえ。こっちに乗って」

と、コルベットも走りだす。国道一号線へくだったところで、近藤はようやくベンツに追いついた。取っ手をおしたが、ロックをおろしたらしく、ドアはあかない。窓ガラスをたたいても、知らん顔で、土方はわざとゆっくり走らせている。

「おい、友だちがいがないぞ……あけてくれ。乗せろったら！」

と、窓ガラスをたたきながら、近藤は、駅前広場を駈けぬけた。

右がわでは、秋元が車をよせて、かきくどく。

「おねがいよ。こっちに乗って！」

「ぜったい、いやだ。ぶったおれても、そっちにゃあ乗らない。こっちに乗るんだ――おい、あけろったら、あけてくれえ！」

左にメルセデス・ベンツ180、右にシボレー・コルベット、のろのろ夜をかきわけて、走る二台のあいだで、ルート・ワンのアスファルトをやけに蹴りけり、近藤は、いつまでも走りつづけた、どこまでも。

ギャング予備校

1　親馬鹿と笑うなかれ

　アメリカの霊柩車みたいに、おごそかにまっ黒で、やたらに大きな大きな車だった。それが、大きな鉄柵の門を入ろうとしたとき、窓のそとを見ていた老人がいった。

「あれが、息子です」

　土方利夫も、近藤庸三も、窓のそとを見た。だが、ヨーロッパの古城のような建物の、車寄せの屋根のつきでた玄関が、はるかに見えるだけだった。人間のすがたは、どこにもない。ふたりとも、目はきくほうだ。近藤は、角ばった黒ぶちのめがねをかけている。けれど、いわば変装用だから、視力と関係はない。それを、念のために外してみたが、道の左右の植こみのかげにも、ところどころに立っている青銅の彫刻のかげにも、ひとの気配はなかった。

「どこにいらっしゃるんです？」

　と、近藤は聞いた。老人は運転手に声をかけて、車をとめると、車まわしの道におりた。

「あそこですよ」

　ため息といっしょに、指さしたのは、植こみでも、玄関でもない。空だった。三階建の建物の上だった。勾配の急な屋根だった。青い棟瓦をふまえて、若い男がひとり、中腰になっている。まっすぐ、立ちあがろうとしているらしい。まわりに、高層建築のない屋敷町のことだ。そのすがたは、都心で東京タワーのてっぺんに、立っている人間を目撃したみたいなショックを、見るひとにあたえた。バンザイしかけた恰好で、両手を左右に泳がせながら、男がふらふら立ちあがったとき、近藤は思わず手をだして、受けとめようとしたくらいだった。

「あぶなっかしくて、見ちゃいられない。家のなかへ、入りましょう」

老人はうつむいて、歩きだした。片足をひきずって、あとにつづきながら、土方がいった。

「しかし、大丈夫ですか」

「両わきには、救助網が張ってある。車寄せの屋根の上にも、クッションがおいてあるから、心配はないはずだが……」

完全に安心もしていないような顔つきで、老人は玄関を入りながら、

「あれで、わしの悩みはおわかりでしょう。子どもは女ばかりで、あきらめていたところへ、さずかった長男だ。老後の子で、かわいいだけじゃない。わしの事業をついでもらわにゃならんのに、あの始末です」

「つまり、火事息子ですね？」

ひところ、落語家の内弟子をしていた近藤が、口を挟んだ。大家の息子が、火消し人足にあこがれて、家をとびだす人情噺を、土方は知らないらしいが、老人は知っているとみえて、

「そういうことに、ならなければいいが、と思って、あなたがたにお願いするわけですよ。気がせくから、すぐ本題に入りましょう」

と、広間のわきの大きな部屋へ、先に立って入っていった。執事らしい年配の男が、あっけにとられているのへ、

「わしはこのあと、会議にでかけるから、着がえはしない。ドアをしめて、呼ぶまではどんな用があっても、だれも寄こさないようにな」

と、声をかけて、どっしりしたテーブルのむこうに、老人は腰をおろした。

「ひと口にいうと、息子は冒険にあこがれているんだ。法律にしばられない世界を、からだひとつで、飛びまわりたいという。事業をおぼえさせるために、傍系の会社で働かせようとしたら、そういいだして……冗談でなく、本気なのがわかったときには、わしは泣きたいくらいだったよ」

「本気って、どう本気なんです？」

と、土方が聞いた。老人は熊胆(くまのい)をしゃぶったような声で、

「ヨーロッパの支社へなら、いくというんで、出発させたら、途中で行方不明になりかけた。日本人であることを放棄して、国際的なスパイになる気だったらしい。あわてて、つれもどしたが……」

「スリラー小説の読みすぎですね。命がけの冒険も、現実にないことはないけれど、小説みたいに颯爽(さっそう)たるもんじゃ、ありませんよ。薄ぎたなくって、でたらめで――」

と、近藤が微笑しながらいうと、老人はうなずいて、

「そこなんだ。その道のベテランであるきみたちに、頼みたいのはね。息子を適当にひっぱ

りまわして、現実の冒険に失望させてもらいたいわけですよ。条件はふたつだけ。ひとつは身の安全、もうひとつは名前をださないこと――つまり、失望して、わしの後継者になる気を起したとき、さまたげになることがあっては、困るという、それだけを配慮してもらいたい。あとはどんなことをしようと、気に入らなくても、文句はいわない」

「よほど決心なすった上の、非常手段だってことは、お察ししますよ。けれど――」

といってから、土方は、近藤と顔みあわせて、困ったように微笑すると、

「ぼくらは、適任じゃなさそうですな。ふたりとも、くだらない事件には、首をつっこまない。乗りだした以上、ひっかきまわして、はでな騒ぎにしちまいますからね。逆効果になる恐れが、多分にあります」

「息子さんが感激して、ぼくらと一生、行動を共にするなんていいだしたら、大変でしょう？　ヤブヘビってやつです」

と、近藤もいった。だが、老人はにやっと笑って、

「あなたがたを推薦してくれた友人は、そういってはいなかったな。とにかく、わしはお願いするつもりで、小切手も用意しています。依頼金と当座の経費として、二百万円で足りますかな？」

老人は、ポケットから出した小切手を、テーブルの上にひろげた。土方はまた、近藤と顔を見あわせた。ふたりを推薦した友人というのは、名を聞くまでもない。土方の後援者である酒場《バラバ》のマダムの、そのまた後援者の老事業家にきまっている。とすれば、気ど

ってみても始まらない。近藤はあたまをかきながら、

「いいでしょう。引きうけますよ」

「なるべく、この範囲であげてください。経費がすくなければ、それだけおもしろくなくて、息子もがっかりするでしょうから」

「しかし、思いどおりにいかないから、冒険をすることになるわけで、足がでたら、遠慮なく請求しますよ」

と、土方がいうと、老人はうなずいて、

「もちろん、けっこうです。いわば息子の治療費だ。出しおしみするわけじゃない。成功したら、おふたりに二百万円ずつ差しあげる」

「まかしておいてください。冒険のボの字もいわないように、してさしあげます」

土方が小切手をつまみあげると、老人は、うれしそうに立ちあがった。

「じゃあ、息子をつれてきます。うっかりしてたが、そちらのテーブルがバーになってる。お好みのものを召しあがって、待っていてください」

部屋のすみにあるテーブルは、まんなかに筋がついていて、台板を左右にすべらせると、なかから酒壜（さかびん）の列がせりあがってきた。近藤は細長いグラスに氷を入れながら、

「ウイスキイは、ジョニウォーカーの黒に、ブランディはクルヴォアジェのナポレオンか。金持らしい豪華さだが、このナポレオンは封が切ってないぜ。こうしておけば、遠慮するだろう、という魂胆かね。大金持ほど、しまり屋だっていうからな。それが、おれたちにポン

と二百万わたしたのは、親馬鹿というやつか」

「考えてみりゃあ、気の毒さ。なんとかしてやろうや」

「その小切手は、ひとりでなんとかしちまっちゃ、だめだぜ。キャッシュにしたら、おれに半分わたせよ」

「きみは相変らず、貧乏性だな」

「そうだとも。こんなところは、居ごこちが悪くて、しょうがない」

「だったら、帰れよ。仕事はぼくが、ひとりで引受ける」

「そうはいかない。きみこそ、さっきは自尊心を傷つけられたような顔、してたじゃないか。だいいち、悪の世界に夢をえがいている子どもを、がっかりさせるにゃ、貧乏性のおれのほうが、適任だよ」

　そこへ、老人がもどってきた。黄色いスウェーターをきた青年が、あとにしたがっている。その青年を見る老人の目は、十指にあまる会社を傘下に、大企業体をヘイゲイしている人間の目とは、どう見ても思えない。お気に入りの孫を見るご隠居さんの目つきだ。

「これが、長男です。こちらは、ステッキをお持ちのほうが土方さん、めがねのお方が近藤さんだ」

「網野（あみの）一郎（いちろう）です。よろしく」

　青年は、あたまをさげた。いかにも育ちのよさそうな、おっとりした顔立ちだ。にこにこしながら、老人がいった。

「近藤さんと土方さんは、お前がよろこぶだろうと思って、きていただいたんだ。ある社会では――アンダーワールドというのかな。その社会では、有名な方だよ。悪意銀行というものを、おふたりで経営しておられる。犯罪の俗悪化をなげいて、高度の知能と洗練された技術による、犯罪の向上を叫んでおいでだ」

「ほんとですか！」

と、一郎は目をかがやかした。土方は、たちまちポーズをつくって、

「なあに、犯罪者を相手にして、冒険を楽しんでるだけですよ」

「おとうさんも、考えたんだ。頭ごなしに反対ばかりするのも、能じゃないって」

と、老人はつづけて、

「ベテランのかたにお願いして、お前のあこがれる冒険が、どんな実態を持っているか、それがお前にできるかどうか、見せてもらったら、どうだろう？　お願いしたところ、さいわい引きうけていただけた。ひと月のあいだ、おとうさんはお前をわすれる。心配しないことにして、おふたりにお前をまかせるが、どうだ？　やってみるかね」

「ぜひ、お願いします」

一郎は、相好をくずして、頭をもう一度さげた。

「しかし、坊ちゃん、ひと口に冒険といっても、あたしたちのは、命がけだ。それでいて爽快ってわけにゃいかないもんですよ」

と、近藤はもっともらしい顔つきで、

「スリルが楽しみたいんなら、いくらもほかに、手があるでしょう？　アフリカへ猛獣狩りにいくことだって、あんたなら出来るだろうし……」

「そんな公認のスリルじゃ、だめなんです。平凡な生活をしている平和なひとたちと、なにげなくすれちがいながら、こっちは命がけで闘っている。そういうところを想像すると、どうにも我慢ができなくて」

「だいぶ、手のこんだご注文ですね。さっき屋根にあがってるのは拝見したが――」

「ああトレーニングをしてたんです。スタイル、悪かったでしょう」

「そんなことは、問題じゃない。高いところがお好きなら、ビルのガラス拭きかなんか、やってみたらどうですか。ご注文どおり、窓のなかには、平凡な生活があって、あんたのほうには、命がけの危険がある」

「辛らつですね。でも、ぼくの味わいたいのは、やっぱり――」

とたんに、一郎はうしろへさがった。その手には、自動拳銃があった。おそらく、ベルトのうしろのほうへ、さしこんでいたのだろう。銃口は、ぴたりと近藤の胸をねらっている。にこっと笑って、一郎はいった。

「――こういうスリルなんです。ぼくにその気があったら、近藤さんの心臓に、のぞき穴があいていたところですよ」

「その気があるかないか、見てりゃわかるさ。いちいちテーブルの下へ、飛びこんだりしてたら、ズボンに皺がよってかなわない」

「ぼくは、足が不自由だもんでね。オモチャにおどろいて、腰をあげてはいられないよ」

と、土方がいった。一郎は、銃口を近藤の胸から、ゆっくりそらして、

「オモチャかどうか、ためしてみましょうか？」

「それもいいだろう」

銃口が、土方にむこうとした。とたんに、土方のステッキが、ひらめいた。同時に、一郎の手から、拳銃がとびあがったと思うと、もう近藤の両手が、それを受けとめていた。近藤は、あわただしく遊底を、ひいたり戻したりして、真鍮（しんちゅう）の薬莢（やっきょう）を五つ、テーブルの上へはじきだすと、

「オモチャにしちゃ、よく出来てるな。五千円ぐらいしたでしょう？」

「手にはさわらなかったつもりだが、痛かったらあやまるよ」

と土方がいった。一郎は、顔の前に右手を拡げて、

「いいえ、なんともありません。おどろきました。やっぱり、プロは違いますねえ」

と感嘆の声をあげた。

2　すぐあく戸にはご用心

「日向屋（ひゅうがや）の若旦那（わかだんな）がきたら、どこへつれてくつもりだい？」

と、近藤が聞いた。土方は妙な顔で、

「日向屋？」

「網野一郎君のことさ。きのうの一件をひきうけて以来、どうもおれは、源兵衛か太助になったみたいな気がしてしょうがないんだ」

「いよいよ、わからないな」

「落語に『明烏』ってのがあるだろう。日向屋時次郎って若旦那を、おやじさんに頼まれて、吉原へつれていく町内の悪が、源兵衛に太助さ。『明烏』と違って、こっちの若旦那は、自分から悪所へいきたがってるわけだが、どっちにしたって、おれたちゃ、ろくな役まわりじゃないよ」

「ぼやくな、ぼやくな」

「ぼやきついでに、申しあげるがね。なんだって、こんなところで待ちあわせることにしたんだよ。寒くって、かなわねえ」

外套のない近藤は、上衣の襟を立てて、あたりを見まわした。翌日の午後、場所は銀座のデパートの屋上だ。晴れてはいるが、風が強い。子ども飛行機の客も、ほとんどなくて、いまは止ったままになっていた。近藤は顔をしかめて、

「若旦那にまず万引のスリルを味わわしてやろう、なんてプランじゃないだろうな」

「もう少しましなことを、考えてきてるよ。ここを選んだのは、駐車場をさがす苦労を、お客さんにさせないためさ。悪意銀行は、誠心誠意のサービスが、モットーだからね。それを

きみ、寒いなんていっちゃいけないよ」

「おれのサービスは、内容本位だ。きのう、きみとわかれてから、ずいぶん歩きまわったんだぞ。若旦那がよろこびそうなネタを、ちゃんと探してきた。今西作治（いまにしさくじ）って名前を、聞いたことがあるか？」

「こいつは、おどろいた。きみもあれに目をつけたのか！　きょう、刑務所をでるそうだけど——」

と、土方が目をまるくしたとき、こっちへ近づいてくる網野一郎のすがたを、近藤が見つけた。

「やれやれ、風邪（かぜ）をひかずにすみそうだ。お客さまのおいでだよ」

一郎は、ふたりのベンチの前へくると、あたまをさげた。

「お待たせして、すいません。じゅうぶん余裕をみて、出てきたんですけど、予想外に混んでたもんで——きょうは、よろしくお願いします」

「こちらこそ。すこし風通しがよすぎるが、おかけなさい。閑散なだけに、ここなら本日の予定を説明できる」

と、土方は腰をずらして、近藤とのあいだへ、一郎をすわらせた。

「このところ、ぼくらの首を、つっこみがいのありそうな事件が、ないんだけどね。これなら、ものになりそうだと、近藤も賛成したのが、ひとつある。そいつを簡単に説明すると、だいぶ前、旭陽（きょくよう）銀行の支店をまわって、金を本店へあつめる集金車が、襲撃されたことがある。被害金額は二千万、犯人はふたりで、ひとりはすぐ捕った」

「正確には三人だぜ、犯人は」

と、近藤が口をはさんで、

「支店のひとつに、共犯がつとめてた。もっとも、脅迫されて集金車の道すじと、時間を教えただけなんだが、そいつ、気の弱い男でね。事件の当夜、自殺しちまったんだ」

「日本の銀行の現金輸送車は、アメリカあたりの専門の請負会社が、アームドカー（装甲車）で、やってるのと違って、見ただけじゃわからないからね」

と、土方が注釈をつける。近藤はあとをつづけて、

「そいつの書きおきから、犯人の名前がわれて、三日目に今西作治ってやつが、捕ったわけさ。だが、ぜんぜん金は持ってない。もうひとりの間庭って男が、ぜんぶ持って逃げた、そいつが主犯で、自分はだまされたんだ、と主張するんだな。警察は信用しなかったが、調べてみると、どうもほんとうらしい。間庭ってやつは、二十日ばかりして、名古屋でみつかったんだが、逮捕できなかった。逃げようとして、トラックに轢きころされちまったんでね。だが、金は五十万ばかりしか、身につけていなかった。およそ一千九百五十万の金は、使いはたした形跡がないから……」

「どこかへ隠したんだろう、というわけですね？」

一郎は、我慢ができなくなったらしく、口をだした。土方がうなずいて、

「そう考えて、警察もさがしたし、ほかの欲ふか連中もさがしたんだが、けっきょく見つか

らなかった。今西は三年間、国家経営のホテルへ入ることになったんだが、ここに一説あってわけでね。間庭ってのは、強盗の前科もあって、名古屋でトラックとキッスする直前にも、逮捕にきた警官に、拳銃をぶっぱなしてる。それくらいだから、こいつが主犯には違いない。今西のほうはエロ写真の製造販売と、ツツモタセみたいなことで、あげられているだけで、とにかくケチな野郎だ。だから、三年ぐらいの刑ですんだんだが……」

「わかりました。実はなかなか抜けめがなくて、シッポをだしていなかっただけ。あんがいの知能犯で、金はそいつが隠匿したんじゃないか、という疑いがあるわけですね」

と、一郎がいった。近藤は、土方と顔を見あわせて、

「若旦那、なかなか素質があるじゃないか。もう呑みこめたようだから、風速計の代役はやめにして、出かけようや」

「どこへ行くんです、近藤先生」

「今西作治が、きょう刑務所を出るんだ」

　近藤は、先に立って、エレベーターのところへいった。デパートの横の出口をでるまで、三人とも口はきかなかった。駐車場の係員に、声をかけようとする土方をとめて、一郎は小声でいった。

「どこの刑務所へいくんだか知りませんが、ぼくの車を使ってください、土方先生」

「まさか、きのう、きみんとこのガレージで、ちらっと見かけたまっ赤なスポーツカーじゃ、あるまいね？」

「いけませんか。ＡＣコブラってやつで、名前に惚れて買ってもらったんですが、スピードは出ますよ」

「確かにいい名前だが、印象が強すぎるよ。ぼくの車のほうが、目立たない」

「じゃあ、ちょっと待っててください。この近くの知ってる会社の駐車場に、おいてあるんですが、預けっぱなしにするかもしれないって、断ってきます」

一郎が急ぎ足で去ったあと、土方がデパートの駐車場から出してきたフォルクスワーゲンに、近藤はのりこんで、

「きみのサービス精神は、むだだったじゃないか。この近くには、網野の傘下の会社があるから、駐車場には困らないんだよ、彼は」

「おやじさんとは、一時的絶縁状態にあるんだってことを、認識してないんだな。だから、ぼくの配慮に、気がつかない。いってきかせる必要があるな」

と、土方がいってるところへ、一郎は、トロンボーンのケースと、トランジスタ電蓄らしいものを両手にさげて、戻ってきた。近藤は、ため息をついて、

「ピクニックのつもりじゃ、ないんだろうね。おれは握りめしも、サンドイッチも持ってこなかったぜ。デパートへひきかえして、コカコーラでも、買ってこようか」

「見かけと中身とは違うんですよ、これ」

一郎は、きまり悪げに、あたまをかいた。土方は車をスタートさせて、すいた通りをえらびながら、やがて辿りついたのは、目黒区の碑文谷あたり。一郎は、窓のそとをキョロキョ

口しながら、

「このへんに、刑務所がありましたかね、近藤先生」

「先生はやめろよ。第一、名前で呼ぶのも、他人の前じゃ、やめてもらいたいくらいだ」

「じゃあ、なんてお呼びすれば……」

「きみでも、ユーでも、あんた、お前さん、ぬしさん、なんでもいいさ。とにかく、目的地は刑務所じゃない。今西のかみさんで、自殺した銀行員を、たぶらかした牝狐のアパートだ。そこへついたら、よけいな質問はしないこと。呑みこみのいいとこを、せいぜい発揮してくれ。わかったね？」

「わかりました、先生」

「このへんらしいぞ」

　と、土方がいって、車をとめた。小学校の塀があって、酒屋の小型トラックなんぞが二、三台とまっている。その列へフォルクスワーゲンを残して、三人は歩きだした。すこし行くと、目的のアパートが見つかった。古くもなく、新しくもなく、なかなかしっかりした二階建てで、出入り口がそれぞれ独立した構造だった。いちばん手前の階段に、今西という小さな表札が、かかっている。近藤は一郎の耳もとで、

「この女、よく面会にいったそうだ。きょうも、迎えにいったろうから、もうふたりづれで帰っているかもしれない。まだなら、待たしていただくわけさ」

「それをまず、確かめなきゃいけませんね。ちょっと、これを持っててください」

一郎も小声でいって、さげてきたケースをあけると、トロンボーンをひっぱりだして、空のケースを近藤にわたした。往来から見えないように、階段を二段ばかりあがると、トロンボーンの管をいっぱいにのばして、マウスピースを耳にあてた。すぐ管をちぢめて、手早く分解したやつを、ケースに戻しながら、あっけにとられている近藤に、一郎はささやいた。

「左がわの部屋には、だれもいないようですが、右がわの部屋では、音がしています。人声じゃないんですが――」

「あきれたね。聴音機とは知らないから、ぎょっとしたぜ。きみの発明かい？」

「ええ、まあ……」

一郎は、てれくさそうに微笑した。今西の表札は、階段下の右がわにかかっているから、右の部屋で物音がしたとすれば、もう帰っているわけだ。土方は、近藤に目くばせをして、階段を先にのぼった。小児麻痺のギプスに似せたコルセットと、ステッキに擬装したオートマチックライフルを、きょうは持ってこなかったので、びっこをひいていない。一郎はそれに気づいて、妙な顔をしたが、質問はしなかった。土方は、ドアをノックした。返事はない。太い声をつくって、

「今西さん、いらっしゃいますか？」

と、呼んでみたが、やはり答えはなかった。土方は、ノブをそっとまわした。ドアはきわめて従順に、口をあけた。土方は部屋をのぞきこんで、

「お留守ですか。ぶっそうですよ」

声をかけてから、なかへ入った。近藤と網野一郎も、つづいて入った。八畳間に絨緞を敷いて、洋室ふうに飾った部屋だ。ガスストーブが、暑いくらいだった。テーブルと椅子のあいだに、白いものが見える。三人はのぞきこんで、ぎょっとした。白いものは、女の肌だった。すっ裸の女が、むこうむきに横たわっているのだ。土方が手をのばそうとしたとき、横手の襖から声がかかった。

「ドアをしめろよ。しめたら、三人とも壁ぎわに並んでもらうかな」

襖があいて、ひょろ長い男が出てきた。右手にリボルバーを、かまえている。写真でみた今西とは、似ても似つかない。近藤はドアをしめて、そのわきの壁によりかかると、

「あんた、誰だい？　今西のかみさんを、殺したのか」

「気絶してるだけだ。気がついても逃げだせないように、裸にしただけだから、どれが今西さんか知らねえが、心配は無用だよ。不純性交は健全な家庭を崩壊する、というのが、おれの意見でね」

「おやおや、奥さん孝行のひとだね。だれかに頼まれてやってきたらしいが、ぼくが今西だったら、どうする気だ？」

土方が聞くと、男は首をふって、

「違うな。三人とも、違うようだ。どういうつながりだか知らないが、入ってきたのが不運とあきらめて、しばらくおとなしくしていてくれよ。こっちも商売でね。頼まれたことは、やらなきゃならないんだ」

「今西を殺す気か?」

と、近藤が聞いた。男はテーブルのむこうに、腰をおろして、面倒くさそうにいった。

「いけないかい?」

「不純性交よりはましかも知れないが、あまり健全な行為じゃないだろうな」

「しょうがねえ。ほかに稼ぎかたを知らないんだ。口べただし、保険の外交もできないし……あんたがた、今西の親戚かなんかだったら、おれを怨まんでくれよ。おれの客が、今西を殺したがるのも、無理ないんだ。たったひとりの兄貴が、この女を餌に、今西にだまされたおかげで、自殺しちまったんだとさ」

例の銀行員のことに違いない。それを喋った以上、こいつ、おれたちも殺す気らしいぞ、と近藤は思った。もちろん、土方もおなじことを考えたのだろう。

「そっちにも理由があることは、よくわかったが、その拳銃でやる気なのか。壁は厚いようだけど、窓があるから往来へ聞えるぜ」

「大きな音は、おれも嫌いさ。こいつは、となりの部屋の押入れのなかに、隠してあったのを見つけたんだ。仕事につかうのは、こういうやつだよ」

と、男は左手をちょっと動かした。だぶついた上衣の袖口から、薄刃のナイフがすべりだした。それをつかんで、手をのばすと、テーブルの上のガラス皿にのっていたリンゴを、ひとつ突きさした。

「リンゴは、歯のためにいいんだそうだね。おれ、歯ぐきから血がでるんで、できるだけ食うようにしようと思うんだが、リンゴも高いからな」

と、いってから、男はナイフにさしたリンゴを、口に持っていった。近藤はとびかかろうとしたが、なんとなく不安で、思いとどまった。

　馬鹿みたいなことをいって、ふわふわした男だが、よほど自信があるのか、狂人なのか。狂人なら、平気で拳銃を射つかもしれない。自信があるとしたら、その手のうちを見きわめないうちは、うかつに行動を起せない。

「よく切れそうなナイフだな。そいつを、投げるのかい？」

近藤が聞くと、男はリンゴをかじりながら、うなずいた。近藤は、また聞いた。

「しかし、ナイフ投げは利口な人間のやらないことだ、というぜ。おれがいうわけじゃないから、怒るなよ」

「ああ、怒ると、消化が悪くなるそうだからな」

　この男、子ども雑誌の一行知識を、ぜんぶ暗記して、その教えにしたがって、生活しているのかもしれない。しかし、とにかくまだ奥の手があるらしいことは、読みとれた。今西作治は、いまにもここへ、帰ってくるかもしれないのだ。なんの話もしないうちに、こいつに殺させてしまったのでは、せっかくここまできた甲斐(かい)がない。

　近藤は、横目で土方の様子を見た。土方も七分三分に、男と近藤を見ていたらしく、横目でちらっと、合図をよこした。親友でありながら、たがいに油断のできない仲だが、いざとなれば、ぴったり呼吸のあうふたりだ。

近藤はひと息ついて、喋りつづけた。

「つまりだね。ナイフ投げってのは、いくらうまくても、投げたやつが命中しないこともある。そうなったら、おしまいだろう？」

「そうかな？　おれは困らない」

と、男はいった。その手から、ナイフにさしたリンゴが、テーブルへ落ちた。と思うと、袖口からもう一本、ナイフがすべりだして、宙をとんだ。近藤を狙ったのなら、なんとかなった。土方を狙ったのでも、おなじことだ。だが、どちらでもなかった。細くするどく光るナイフは、まるで小人国のミサイルみたいに、一郎めがけて飛んだのだ。

どう考えても、平気そうな口をたたいている近藤か土方が、奇襲の目標にされるはずで、その用意はできていた。それなのに、ぼやっと立ってる二百万円のお客さまめがけて、ナイフが飛んでいこうとは！

3　弱き者よ汝の名は

しまった、と近藤は思って、大声をあげそうになった。だが、どんな大声をあげたところで、ナイフが驚いて、落っこちるはずはない。的にされた一郎を、つきとばすひまもなかった。

土方もあわてて、一郎に顔をむけた。そのとき、プシュッという妙な音がした。飛んでくるナイフを、一郎がトロンボーンのケースで、受けとめたのだ。それにしては、弾力のある音だった。それも道理で、ナイフがつきささると同時に、一郎のトロンボーン・ケースからは、白いけむりが噴きだしたのだ。

ひょろりとした殺し屋は、そのけむりを真っ向うからあびて、はげしく咳きこんだ。近藤も土方も、咳きこみながら、ひょろ長い男にとびかかった。部屋のなかは、煙だらけ。咳だけでなく、涙もながしながら、三人はもみあった。

「早く窓をあけてくれ。こりゃあ、催涙ガスじゃねえか」

と、近藤の声がいった。一郎の声が咳きこみながら、あわてて答える。

「す、すみません、先生。こんな強烈なはずじゃなかったんですが」

窓があいて、煙が戸外へ流れだしてみると、土方はリボルバーを床にむけて、立っていた。近藤はリンゴをつきさしたナイフを、片手ににぎっている。そのリンゴで、頭をなぐられた殺し屋は、床にうずくまっていた。三人とも、涙をながして咳きこんでいた。

「ほんとうに、申しわけありません。ごく弱い催涙ガスなんですが、まさか、こんなにうまく噴きだすなんて――」

一郎も目をまっ赤にして、咳きこんでいる。トロンボーン・ケースの外皮と、内がわの布張りとのあいだに、なにか細工がしてあって、穴があくと、けむりが噴きだすようになっていたらしい。一郎がまだ片手にさげているケースを、近藤はしかめっ面で見ながら、

「きみはヘンテコな新兵器を、いろいろ持ってるんだな。テレビの忍者映画を見てて、思いついたんじゃないのかい、それは？」

「あたりました」

「あたっちゃいけない。それに、噴きだすのが催涙ガスじゃ、自分もやられちまうじゃないか。それとも、きみは新発明の透明防毒面でも、かぶってるのかい？」

「そんなもの、かぶってませんよ。相手にだけ、煙がかかるはずだったんです。今度から分量を加減します」

「まあ、いいじゃないか」

と、土方が目をしばたたきながら、

「おかげで、こいつをやっつけられたんだ」

「それも、そうだな。これでぶんなぐられて、のびちまうとは——」

近藤はナイフにさしたリンゴを、テーブルの上において、

「こいつもだらしがないぜ。もっとも、果物だからって、馬鹿にはできない。ナイロン・ストッキングに、小粒の柿をつめこんだやつで、亭主をなぐりころした女がいる。世に凶器ならざるものはなし、というわけさ」

といったとき、背後で大きなクシャミが聞えた。裸にされて、気をうしなっていた今西の情婦が、窓から吹きこむ風に、意識をとりもどしたのだ。

「そちらの美人を、わすれていた。もう窓をしめたほうが、いいだろう」

と、土方が一郎にむかって、

「ついでに、台所へいって、ありったけのタオルをしぼってきてくれ。まだ涙がでてかなわない」

「わかりました」

一郎は、となりの部屋へかけこんだ。女はテーブルの足を手がかりに、ようやく起きあがった。身ぶるいして、

「いったい、どうなってるのよ、これ？　あんたがた、あたしをどうするつもり？」

と、声もふるわせていってから、裸にされてることに気づいたらしい。キャッというような声を立てると、両手で胸をだいて、うずくまった。

「そんなに怖がることはないですよ、奥さん。お礼をいってもらいたいくらいだ。こいつを無条件降伏させたんだからね」

と、近藤はわきへよって、背高のっぽの殺し屋の倒れているのが、女の目に入るようにした。その殺し屋は、ようやく顔をあげて、右手で後頭部をなでながら、頭をふっているところだった。土方がリボルバーの銃口をつきつけると、殺し屋は首をすくめた。近藤は、この通り、というように指さして、

「この青い牛蒡（ごぼう）が洋服をきたような男は、あんたの旦那さまをここで待ちうけて、殺すためにやってきたらしい。ほら、例の現金輸送車ギャングの準備期間ちゅう、あんたがまるめこんだ銀行員ね。あれの弟かなんかに、頼まれた殺し屋さ。おれたちが偶然やってきたことを、

感謝すべきだな」

「じゃあ、あんたたち、今西の友だち？」

と、女が聞いた。近藤はうなずいて、

「ああ、そうだ」

「嘘おっしゃい。あのひとの友だちなら、みんな知ってるわ」

「刑務所で仲よくなったのさ。おれたちは先に出てきたんだ」

そこへ一郎が、しぼったタオルを洗面器に山もりにして、戻ってきた。

「ガス湯わかし器があったんで、お湯でしぼってきましたよ」

「そいつは、ありがたい。ひとりだけ泣いてたんじゃ、弱いものいじめをしてるみたいで、気がとがめる。お前さんも、顔をふきな」

と、青ゴボーにも一本わたして、土方は手早く、まだ目のチクチクする顔を、タオルでふいた。近藤もふいたが、タオルはまだ山になっている。近藤がつまみあげてみると、大きなバスタオルだ。一郎はあわてて、

「ああ、それは女のひとのです。逃げられないために、まだ服をやっちゃいけないんでしょうけど、いつまでも裸じゃかわいそうだから」

「ご親切だな。でも、検閲のがれにかぶせるためなら、しぼってくることはないじゃないか」

近藤にいわれて、一郎はあたまをかいた。

「いけない。つい、あわてたもんで」

「濡れてても、ないよりましだわ」

女は近藤のつまんでいるバスタオルをひったくって、カーテンみたいに胸の前にひろげながら、

「この様子じゃ、お礼をいう必要はなさそうね。なんのためにやってきたか、見当がついたわ。でも、むだよ。待ってたって、今西はきやしないから」

「嘘をつけ！　なんて失礼なことはいいませんよ」

と、土方は気どった会釈をして、

「けれど、われわれ、複雑怪奇な現代に、生活してるせいでしょうな。ひとの言葉を、すなおに聞けなくなってるんです」

「裏づけが欲しいんなら、その洋服をきたゴボーさんに、聞いてごらんなさい。そのひとがきたとき、あたし、出かけるためのお化粧をしてたんだから」

「たしかに、化粧はしてたがね」

青ゴボーは、おでこに銃口をつきつけられたまま、不機嫌な声で、

「外出用かどうかは、保証しないよ。三年ぶりに亭主が帰ってくるんだ。どんな不精な女だって、鏡の前にすわるだろう」

「だったら、そのカーテンのかげを見てごらんよ。着がえが出してあるから」

女がいいおわらないうちに、一郎はカーテンのかげへまわると、すぐ首だけだして、

「ほんとうですね。下着からストッキング、手袋まで椅子の上にだしてある。おまけに旅行かばんまで、そばにおいてあります」

「つまり、今西はここへはこない、あんたのほうから出かけて、どこかで落ちあってから、どこかへ飛ぶってわけか」

近藤に聞かれて、女がうなずく。とたんに土方が、

「どうしたら、落ちあう場所を教えてくれるかな？　ミスタ・バードック（牛蒡）は、まだナイフのスペアをお持ちのはずだ」

と、青ゴボーの左腕をつかんで、

「ははあ、考えたね。ナイフを並べてさしたバンドを、腕に巻いてるよ。そいつが次つぎ、すべりだすような仕掛が、してあるらしいな。物騒だから、ぜんぶ吐きだしちまえよ。ぼくが借用して、マダムの顔に抽象彫刻をほどこすから」

「脅かしたって、喋らないわよ。ナイフで刺されるくらいなら、このままおもてへ駈けだすわ、人殺しって叫んで」

女はタオルを床に落すと、グリコのマークみたいな恰好をした。そらした胸には、やぶれかぶれの不貞腐れではなく、女のたくましさが漲ぎっていた。土方はため息をついて、

「資本主義の人間感情におよぼす影響たるや、すさまじいもんだな。その昔の女性のなかには、沈みゆく舟から、海にとびこめばかならず助かる状況なのに、濡れた衣服は肉体をあらわにうかがわせるとて、むしろ死を選んだ乙女さえいたものだ……」

「自分だって、二千万に目の色かえてさ。押しかけてきたくせに、キザなことというじゃないの。でも、そっちの出ようによっては、落ちあう場所を、教えてもいいわ。ただし、ひとりだけによ」

「どういうことだい、そりゃあ？」

と、近藤が聞く。女は男三人の顔を、順ぐりに見まわしながら、色っぽく笑って、

「そんな大金じゃないから、仲間はふやせないわ。せいぜい、ふたりで山わけよ。つまり、味方になって、あたしをここから出してくれて、金の隠し場所を聞きだしたあと、今西も片づけてくれるような、頼もしいひとがいないかしら？　ということね」

「弱きものよ、汝の名は女なりなんてセリフを書いて、天才あつかいされた時代が、うらやましくなったね、おれも」

と、近藤がふたりの仲間を、かえり見ながらいった。だが、土方はなにもいわない。女は片手を腰にあて、片手で乱れた髪をなでながら、

「いまだって、弱いわよ。だから、男性に助けをもとめてるんじゃないの。約束の時間に間にあわなけりゃ、今西はひとりで行ってしまうわ。そんなことになったら、三年待ったかいがないもの」

「本音はわかったが、助けられる立場にいるのは、どうやらぼくだけらしいよ」

と、いいながら、土方はあとにさがって、

「あとの三人には、しばらくの間、おとなしくしていて貰わなけりゃならない。マダム、そ

のタオルでいいから、三人をうしろ手に縛るんだ」

近藤と一郎は、あわてて土方のほうをむいた。ぴたり、近藤の胸をねらっている銃口とおなじように、土方の顔は無表情だった。

女はがぜん活潑（かっぱつ）になって、まず近藤の手から、濡れタオルでしばりあげた。三人をしばりおわると、カーテンのかげに飛びこんで、出てきたときには、服を着て旅行かばんをぶらさげていた。スピード着つけコンテストでもあれば、優秀な成績をおさめられそうな早さだった。

「思いがけないことになって、申しわけないような気もするが……まあ、悪く思うな。諸君、おさきに」

土方はにやっと笑って、女といっしょにドアをでた。その足音が階段に消えると、一郎がいった。

「どういうことになったんです、先生、こりゃあ?」

「そうさねえ。ぼくらが縛られて、置いてけぼりにされたらしいな。女にしちゃあ、馬鹿力をだして縛ったもんだ」

「でも、本気でぼくらを裏切ったんじゃ、ないんでしょう、もちろん?」

「過去の経験を徴すると——わからねえな。この商売は早いものから、チャンスのつかみっこをするところが、おもしろいんだから」

「やっぱり、きびしいんですね。すると、ぼくらもなんとかして、追いかけなきゃいけないでしょう。向うをむいてください。ぼくが歯をつかって、先生のタオルをときます」

「こんなもの、ひとりでほどけるさ。問題はそれより、どうやって追いかけるかだ」

近藤は、舌打ちした。とんでもない油断をしたものだった。いつもと違って、網野一郎のギャング志望をあきらめさせる、という報酬の約束された目的があるだけに、おたがい自由行動はとらないものと、思いこんでいた。それが大間違いで、女と土方の行くさきをつきとめる方法がない。

「やつの車でいったに違いないからな。駈けだしたって、見つかりっこないさ」

「その心配なら、いりませんよ。万一、女が逃げだしたときのことを考えて、さっき旅行かばんのなかへ、無線発信機の小さなやつを、入れといたんです。そいつが、案内をしてくれますよ」

「やるじゃないか、きみもなかなか！」

近藤は、急に元気づいた。もうだいぶゆるんできた手首のタオルを、一気にほどくと、つぎに一郎の両手を自由にしてやった。

「しかし、足がないのが困りましたね。すぐにタクシーがみつかればいいけど」

手首をさすりながら、一郎がいうと、床にあぐらをかいてもがいていた青ゴボーが、顔をあげて、

「待ってくれ。取りひきをしよう。おれが車を提供するから、一緒につれてってくれ」

「へえ、お前さん、車できたのか。取りひきに応じてもいいが、条件があるぜ。鍵をとりあ

げて、車だけ借りることだって出来るんだから、約束してくれ。おれたちの用がすむまで、今西は殺さないって」

と、いいながら、近藤はドアのノブをまわした。鍵がかかっている。めがねを外して、つるに仕込んだ鉄の耳かきみたいなピンをぬくと、

「わかった。約束するよ。だから、早くタオルをほどいてくれ」

と、青ゴボーのいう声を、背なかに聞きながら、鍵穴にさしこんだ。一郎が青ゴボーのタオルをほどききらないうちに、ドアはあいた。アパートをでると、一郎はトランジスタ・ラジオのようなものを、ポケットからだした。ダイアルをまわすと、ピー、ピー、ピーとかすかな断続音が聞えた。

「だいぶ離れてます。急ぎましょう」

4　お医者さんごっこ

「むこうの車は、とまったようですよ」

と、一郎がいった。調査用の浮標(ブイ)につけたり、悪条件のもとに機材を落下傘投下するときにつけて、地上での発見を容易にするための装置と、似たようなものらしい。ポケット本ぐらいの大きさの受信機からは、バスの車掌が運転手を誘導する呼子(よぶこ)みたいな断続音が、遠く

なったり近くなったり、聞えつづけていた。その音が、いまや大きくなるいっぽうなのだ。

いつの間にか都心を離れて、武蔵野市もはじのほうらしい、埃りだらけの雑木林があって、畑地もかなり残っている。建って間のないような団地アパートが、遠くにならんでいた。

「まさか気がついて、発信機を棄てられちまったんじゃないだろうな」

青ゴボーとならんで、バック・シートにいる近藤がいった。ハンドルを握っている一郎は、首をふった。

「そんなはず、ないですよ。大きさはキャラメルの箱ぐらいだし、旅行かばんの底のほうへ、入れといたんですから」

といったとたんに、車をとめた。百メートルばかり前方に、フォルクスワーゲンのとまっているのが、見えたからだ。

「あれがそうじゃないですか」

「らしいね。おりよう」

近藤は、もうドアに手をかけた。雑木林へよせて車をとめて、急いでいってみると、フォルクスワーゲンは、モルタルづくりの平屋の壁ぞいに、陸屋根がつきでて、小さなモータープールになっているところへ、停めてあった。平屋の壁には、ひとつも窓がない。はじめのほうについているドアには、ムー・フォート・プロダクションと書いてある。

家のうしろへまわってみると、ひろい庭があって、花壇や芝生が箱庭みたいにつくってあり、丸木小屋の外がわだけが衝立てみたいに立っていた。裏がわには半分だけ窓があって、のぞいてみると、ライトや大型カメラのあるのが見えた。ひとの気配は、ぜんぜんない。一郎が小声でいった。

「なんでしょうね、ここは」

「あの丸木小屋の外がわだけは、撮影用のセットみたいだし、あの下むきになってるでかいカメラは、アニメーション用のやつだ。テレビのコマーシャルかなんか、つくるプロダクションじゃないかな」

と、近藤がいった。

「しかし、だれもいないようじゃないか」

といったのは、青ゴボーだ。一郎は首をかしげて、無線受信機のスイッチを入れた。例のピー、ピーが大きく聞えた。

「いますよ、ここに」

「すくなくとも、旅行かばんはあるわけだ。とにかく、入ってみようじゃないか」

裏口のドアには、鍵がかかっていなかった。三人は、なかへ入った。窓のないほうへ入るドアに、近藤は耳をあてた。物音がしている。躊躇（ちゅうちょ）なくドアをあけると、すごく明るい光が、三人の目をくらませた。

撮影用のライトの光だ。その光をあびているのは、棺桶（かんおけ）みたいにでっかい衣裳（いしょう）トランク、サムソナイトの大型旅行かばん、ボストンバッグといった豪華な旅行用品。それにかこまれて立っているのは、今西の情婦だった。着ている服はさっきと同じだが、毛皮のストールを羽織っている。足もとに、近藤たちをここまで案内してくれた旅行かばんも、おいてあった。バッグも、床も、紫がかった黒い布でおおわれている。

この被写体にむかって、カメラをむけているのは、まっ赤なベレ帽をかぶった小ぶとりの男だ。ドアのあいた音に、こちらへむけた顔には、顎にだけ髭がはえていて、芸術家らしく見えすぎるほど、芸術家らしい。着ている上衣も、黒地にピンクの刺繡をしたルパシカだった。

「なんだ、きみたちは？　いきなり入ってきちゃ困るじゃないか！」

といった声は、キンキンした耳ざわりなものだった。もちろん、今西作治ではない。

「失礼、ちょっとひとを探してるんでね」

と、近藤はスタジオのなかを見まわしてから、女にむかって、

「あいつはどこへいった？」

「知らないわ。とちゅうで車をおりたわよ」

と、女はいった。近藤は首をふって、

「もうすこし必然性のある嘘を、いってくれよ。あいつひとりでいって、今西が信用するはずないじゃないか。きみに途中で、おっぽりだされるようなあいつでもないし」

「最初から、そういう約束で、田中さんに頼まれたんだもの、仕方がないでしょ」

「田中？　だれだ。そいつは？」

「あのひとよ。田中さんっていうんでしょう？　あたしには、そう名のったわ。もっとも最

初の話じゃ、そこにいるゴボーが洋服きたみたいなひとは、来ないはずだったけど——あたし、田中さんに教えられた通り、今西とかいう女のひとの役を、やってのけたわ。田中さんも満足して、あたしの要求どおり、裸にされた分の割増し金を、払ってくれたくらいよ」

「すると、つまりなにかい？　おれたちの連れの男に、きみは雇われて、碑文谷のアパートにいっていたのか？」

「ええ、そう。あの部屋の女のひとが、出かけたあとへ入って、あんたがたを待っていたの」

「あきれたね。きみは犯罪の片棒をかついだんだぜ。それが、きみの商売なのか？」

「冗談じゃないわよ。いまはモデルだけど、俳優になるのが、あたしの目的なの。そりゃあ、いま考えてみると、なんだかおかしいけど、あたし、なんにも知らずに、ただの冗談だというから、ひきうけただけよ。部屋の鍵を渡されたくらいだから、悪いことのはずないと思って——それに、演技の勉強にもなるし、ギャラもよかったし……」

女の声は、泣きそうだった。そこへ、カメラマンのキンキン声が、わりこんだ。

「なんだか、めんどうな話らしいけど、撮影がすんでからにしてくれませんかね。いま、あんたがたの使っている時間は、わたしが金を払わなけりゃならん時間なんだ。仕事がおわりゃあ、なにをしようが、何時間しゃべろうが、わたしの知ったことじゃない。とにかく、いまは出ていってください」

「わかったよ。でも静かにしてりゃあ、ここにいてもいいだろう。早く仕事をすませてくれ」

と、近藤はいった。その耳へ、一郎がささやいた。

「あの女のいうこと、ほんとうでしょうか?」

「さあ、わからない」

一郎の教育をひきうけたのは、きのうのことだ。その教材として、近藤は今西の一件をさがしだしてきたのだが、土方はもっと前から、この話に目をつけて、チョッカイをだすプランを練っていたのかもしれない。それを近藤がいいだしたので、教材に流用しながら、同時に自分の儲けは、確保しようという気になったとすれば、女の言葉もほんとうだろう。

「どっちにしても、だんだんおもしろくなってきましたね」

と、一郎がいった。カメラマンはふりかえって、舌うちしてから、

「ちっとも、おとなしくしてくれないじゃないか。こりゃあ、ぼくにとって、大切な仕事なんだよ。コマーシャル・カメラマンとして、みとめられるか、られないかの瀬戸ぎわなんだぜ。おなじ題材で、ぼくをふくめた五人に、仕事がいってる。出来あがったものが比較されて、採用されるのはひとりきりだ。採用されれば、専属になれるってチャンスなんだから」

「そりゃあ、すみません。しかし、差出口をさせてもらえば、要するに毛皮の宣伝でしょう? それにしちゃあ、散漫ですな。ぼくらがお手伝いしましょうか」

と、近藤はカメラの前に出て、

「ユーモアが不足じゃないですか、これじゃあ? ぼくら三人が、毛皮の魅力にあてられて、

卒倒してるところを、お撮りなさいよ。おい、きみたち、こっちへきてくれ」

　手まねきされて、一郎と青ゴボーは、女のまわりに立った。そのとき、衣裳トランクが、ぐらぐらっとゆれた。と思うと、いきなり倒れて、蓋があいた。なかから、人間が立ちあがった。口に絆創膏を貼られているが、土方だった。その絆創膏を、むしりとると、土方はいった。

「だまされちゃ、いけない。今西は地下室にいるんだ。金の隠し場所を、白状させられている」

「だれに？」

　と、近藤が聞いた。それに答えたのは、

「わたしにだよ」

　という低いかすれた声だった。スタジオのすみの床が、いつの間にか持ちあがって、背の高い男が、半身を現わしていた。片手に自動拳銃をかまえている。体格も、顔つきも、日本人ばなれした立派な男だが、残念なことに鼻だけが、拳闘選手みたいにつぶれていた。

「けれど、もうすんだ。どうやら、きみたちの目的も、わたしと同じもののようだが、あきらめることだね」

　といいながら、男は地下室の階段をあがりきって、長身を近藤たちにむけた。そのあとから、がっしりした肉づきの男が、青ざめた男をかかえて、現われた。かかえているのは、鼻のつぶれた紳士の部下らしい。かかえられているのは、写真顔を近藤も知っている、今西作治だ。

「拷問（ごうもん）したのか。ひどいことをする」

と、顔をしかめて、近藤がいうと、鼻のつぶれた紳士は、にやっと笑って、

「そんな野蛮なことはしないよ。科学の力をかりたのさ。ドイツ人というのは、頭がするどい。いろいろと便利なものを、発明してくれたね。注射一本で、実にすなおに喋ってくれたよ」

「アミタールか、ペンタトールかなんか、注射したんだな」

現在は、精神分析に活用されているが、戦争ちゅう、ナチの秘密警察がつかった自白強制薬だ。これを注射されると、意志の抵抗がなくなって、喋りたくないことでも、聞かれるままに喋ってしまう。鼻のつぶれた紳士は、それを使って、今西に金の隠し場所を白状させたらしい。

「とにかく、わたしは邪魔されることがきらいでね。それに、こういうことは、早いもの勝だ。きみたちは負けたんだから、それを認識して、手をひいてもらいたいな」

と、男がいったときだ。青ゴボーがポケットに手をつっこんだと思うと、ナイフをとりだして、いきなり投げた。今西のアパートを出るとき、一本だけポケットに忍ばせてきたらしい。

赤いベレの男が、あっと叫んだ。同時にそいつの手からも、なにかが青ゴボーにむかって、唸（うな）りを立てて飛んだ。青ゴボーの投げたナイフは、今西の肩をかすめて、防音テックス張り

の壁に、つきささった。青ゴボーは、妙な叫び声をあげて、ひっくりかえった。その首に、黒いものが巻きついている。

「みんな、静かに！」

と、鼻のつぶれた紳士がいった。

「わたしとしては、なるべく諸君に危害はくわえたくない。そっちのはしに、壁を背にして、並んでもらおう」

自動拳銃の銃口に従わされて、土方と近藤と一郎の三人は、壁ぎわに並んだ。今西の情婦は、青ゴボーのからだにさわってみて、

「死んだらしいわ」

「首の骨が折れたんだろう。近距離だから、ひとたまりもないよ」

といってから、紳士は赤いベレの男にむかって、

「殺すまでのことは、なかったぞ。だいいち二千万ばかりの仕事に、何人も殺したんじゃ、わたしのプライドがゆるさない」

「わかってますが、ボスにむかってナイフを投げた、と思ったもんでね」

首をすくめて、ベレの男は青ゴボーの死体に近づいた。

その首から、はずしたものをみると、六十センチばかりの縄の両はじに、黒いボールがついている。未開人が駝鳥をつかまえるのに使う武器に、こんなやつがあった。ブーメランみたいに、回転しながら自動的にとんでいって、ボールの重さで首に巻きつくのだが、青ゴボ

ーの首の骨が折れたとすると、おそるべき凶器だ。

「ナムアミダブツ、職務に忠実すぎて、殺し屋が殺されたか」

と、近藤がいった。鼻のつぶれた紳士は、自動拳銃を今西の情婦にわたして、内ポケットから、皮のケースをとりだした。

「きみたち、殺されたくなかったら、袖をまくりたまえ。生命は保証する。しばらくのあいだ眠ってもらうだけでね。しかも、目がさめたときの気分は、じつに爽快だよ」

皮ケースのなかには、注射器が五本、薬液をたたえ、針もつけ、注射するばかりになって、並んでいた。紳士はうれしそうに、その一本をつまみあげながら、

「袖をまくったら、こっちへきなさい。ぜんぜん痛くないからね」

一列横隊で前へすすんだ三人の背後へ、赤いベレ帽や、今西の情婦がまわり、背中に拳銃をつきつけたから、どうしようもない、おとなしく最初に注射をされた近藤は、たちまち意識をうしなって、床に倒れた。

5　謎なぞなあに

最初に意識をとりもどしたのは、近藤庸三だった。粗食にあまんじ、逆境にたえてばかりいる近藤が、いつもからだを鍛えている土方よりさきに、目をひらいたというのは、まさに

日本的現象だろう。まっ暗ななかに、ひとすじ光がさしこんでいた。今西作治が科学的拷問をうけていた地下室に、こんどは三人が麻酔薬を注射されて、閉じこめられてしまったのだ。どうやら、見張りはいないらしい。近藤は小声で、周囲に呼びかけてみた。

「おい、だれか気がついたか？」

「はあ、先生。へんな気分ですが、目は見えます。まだ完全に闇に馴れてはいませんけれど……それに、だいぶ厳重に縛られてます」

答えたのは、一郎の声だった。

「あとでほどいてやるよ。ただ断っておくが、やたらにこんな目にあうのは、おれたちの実力不足のせいじゃないぜ。あとから事件に首をつっこんで、ひっかきまわそうとすれば、どうしても最初は、事件にひっぱりまわされて、こういうことになる。それが、いつの間にか主導権をにぎって、事件をひっぱりまわすようになるところが、この仕事の醍醐味さ。ここらで教師の実力を、過小評価されちゃ困るぜ」

と、近藤がいいきかせたときだった。頭上で、女の声がした。

「声がしてるけど、そこにだれかいるの？」

さしこんでいた光が、だいぶ広がった。階段の上のあげ蓋が、大きくひらいたのだ。細長いスラックスの足がおりてきて、地下室の天井に、蛍光灯がついた。がらんとした地下室の床に、縛られてころがされていた人間は、三人だけではなかった。まぶしそうに目をしばたきながら、起きあがろうとしている土方のほかに、今西の情婦も、青ざめた顔をして、倒れていた。これはまだ、意識をとりもどしていないらしい。あかりをつけた娘は、スラックスに暗い赤の皮ジャンパーをきて、おしろいっ気のない顔が、青白かった。もう縄をほどきかかっている近藤からはじめて、一郎、土方、今西の情婦と、順ぐりに見まわしてから、

「あんたがた、ここでなにしてるの？」

「べつにマゾヒストが集まって、パーティをやってるわけじゃないから、ご心配なく」

と、ようやく上半身を起した土方が、近藤よりさきに口をひらいて、

「あなたは、このスタジオの方ですか？」

「ええ……まあ、そんなようなもんだけど——そっちに倒れてるのは、登志子さんね？」

「さあ、名前はまだ聞くひまがなかったな」

と、いいながら、近藤は自由になった手首をさすった。

「今西登志子っていうのよ。ところで、肝腎の今西さんは、どこにいるの？　あたし、わざわざ呼ばれて、今西さんにあいにきたのよ、ここまで」

「こんどもご期待にそえなくて、残念ですな。どこにいるか、われわれも知りたい、と思っているとこですよ」

と、土方がいった。娘はちょっと考えてから、急に心配そうな顔をして、

「まさか、誰かにつれていかれたんじゃ、ないでしょうね？」

「ところが、そうらしい。お嬢さん、くわしい事情が聞きたかったら、ぼくの縄をといてくれませんか」

土方がいうと、娘はうなずいて、そのうしろへまわった。近藤は、網野一郎のいましめを、ほどいてやってから、いきなり娘のうしろへまわった。

「なにするのよ！」

と、娘が叫んだ。近藤がうしろから、そのからだを抱きすくめたからだ。

「失礼。ちょっと身体検査をさせてもらっただけさ。あんたと友好的に話しあえるかどうか、わからなかったからね。でも、凶器ご持参じゃないようだ。情報の交換をしても、いいぜ」

と、近藤はいった。娘は土方の縄をほどいてやりながら、

「今西さん、どんなやつらに連れてかれたの？」

「一見、紳士ふうのやつさ。だが、鼻がつぶれてて、趣味はお医者さんごっこらしい」

「友田（ともだ）だわ」

「知ってるかい？　そいつがボスで、部下はふたり、頑丈なやつとカメラマンと称する肥（ふと）っちょだ。こいつ、乱暴なやつで、おれたちの目の前で、ひとり殺したよ。上に死体がなかった？」

「なかったわ。そいつら、今西さんをどこへつれてったかわかる？　すぐ追いかけなけりゃあ……」

「方法はあるさ」

近藤は、倒れている今西登志子に、顎をしゃくって、

「このご婦人が、なにか知ってるはずだ」

一郎が近よって、女の肩をゆすぶった。登志子は、かすかにうめき声をあげて、目をひらいた。一郎が抱きおこすと、近藤はその前にしゃがみこんで、

「奥さん、裏切るつもりが、裏切られたね。これだから、人間ってのはいやんなるよ。あのお医者さんごっこの好きな大将、きみの旦那をどこへ連れてった？」

「知らない」

登志子は、かぼそい声をだした。

「そんなはずは、ないだろう？　きみは聞いているはずだ」

「あたしには、教えてくれなかったのよ。いまさら、嘘はつかないわ。こうなったら、あんたがたと手を組んで、やつらの鼻をあかしてやりたいくらいですもの」

「なるほどね。ほんとに知らないとすると、困ったな。なにか心あたりはないかい？　銀行ギャングの当日から、三日目に今西は逮捕されてる。きみはその間、彼にあってるのか？」

「あくる日の晩、あったわ。次の日の朝、出ていって、その晩につかまったの」

「金を隠すのに使えた時間は、ざっと三十時間だな。とすると、そんな遠いところじゃない。あんがい都内かもしれないぞ」

「あたし、そうは思わないんだけれど――なんとなく、今西の口ぶりで、遠いところのような気がしたわ」

「それにしても、日帰りのできるところだよ。近県に親戚(しんせき)かなんか、いなかったかな？」

「さあ……どこかに弟がいるとか、いったことがあるけれど、どこだったかしら」

「思いだしてくれ」

「わりあい、近いところよ。千葉じゃあなし、埼玉じゃなし……そう、宇都宮だわ」

「宇都宮ねえ」

近藤は、土方と顔を見あわした。

「とにかく、そこへいってみよう。でも、宇都宮といったって、ひろいだろう。町の名を知らないのかい？」

と、土方が聞く。登志子は首をふって、

「そんなくわしいことまでは、聞かなかったわ。名前だって知らないくらいだもの。そんなことより、早くあたしの縄をといてよ」

「そうはいかない。あんたはここで、待っていてもらいたいね」

にやっと笑って、近藤は階段のほうへ行きかけた。登志子は大声をあげて、

「そんなのずるいわ。畜生、だましたのね」

「お腹がすいたせいで、おむずかりあそばしてるんだろう。ハンカチでも、食べさせてやってくれ」

近藤にいわれて、一郎は、登志子の口にサルグツワをかけた。

「ひとりじゃ、淋しいだろう。そちらのご婦人に、お相手をお願いしたら、どうかな？」

と、土方がいった。スラックスの女は、憤然として、

「まあ！　あたしは、あなたがたを助けてあげたのよ。あげ蓋の上には、大きなトランクが

おいてあったのよ。下からじゃ、なかなか持ちあがらないわ」

「そうだ。恩をわすれちゃいけないよ。裏切者をつれてって、恩人をつれていかないって法はない。それにまだ、このひとには聞きたいことがある」

と、近藤がいうと、土方は肩をすくめて、

「裏切りというのは、碑文谷のアパートで、ぼくがとった行動のことかい？　冗談じゃないぜ。あのとき、ああしなかったら、事件はちっとも進まなかったじゃないか」

「おれたちがここを突きとめた苦労も知らないで、いいたいことをいうよ、このひとは」

近藤は階段をあがりきって、一階のスタジオを見まわした。様子はさっきと大差はないが、すみのほうに写真が何枚も、ちらばっている。キャビネ判やら、四つ切りやら、棚からさらいおとしたみたいに、床に散乱しているなかに、二枚だけふたつに引きさきかけて、やめたらしいのがあった。それをひろいあげて、見つめていた近藤が、急にスラックスの女をふりかえって、

「これをちらかしたのは、あんたかい？」

「違うわ。入ってきたときには、そうなってたの。あたしはぜんぜん、さわっていない」

「しめた。やっぱり宇都宮だよ」

「どうして？」

と、土方が聞く。近藤はやぶりかけの写真二枚を、そっちへむけて、

「見ろよ」

一枚は酒場のならんだ夜の町すじ、もう一枚は女の狩猟家が、猟銃をかまえている写真だった。

「その写真に、なにか意味があるんですか」

一郎が聞くと、土方はまず女ハンターの写真をゆびさして、

「これが射つで、そっちが酒場だから、飲み屋。ふたつ合せて、ウツノミヤというわけだろうな。ちょっと苦しいが、たしかにサインの可能性はあるね」

「しかし、だれがなんのために？」

「今西が隙をみて、やったんだろう。このひとに――」

と、近藤はスラックスの娘に顎をしゃくって、

「どこへ行くか、知らせるためにね。ところでお嬢さん、あなたのお名前と今西との関係は？」

「花村民江。今西さんは……どうしてあんたに、そんなこと教えなきゃいけないの？」

「まあまあ、喋りかけたことだ。喋ってしまいなさいよ」

「むかし、あたしの家で働いていたのよ、今西さん。うちは写真屋だったの」

「なるほどね。じゃあ、出かけるか」

土方はフォルクスワーゲンに、一郎はいまは亡きゴボーに似た殺し屋の車に、近藤は花村民江が運転してきたルノーに同乗して、四人は出発した。とっくに日が暮れて、あたりは暗くなっていた。

6　暗闇の決闘

花村民江のいうところによれば、注射の好きな紳士は、友田というらしい。その友田たちと近藤たちのあいだには、一時間半くらいのひらきがあった。夕方だから、日光街道へでるまでに、かなり手間どったに違いない。出てからも、そうとう車はつかえていたろう。

だから、四十キロ平均としてみると、近藤たちが草加まできたとき、むこうは古河をすぎたあたりまで、行っていることになる。とても、追いつくことはできない。ただ日光街道は、東京へ入る車は依然、つかえていたけれど、出ていくほうは空きはじめていた。土方のフォルクスワーゲンを先頭に、三台の車はスピードをあげて、宇都宮にむかった。

「しかし、宇都宮へついてからが、心細いな」

と、まんなかのルノーで、近藤がいった。

「そうね。弟だというんだから、苗字は今西でしょうけど、それほど珍しい姓じゃないし……」

「弟だからって、同姓とはかぎらないよ。養子にいって、苗字が変ってることだって、あるだろうから」

「そうだったら、なおさら大変じゃないの」

と、民江がため息をついた。近藤は顔をしかめて、

「だから、心細いといったんだが、まあ、なんとかなるだろう。なんとかなりそうな予感がするんだ。さっきから、ヘソがかゆくてしようがない」

「あら、おヘソがかゆいのは、なにかの前知らせなの？」

「ぼくにとっては、運がひらける前兆なのさ」

と、近藤は笑った。しばらくすると、前をいく土方の車がとまった。そこは、宇都宮市内へ入ったばかりで、制限速度が四十五キロに変る標識が、立っているところだった。すこし手前に、ガソリン・スタンドがある。土方は車をおりると、つづいて止ったルノーのところへ戻ってきて、

「そこのガソリン・スタンドに、気になることがあるんだ」

と、窓をのぞきこんだ。近藤はすぐに車からおりて、土方といっしょに、スタンドへ急いだ。石油メーカーのマークを、大きくかいた壁に、黄いろいチョークで、妙なマークがつけてある。♂のマークだ。

「こいつはテレビ映画の『ベン・ケーシー』以来、ポピュラーになった男性の記号じゃないか」

と、近藤がいった。土方は奥の建物から出てきたサービスマンに、声をかけた。

「きみ、ちょっと聞きたいんだが、このイタズラ書きは、きみたちのうちの誰かがしたのかい？」

「どれです？」

大きくイタズラ書きをした壁は、往来に面しているので、奥の建物や、車を乗り入れるスペース内にいたのでは、目につかないのだ。サービスマンは、道路へ出てみて、首をかしげた。

「へえ、ちょっとも知らなかったな。だれが書きやがったんだろう。さっき見たときは、たしか書いてなかった、と思うんだけど」

「さっきって？」

「さあ、二時間ぐらい前かな。この先のメシ屋まで行ったから、なにか書いてありゃ、気づいたはずだね」

「そのあと、ここでガソリンを入れた車のなかに、男ばかり四人のったのが、なかったかな？　ひとりはまっ赤なベレをかぶったデブで、ひとりは鼻のつぶれた身なりのいい……」

「ああ、いましたよ。そういや、あのひとたち、車からおりてアクビをしたり、ノビをしたりしていたな」

「ありがとう」

といってから、土方は近藤をうながして、車にもどりかけた。

「たしかに今西の合図だぜ。宇都宮でどこへ行けばいいか、教えてくれてるんだ、ありゃあ」

と、土方がいった。近藤もうなずいて、

「とすると、どういう意味だろう。男町とか、野郎町なんて町があるのかな、宇都宮には」

「いや、もっとわかりやすい地名だと思うね。あれは男性のマークじゃなくて、それに似せてあるが、矢じるしとローマ字のOなんじゃないかな？」

「ヤオーかい？」

「逆さまにしてみろよ。このへんでオーヤといえば、知らないものはない。大谷石の産地は、きみ、宇都宮市内なんだぜ」

「こっちの考えすぎのような気もするが、あてがないよりゃ、増しってもんだ。その大谷とやらへ、行ってみよう」

と、近藤はいった。三台の車は、また走りだした。いったん市街地へ入ってから、左にそれると、街灯の数もすくなくなって、ヘッドライトが暗い道を切りひらくだけになった。大谷石づくりの家が、ちらほら目について、どうやら大谷町へ入ったらしい。

大谷石の岩壁にきざんだ、かなり大きな観音さまが、ここにはある。そこへいく道の左右に、土産物店がならんでいるが、もう戸をしめて、ひとかげも見あたらない。けれど、そんなに夜がふけているわけではないから、どの家にも窓には灯りがともっていた。土方は車をとめて、ガラス戸にカーテンをひいただけの店に、声をかけた。

「こんばんは。ちょっとうかがいますが、このへんに今西さんというお宅、ございませんか？」

「今西さん？　さあ、そんな家、ないですよ」

と、店のなかから、ぶっきらぼうな声が答えた。土方ががっかりして、店さきを離れると、そばの暗がりから、若い女がでてきた。

「今西さんを、探してるんですか?」

「ええ、そうなんです。ご存じですか?」

「あなたがた、東京からきたひと?」

「そうですよ。それがなにか……」

「じゃあ、案内するわ。あたし、おじさんに頼まれて、ここで待ってたの」

「おじさん?」

「ええ、あたしのお父さんのお兄さん。車はそのへんに駐めて、あたしについてきて」

右手にひろい空地があって、葬儀屋が会葬者を送るのにつかうような、黒塗りのマイクロバスが一台、駐めてあった。そのわきに、三台の車をならべて、近藤たちは若い女に従った。女は外套を羽織って、前かがみに歩きながら、小声でいった。

「おじさん、とっても困ってるの。あなたがたが来なかったら、どうしようっていっていたわ」

「おじさんは、一緒にきた連中とまだお宅にいるんですか?」

と、土方が聞く。娘はちょっと身ぶるいして、

「あの連中、今夜はうちへ泊るんですって。お父さんもお母さんも、どうすることもできないのよ」

だんだん人家がなくなって、道のわきに切りだしたばかりの大谷石が、青白く積みあげてあるのが、目についた。

「おじさんは、石切り場につれていかれて、縛られてるんです。そこへ案内するからね。まずおじさんを助けてから、家にいるやつらを追っぱらう工夫、してちょうだい」

と、娘がささやく。近藤は小声で、

「おじさんに、見張りはついてる？」

「ひとり、ついてるらしいの。赤いベレをかぶった男だと思うわ」

「そりゃ、油断できないな」

道がのぼりになって、やがてまたくだりはじめると、そこがもう石切り場だった。

「足もとに気をつけてね」

まるで、洞窟（どうくつ）の底へおりていくみたいだった。積木のように石を切りだしたあとが残っている岩場を、四人はゆっくりおりていった。ひやりとした空気を、全身にあびながら、底までたどりつくと、さらに横にむかって、石を切りだしたあとの洞窟が、つづいている。

「この奥なの」

と、女がいった。

「なるほど、ここなら競技場として、申しぶんないね。ぼくらの相手は、どこにいるんだい？」

と、土方が急に声を高めて聞いた。その声が、周囲の壁にこだました。女があわてて、

「しっ、見張りに聞えるわ」

と、いったが、土方は平気だ。

「聞えたほうがいいんだろう？　もう不馴れな芝居は、しなくてもいいよ。ぼくらを殺そうとして、ここへ連れこんだことぐらい、わかってるんだ」

「きみは案外、せっかちだな。せっかく案内してくれたんだから、もうしばらく調子をあわしていてやればいいのに」

と、近藤がいったときだ。前後からするどい光が、五人をとらえた。強力な投光機を持って、だれかがひそんでいたらしい。女は四人にむきなおった。その手に、拳銃があった。女は歯をむきだして、笑いながら、

「気がついていながら、ついてくるとは、あんたらもいい度胸だね」

「いちおう四人、そろっているからね、こっちは」

と、近藤がいうと、女は拳銃をかまえて、あとずさりながら、

「それじゃあ、こっちのメンバーもご覧に入れようか」

とたんに、前からの投光機が、四人から光の輪をはずして、暗い宙をなめるように動いた。一郎が思わず、あっと叫ぶ。無理もなかった。白い大谷石の層が、切りだされて出来あがった棚に、ひとり、ふたり、三人、かすめていく光をあびて、まだいる。まだいる。八人、九人、いずれも小銃を両手にささえて、立っているのだ。しかも、揃って女ばかり。

「ちぇっ、いつの間に、こんな婦人部隊を用意したんだ」

と、近藤が口走った。土方は早口に、

「さっき見かけたマイクロバスで、宇都宮から駈けつけたんだろう。どうせ臨時やといだ。二、三人片づければ、逃げだすさ。ライトにつかまらないように、みんなバラバラになるんだ。射ってきたら、そこを目がけて射ちかえす。拳銃は持ってるか?」

「おれは持ってない」

と、近藤がいうと、一郎は片手にさげたバッグのなかから、ブローニングをとりだして、

「ぼく、二挺もってきました」

四人は、投光機をさけて闇の中に駈けこんだ。そのあとへ、案内役の女の声がひびいた。

「敵も味方も、用意はいいようね。フェアプレイで闘いましょう!」

「いうことだけは、立派だな! 女をいじめたくはないが、死にたくもない。容赦なくやるから、逃げるならいまのうちだぞ!」

叫んでおいて、近藤は位置をかえた。たちまち、四人のすがたをとらえようと、投光機が動きまわった。だが、いつまでたっても、聞えるのは四人の足音だけだった。銃声は起らない。ふいに、土方があっと叫んだ。

「いけない! ありゃあ、猟銃じゃないぞ。吹矢だ! ライトを射て! まずライトをぶっこわすんだ!」

その土方の声が終らぬうちに、投光機が消えた。近藤の耳もとを、風がかすめた。小さな矢が、岩にあたった。

「畜生、あじな真似をしやがる！」

と、近藤はつぶやいた。

小銃のような外形はしていたが、あれがぜんぶ吹矢筒ならば、暗闇から襲撃にむくいようがない。銃ならば音と火花を目標に、射ちかえせばいいが、吹矢では方向をはかりにくいのだ。

とつぜん、投光機が明滅した。同時に土方か一郎か、どちらかわからないが、発砲した。だが、ライトのくだける音はしない。敵も光源を失うことを恐れて、位置をかえながら、明滅させているのだ。

近藤は、ブローニングを片手に、岩肌にそって走った。四人がさそいこまれた洞窟は、さっき入ってきた口ひとつしか、出入り口がない。そこから逃げだされたら、どうしようもないから、だれかが固めているはずだ。そいつが投光機を、持っているかもしれない。近藤は走った。出入り口までいったが、ひとの気配はない。だが、すこし先の闇には、かならず潜んでいるに違いないのだ。背後では投光機が明滅し、銃声が二度ひびいた。その投光機は一台だ。

もう一台を持って、だれかが近くにいるはずだった。近藤は、床にうずくまった。とたんに背後で、投光機がひらめいた。また銃声が起り、こんどはガラスのくだける音がした。光が消える直前、すぐそばの岩かげに、投光機をかかえた男が、立っているのが見えた。近藤は片足をバネに、立ちあがりながら、飛びかかった。拳銃の台尻で、男の脳天をぶんなぐると、投光機ごと倒れかかってくるやつを、抱きとめながら、一回転させた。気をうしなった男のからだと一緒に、投光機をかかえると、スイッチを入れた。

「たのむぞ！」

と、どなりながら、光を岩棚に走らせる。土方と一郎は、右に左に走りながら、拳銃をつるべ射ちにした。洞窟の中に銃声がこだまし、女の悲鳴がふた声み声、つづいて起った。同時に近藤のかかえている男のからだに、数本の吹矢がささった。男のからだが、痙攣(けいれん)した。危惧(きぐ)したとおり、吹矢にはクラーレかトリカブトか、ひとの命を奪う猛毒が、塗ってあるらしい。岩棚の上では、ひとの気配(けはい)が動いていた。洞窟の上のほうには、べつの出入り口があるのだろう。女たちが逃げようとしているのだ。

「おれたちも、退却だ」

と、叫んで、近藤は男の死体をほうりだすと、さっき降りてきたほうへ、走りだした。足場の悪い崖(がけ)をのぼっていく近藤の背に、土方が声をかけた。

「気をつけろ。先まわりして、待ちぶせているかもしれないぞ」

だが、なにごともなく、近藤は地上へ達した。つづいて網野一郎が、花村民江をかかえるようにして、あがってきた。最後にあがってきた土方が、一郎にむかって、

「どうした？　ふるえてるじゃないか」

「いや、このひとが震えてるんです」

一郎は民江から離れて、銃身の短いコルト・コブラを、ベルトにさしながら、

「ぼくも初めて、動く的を狙ったんで、すこしは興奮していますが……」

「あたしは怖くて、気が遠くなりそうだったわ」

と、民江がいった。

「まだこれで終ったわけじゃない。なんなら、気が遠くならないうちに、お帰りになってもかまいませんよ」

と、ふりかえっていったのは、近藤だ。民江は首をふって、

「でも、今西さんにあわないうちは。今西さん、どこにいるんでしょう？」

「とっくに、あんたやおれたちの狙ってる金の隠し場所へ、出かけてるさ」

「お金ですって？」

と、民江が聞きかえした。

「そんなに驚いてみせることはない。あんたが今西の知りあいじゃなくって、おれたちと同じ目的だってことは、気がついてる。いきなり、今西はどんなやつらに連れていかれたか、あんたがなんて聞くべきじゃなかった。今西はどこへいった、と聞くのが普通さ。だから、あんたが嘘ついてるってことが、たちまちわかっちまった。もっとも、おかげで写真や、いたずら書きの合図が、罠だってことに気づくことができたから、だまされたふりをしてあげてたんだよ、あんたのプライドを尊重してね」

と、近藤はいった。ちょうど切りだしたばかりの大谷石が、積んである場所に、さしかかろうとしたところだった。石のかげから、ぬっと人影が立ちあがった。近藤は立ちどまって、

暗がりをすかし見た。

「そうら、おいでなすった。昼間のカメラマン氏だぜ」

闇になれた四人の目に、赤いベレをかぶった肥満体が、片手に縄をふっているのが見えた。鉄のボールを両端につけた黒い細い縄だ。片端のボールを振って、縄を振り子みたいに振っている。

「カメラマンじゃないぜ。昼間はしょうがないから、カメラをいじってたが、ほんとうは機械は苦手でね」

「だから、そんな原始的な凶器を持ってるのか。こっちには、南蛮渡来の短筒、というハイカラなものがあるんだよ」

と、近藤はブローニングの銃口をあげた。赤いベレの下で、乾いた声が笑った。同時に鉄球をつけた縄が、ビュンビュン唸りを立てて、輪をえがきはじめた。

「ハジキの玉を一ダース、こうやっていて、撥ねかえしたことがあるんだぜ、おれは」

「器用なもんだね。そんなことができるのかい、ほんとに？」

と、近藤は嘲笑った。

「嘘だと思うなら、射ってみろ。射っても射たなくても、おれはあんたに近よっていく。逃げるか、頭をたたきわられるか、どっちでも選んでいいぜ」

ベレ帽の男は、いった通り縄をふりまわしながら、一歩一歩、近づいてきた。鉄球の風を切るひびきが、息苦しく聞えた。近藤は身動きもしないで、凶器の声に耳をすました。一郎はベルトから、銃身の短いコルト・コブラ、輪胴式の拳銃をぬいて、身がまえた。

「一緒に射てば、大丈夫ですよ、先生」

「待て！　射っちゃいけない。おれにまかせろ」

と、近藤はいって、鉄球の輪をえがくのを、じっと見まもった。

7　だましだまされて

拳骨ぐらいのまんまるい石ころか、それに近いかたさの木の球を、縄の両端にとりつける。熟練した手がそれを投げると、ねらった獲物の首に巻きついて、気絶させることも、しめころすことも、思いのままという武器は、たしかアフリカ土人が駝鳥をとるために、発明したものだ。

駝鳥と言えば、時速九十六キロメートル、まさにハイウェイむきのスピードの持ちぬしで、それを為留めることができるのだから、この武器のおそろしさがわかるだろう。駝鳥とおなじ速さで飛ぶとして、秒速二十六メートル強。四五口径コルト軍用オートマチックの発射時、秒速二百六十メートルにくらべると、問題にならないようだけれど、こちらは一瞬、風を切る音がするだけで、あとに血も流れない。近距離で一対一なら、拳銃よりも効果はある。

もちろん使い手が問題だが、赤いベレの技能程度には、武蔵野市の写真スタジオで、すでに舌を巻いている。おまけに、武器は改良した鉄のボールのついたやつで、そいつをぐるぐる振りまわされると、くさりガマ的おそろしさも、加わってくる。近藤庸三は、宍戸梅軒の前に立った宮本武蔵みたいな気分だった。こちらの武器は、ブローニング三二口径オートマチック、七発入りのマガジーンを新たに装塡したばかりだが、赤いベレの肥っちょは、片端の鉄球をぶるんぶるん振りまわしながら、

「こうやって、ハジキの玉を一ダース、はねかえしたことがあるんだぜ、おれは」

と、豪語している。しかも、相手はこっちを殺す気なのに、当方としては、むこうを殺すことができないのだ。殺してしまったら、友田とかいう注射魔が、今西作治を脅迫して、どこへ案内させたか、聞きだすことができなくなるから。

宇都宮市の大谷町、有名な大谷石採掘場の闇に立って、近藤は息をととのえた。うしろには、土方利夫と網野一郎、それにいずれは敵になりそうだが、いまは味方の花村民江が、緊張してひかえている。自分が犠牲になる気なら、問題はかんたんに解決するが、そんな義理はない。第一、死んでしまったら、ギャング志望の財閥の跡とり息子を、矯正する治療費の二百万円、使いたくても使えなくなる。そんなのは、ごめんだ。イチかバチか、からだを張って、やってみるより方法はない。

「どうした。射てよ。射たないのか」

赤いベレは、にやにや笑いながら、近づいてくる。縄のさきの鉄球の風を切る音が、不気味にひびく。近藤よりも、背は高い。このまま近づいたら、あと一分かそこらで、近藤の頭

はスイカみたいに叩きわられるだろう。近藤はわずかに首をめぐらして、背後に一郎が立っているのを確かめた。そのうしろには、切りだしたばかりの大谷石が、夜目にも青白く積んである。近藤は、前後の距離を目測した。いまだ！　と思ったとたん、踵で一歩さがりながら、拳銃を赤ベレ帽の武器めがけて、投げつけた。

古人いわく、身を棄ててこそ浮かぶ瀬もあり。こういうときには、ごく単純な方法が、あんがいうまく行くものだ。うまく行かなかったら、あきらめるよりしようがない。拳銃を投げると同時に、爪さきの浮いたからだを、うしろへ倒す。積まれた石で、後退のできない一郎の胸に、近藤の背中がぶつかった。その胸をクッションに、野球のすべりこみよろしく、近藤のからだは両足から先に、大地をすべる。同時に背後では、

「うへえ！」

と、悲鳴をあげて、積んだ石に腰をとられた一郎が、でんぐり返って、石の山のむこうへ落ち、前方では、飛来した拳銃を、鉄球のはねとばす音が、戛然とひびいた。もうそのときには、肥満体の足もとへ、すべっていった近藤の両足が、相手の膝上あたりへ、からみついていたから、たまらない。赤いベレは、文字どおり仰天して、かつての帝国軍人の壮烈なる最期を思わせるバンザイ・スタイルの上体を、大地に倒した。

ときには油断がならなくても、こういうときの土方の協力ぶりは、目ざましい。地を蹴ったと思うと、もう片足が、まだ鉄球つきの縄をしっかとつかんでいる赤いベレの右手首を、ぐりっと踏んまえ、片手の拳銃は、まんまるな顔のまんまるく見ひらいた両眼のあいだを、

狙っていた。

「なんだ、口ほどでもなかったじゃないか」

と、土方がいうのへ、近藤は起きあがりながら、

「こっちの身にもなってくれ。ひや汗で、冷水まさつができそうだ」

「助けてくれ」

と、空気がぬけたような声で、赤いベレがいった。土方がそれに答えて、

「ボスと今西の行くさきを教えたら、助けてやるよ」

「知らない。ほんとに知らないんだ」

「嘘つけ。おれたちをやっつけたら、追いかけてこい、といって、目的地を教えられているはずだ」

と、近藤がいった。土方が受けついで、

「さもなきゃ、お前も、もうひとりの男も、おとなしくここに残りはしなかったろう? ボスが二千万ひとりじめにするんじゃないか、と気をまわしてな」

「だから、教えたはずだが、それがボスのずるがしこいところだ」

と、近藤は笑って、

「安心させておいて、お前たちをここへ残す。おれたちには謎なぞごっこのサインを残して、ここへおびきよせる。ここで衝突させて、あわよくばお前たちも、おれたちも共倒れ。あわるくとも、お前たちは片づいて、おれたちはどこへ行ったらいいか、見当がつかないって

ことに、させる腹さ。いやなボスじゃないか」

「そんなこと、信用できねえ」

と、ベレがうめく。土方は首をふって、

「でも、事実さ。もうひとりの男は、石切場で死んじまった。きみも死ぬところだったが、ぼくたちはボスの行くさきを聞きたい。だから、喋ってくれれば助けてやる」

「喋らなかったら？」

と、ベレはいった。その手から、鉄球をとりあげると、近藤は相手の顔の上で、振り子みたいにゆらしながら、

「どのみち、喋るさ。頭の恰好が変ってから喋るか、変らないうちに喋るか、その違いがあるだけだろうぜ」

肥っちょは、豚のようなため息をついた。

「ナマズっていう山んなかの村だ。七万の洲と書くそうだよ。七万洲湖っていう湖があって……」

「栃木のはずれのほうだな。聞いたことがある。そこへいってどうしろ、といったんだ、ボスは？」

と、土方が聞く。赤いベレは、きわめて自信がなさそうに、

「七万洲湖のそばの神社へくればわかる、といってた」

「よし、立て。おれたちの車を一台、貸してやるから、東京へ帰るんだな。いちばん後尾の

やつなら、どこへ乗りすてようと、きみが売ろうと、ご自由だ。きみの殺した青ゴボーの車だが、まさか幽霊はでないだろう」

相手の手首から、足をどけながら、土方がいった。男はしょんぼり立ちあがって、赤いベレをかぶりなおすと、

「へっ、ざまあねえや。おれもおしまいかな。こうなっちゃ」

小声でぼやいて、服の泥をはたきながら、歩きだした。五、六歩いって、ちょうど尻のあたりを払いながら、立ちどまった。こちらをむこうとしたとき、はっと気づいた近藤が、

「野郎！」

さっき没収した縄つき鉄球を、投げようとした。相手が往生ぎわ悪く、まだなにかする気だ、と見たからだが、それより早く、

「げっ！」

と、赤ベレが悲鳴をあげて、斜めに倒れた。倒れながらも、その右手が宙にあがった。風を切るすさまじいひびき。と思うと、むこうの木のかげで、叫びがあがる。近藤たちが駈けよってみると、肥っちょの耳の下には、円錐形（えんすいけい）の部分を赤黒く塗った吹矢が、ささっていた。

「かわいそうに！　おれたちが思った通りだったな」

といってから、近藤は、もうひとつの悲鳴のあがった木の下へ走った。そこには、スラックスすがたの女が、倒れていた。そばに縄つきの鉄球がころがっている。

「あの肥っちょ、腰にスペアを隠していやがった。腹いせにおれたちの誰かを、やる気にな

ったとたん、吹矢がとんできたんで、そっちへ投げたんだな」

と、近藤がいうと、土方はうなずいて、

「うん、手もとが狂って、横びんをかすっただけらしい。いまは気絶してるが、どうする?」

「このまま、そっとしといてやろうや。おれたちを狙えば狙えたのに、目的物が立ちあがるまで待っていたんだ」

「だからって、ぼくらを見のがしてくれたんじゃないよ。ほかのガールスカウトたちは、とっくに逃げたらしい。ひとり残って、契約事項の最後のくだりを、実行しただけだろう。とすれば、おれたち全部を相手にしちゃ、自分が逃げられない。だから——」

「わかった。おれは女に甘いのさ。もてるだけにね。とにかく雑魚にはかまわず、先を急ごうぜ」

「ほかの女たちが逃げたとすると、先生、もしや」

と、一郎が心配げに口をはさんで、

「ぼくらの車、ぶっこわして行ったんじゃないでしょうか?」

「いや、すくなくとも一台だけは無事、残してあるはずだよ、この女の逃走用に」

と、土方は走りだす。あとの三人もそれにつづいた。さっきの空地へいってみると、車はフォルクスワーゲンが残っているきりだった。

「ついてるな。ぼくのが助かってる」

と、土方はドアをあけて、のりこんだ。近藤はバック・シートにもぐりこみながら、

「あんたのルノーは、あきらめるんだな。探しあてたころにゃあ、塗りかえられて、ナンバーもつけかえて、運がわるけりゃ、誰かに売りわたされてるだろう。宇都宮の駅のちかくで、おろしてあげる。今夜はここへ泊るんだね」

と、民江にいった。民江は切り口上に、

「あたし、連れてっていただきます」

「とんでもない。協定をむすんだわけじゃないんだぜ」

「邪魔にならないようにするわ。お願い」

「なるほど、きみはご婦人にもてるな」

と、土方がハンドルをあやつって、凸凹道をとばしながら、ひやかした。

「いつも持てるが、いつも甘いとはかぎらないさ。断乎として、おことわりだ」

と、近藤は首をふった。土方は笑って、

「しかし、きみの信奉する日本古来の金言に、窮鳥ふところに入るときは、猟師も射たないってのが、あるじゃないか」

「お気の毒さま。あれは、日本じゃない。中華民国は六朝の儒者、顔之推あらわすところの《顔氏家訓》って本から、出たことばでね。シナには油揚がないようだから、それを狙ってくるトンビのことまでは、考えなかったんだろう。これからアブラゲを貰いにいこうってのに、トンビがふところに舞いこめば、猟師だって――」

そこで近藤、話しかける相手を、民江にかえて、

「射たないまでも、追いはらうよ。それでも逃げなきゃ、おどしの一発、お見舞いするさ。現代語訳で申しあげれば、気絶させて、道ばたへ棄てていくわけだ」

「あたし、トンビじゃないのよ」

「たしかに、色は黒くない。しかし、比喩にはいろいろあって――」

「ふざけないで！　あたしの目的は、お金じゃなくて、今西だということなの。兄さんの敵討ちがしたいのよ。兄さんは、登志子って女にだまされて、現金輸送車の情報をもらしたのを悔んで、自殺したわ」

「じゃあ、あのデブに殺された殺し屋をやとったのは、あんただったのか」

「ええ、約束どおりやってくれるかどうか、見張っていたの。失敗したらしいから、自分でやろうと思って――」

「あの青ゴボー、あいまいな喋りかたしたんで、てっきり弟だと思った。妹って場合も、あったんだな。しかし、無理だよ。あのスタジオに残って、登志子をつねり責めにするぐらいで、我慢しとけばよかったのに」

「あたしも女だから、あいつが今西のいいなりに、兄を釣る餌になったのは、癪だけど、しょうがなかったろうって、気もするの。でも、今西はゆるせない。そもそも悪いのは、あいつなんだから」

「なかなか論理的に、復讐心を燃したもんだね。けれど――」

と、土方がフロント・シートから、

「いまどき、敵討ちなんてアナクロニズムも、はなはだしいな。古風で、しかも、野暮な話さ。ときちゃあ、そちらの旦那にも、うけないよ。今西はいちおう、現代社会のルールに従って、自分の反則に対する責任は、はたしたんだから」

「とんでもないわ。あいつは反則を三つもやったのに、法律はそのうちのひとつにしか、罰をあたえなかったのよ。お金を隠したことと、兄を自殺に追いやったこと、このふたつは、見のがしちゃってるじゃない？　あんたたちだって、そのひとつを追いかけてるくせに、あたしがもうひとつを追いかけちゃ、いけないのかしら？」

「ここは法科の教室じゃなくて、自動車のなかなんだ」

と、近藤は顔をしかめて、

「議論はやめてもらいたいね。わかったよ。なにをしようと、きみの勝手だ。だが、ついてくるなら、条件がある。おれたちが金のありかを確かめるまで、敵討ちはおあずけ。特にきみを、保護してもやらない。それでも、いいか？」

「第一条は、いいわ。でも、第二条には手ごころを加えてくれない？　あたしに力を貸してくれたら、あんたと寝てもいいけど」

「きみの雇った殺し屋が、いってたぜ、不純性交は道徳に反するって」

近藤がにべもなくいうと、それまで向っ気のかたまりみたいな顔だった民江は、急に肩を落した。しばらくして、

「そんなに、あたし、魅力ないかしら」

と、つぶやいた横顔が、やたらに心細げだった。近藤は、その肩をたたいて、

「そんなことはないさ。おれは甘っちょろいムード派なんで、ぎょっとしただけだ」

とたんに、穴ぼこを通過したらしく、車がはずんだ。近藤はフロント・シートの背に、胸をぶつけて、

「痛い！」

と、叫んだ。土方は大笑いして、

「胸が痛んで、ムードがでたろう」

8　なまずの歓迎

とちゅうで近藤が運転をかわり、次に一郎がハンドルを握って、フォルクスワーゲンは走りつづけた。交替にねむったわけだが、窮屈な車内のことだから、大してからだは休まらない。山道へ入ったころには、東の空が白みはじめた。宇都宮を離れないうちに、買っておいたパンと缶詰ジュースで、朝食は早めにすました。四人ともくたくたで、ことに民江は口を動かすのも、やっとの思い、という有様だった。

「食べておかないと、いざ盲亀（もうき）の浮木（ふぼく）、優曇華（うどんげ）の花まちえたる今日ただいま、というときに、

足腰が立たなくなるぜ」

と、近藤がいった。道幅は小型車がすれちがえるくらいあったが、ひどい砂利道で、車はロデオの荒馬みたいに、はねあがった。しばらくいくと、まあたらしい木の橋があって、その手前にアーチが立っている。

「大歓迎、なまず湖大観光地か」

と、土方はアーチの文字を読んで、

「ここの湖、そんなに有名なのかな」

「さあ、ぼくは聞いたことないですね。観光地にしちゃ、不便すぎますよ」

と、一郎がいった。車が橋をわたりかけている。短かい橋だが、向うだもとに小屋があって、そのなかから、詰襟の服をきた小男が出てきた。ねむそうな目をこすりながら、こっちへ手をふって、

「ストップ、ストップだよ。この橋は有料だからね。ひとりあたま、百円はらってもらうよ」

「しかし、おじさん、どこにも有料だなんて、書いてないじゃないか」

と、近藤が窓から首をだすと、小男はうなずいて、

「そりゃあ、ここは観光地として、大いにお客を呼ばなけりゃならないんだから、有料なんぞと書いておいて、引っかえされたら大変だもんな」

「それにしたって、ひとり百円は高いな。引っかえして、ほかの道をいくよ」

「だが、もう半分以上きてるんだから、料金はもらうよ。ひとり一回百円だから、引っかえすなら、その分をくわえると、うん、しめて八百円だ。千円札でも、つりはあるよ」

「わかった。引っかえさないことにして、四百円はらおう。たいへんな観光地だな」

あきれながら、なおしばらく進んだところで、急に一郎は車をとめた。道はそこでふたつにわかれ、一本が直角に林のなかへ入っている。一郎は小さな双眼鏡をかばんから出して、林のなかをのぞいてから、

「先生、あの車、東京ナンバーです」

双眼鏡をうけとって、林のなかに隠すように駐めてある車の、ナンバープレートを見た近藤は、うなずいてドアをあけた。四人は近藤を先頭に、車に走りよった。だれものっていないから、そっと近づく必要はない。向うがわになったうしろのドアが、あいている。そっちへまわった土方が、急に眉をよせて、舌うちした。近藤がのぞいてみると、ひらいたドアから、人間の足が二本、にゅっと突きでている。

「今西か？」

「いや、お医者さんごっこの好きな紳士だよ。趣味が高じて、解剖用の死体を自分で供給することになったようだ」

「しかし、死因は一目瞭然（いちもくりようぜん）だな」

バック・シートに押しこまれたようになっている死体は、胸に穴があいていて、床に血だまりができている。

「俗名友田なにがし、せっかくここまできたのに、今西にやられたのかな」

と、近藤がいうと、民江が顔をそむけながら、

「友田というのは、あたしの出まかせよ。ほんとは誰だか、知らないの」

「そんなことだろう、と思ったよ。とにかくぼくたちには霊媒の素質はないんだから、生きてて喋ってくれるやつを、探そうじゃないか」

と、土方は車を離れた。一郎をしんがりに、四人がフォルクスワーゲンに戻ったとき、前方ですさまじいサイレンの音が聞えた。無蓋のジープが一台、ゆるい勾配をはずみながら、走ってくる。運転しているのは、詰襟の服にクラッシュヘルメットをかぶった大男、となりには制服の巡査がすわって、まっ赤に塗った手動サイレンのハンドルを、懸命にまわしていた。

「なんだか、妙なぐあいになってきたぞ」

と、近藤がいった。一郎はハンドルの前にすべりこんで、

「逃げますか、先生?」

「いや、ここで今西を探さなきゃならないんだ。発見者になったほうがいい」

と、土方はジープのほうへ、手をふった。ジープがとまると、巡査がサイレンをかかえたまま、とびおりる。それにむかって、土方は大声をあげた。

「お巡りさん、大変だ。あの車のなかに、死体があるんです。アベックがいちゃついてるだろう、と思って、ひやかしに行ったら、なかは血だらけで——びっくりしちゃった」

「ふん、お前たち、いい態度だな。死体のあることは、わかってるんだ」

と、巡査がいった。ジープのうしろにのっていたふたりの青年がおりて、巡査のうしろに立った。そのひとりに、手動サイレンを渡して、巡査は腰の拳銃をぬいた。

「ああ、そうだとも、間違いねえな」

「こいつらに、こいつらだ」

と、青年ふたりが、同時にうなずく。巡査は拳銃を近藤たちにつきつけた。

「こりゃあ、いったい、どういうことなんです？」

と、土方がいった。

「聞かなくたって、わかってるだろう。殺人現行犯で、お前たちを逮捕する！」

巡査は、ものすごい大声で、吠えるようにいった。近藤はまけずに大声をあげて、

「そんな馬鹿な！　現行犯だなんて、あんたの頭は、どうかしてるんじゃないか？　あすこへいって、見てみろよ。床の血は、かたまってるんだぜ。ところがぼくらは、ついさっき有料の橋を渡ってきたばかりだ。橋番を呼んでくれれば、すぐわかる。まだ十分ぐらいしか、たってやしない」

「なにをいう。お前たちがあの車の男を、射殺した現場は、ちゃんとこのふたりが目撃してるんだ」

「そうだとも。ちゃんと望遠鏡で見てたんだぞ」

と、ふたりの青年がいった。近藤は顔をしかめて、

「いいがかりをつけるなよ。とにかく、橋番を呼んでくりゃ、わかることだ」

「よし、ちょっくら行ってこよう」

といったのは、ヘルメットをかぶった大男の運転手だ。ジープを発車させる前に、うしろの席から取りあげて、青年ふたりに手わたしたのは、なんと猟銃だ。

「おい、不穏な形勢になってきたな」

と、近藤は土方にささやいた。ジープはすぐに、橋番の小男をのせて、もどってきた。

「この連中を、おぼえてるかな、源さんや」

と、巡査が聞いた。橋番はうなずいて、

「ああ、おぼえとる」

「いつごろ、橋を渡った？」

「そう、もう一時間にもなるかな。立派な紳士の車のすぐあとだ。朝早くから、車が二台もつづけてくるなんて、めったにないことだから、よくおぼえとる」

「おじさん、おじさん、しっかりしてくれよ」

と、近藤はあわてて、

「おれと押し問答したのを、わすれたのかよ。まだ二十分とたっていないじゃないか」

だが、橋番はけろりとした顔で、

「お前さんこそ、どうかしとるんじゃないかね。いや、そんなこといっちゃ、すまなかったな。あんなにたくさん、チップケ――じゃねえ、ほら、なんだっけ。チップか、チップをたくさん、頂戴したんだから」

「ふうん、そのチップで、お前ら、この男に偽証させる気だったんじゃろう？」

　と、巡査は笑って、

「だが、この源さんはな、村いちばんの正直者なんだ」

「へっ、こいつが正直なら、この世のなかに嘘つきなんて、いやしねえや」

　と、近藤がつぶやく。巡査は目を光らして、拳銃をつきつけた。たまりかねたように、一郎がいった。

「ちょっと待ってくださいよ、お巡りさん。これは陰謀なんです。今西という男を、探してください。そいつに聞けば、わかるわけです」

「今西かね？　探さなくたって、ここにおる。わしゃ、今西というんだが……」

　と、巡査がいったとたん、うしろの青年ふたりも、声をそろえて、

「おれたちも、今西だよ」

　次には大男の運転手が、

「おれも今西でね」

「わしも今西さ」

　と、最後は橋番の小男だ。巡査が笑って、

「この村の住人は、九割までが今西姓なんだ。まあ、地方にはよくあることだがね。さてと、いつまでもこうしていても、きりがない。きてもらおうか。手錠がひとつしかないんで、あ

との三人は縄をかける。手錠はだれにしよう。クジできめるかね？」

「ぼくにしてください」

一郎が、前へすすみでた。

9　脱走計画

土方は大きなあくびをして、目をさました。となりでは、近藤がまだ、いびきをかいて眠っている。網野一郎は、壁にもたれて、天井を見あげていた。花村民江は、すみにうずくまって、両手で青ざめた顔をかかえている。土方がのびをしたのを見ると、

「あんたがた、実際のん気ね。よく眠れるわね。平気なの、殺人犯にされても」

と、けわしい目をむけてきた。

「眠れるチャンスは、逃さないことにしてるんだ。からだも資本だからね。くたくたのからだじゃ、いざというとき動きがとれない。きみも、眠っといたほうがいいぜ」

「眠れるもんですか。相談したいことがあるのに、みんな、だらしのない顔して、いびきかいてるんですもの。いいかげん、頭にきたわ」

「へえ、きみも眠ったのか、感心だな」

と、土方は一郎に声をかけた。

「あんまり、よくは眠れなかったけど、疲れはとれましたよ。どうせ、日のあるうちは、なんにもできない、と思って」

と、一郎が答える。民江は、とげのある声で、

「でも、あきらめていて、いいのかしら。この村の連中が、今西をかばってることは、たしかなのよ。まごまごしてると、逃げられちゃうわ。しかも、お金を持ってよ、あんたがたの目的の」

「すこし落着きなさいよ」

と、一郎が口をだして、

「この村の連中が、やつをかばっているとすれば、金を持って逃げだしてくれたほうが、われわれにはありがたいんですからね」

「その通りさ」

と、いいながら、近藤が起きあがって、

「あわてたって、はじまらないよ。おれたちはキングコングじゃないんだから、まっ昼間、鉄格子をねじ曲げて、逃げだすわけにもいかないだろう？」

「それにしても、ここは妙ですね。まるでアメリカ西部の保安官事務所へ、ひっぱってこられたみたいだ」

と、一郎がコンクリートの壁と、鉄格子を見まわす。土方はうなずいて、

「いなかの駐在に、こんな留置場があるなんてね。たしかに、ちょっと妙だよ。九十パーセ

ントが今西姓だとしても、みんな同族ってわけじゃないはずだ。お巡りまでが加担して、今西作治をかばうってのは、ちょっと解せないな」

「あいつ、名主の息子とかなんとか、この村の名士なんじゃないですか？」

と、一郎がいった。そのとき、鉄格子のむこうのドアがあいて、巡査に押されながら、入ってきた男がある。近藤は、はっと思った。青ざめた顔つきの、今西作治だったからだ。巡査は鉄格子の錠をあけて、今西を牢へおしこむと、また鍵をかけて行ってしまった。近藤は、ため息をついている作治の顔を、のぞきこんで、

「はてさて、いったいこれは、どういう仕掛になってるんだい？　今西さん、あんた、あの一見紳士ふうを殺した容疑で、留置されたのかね」

「一見紳士ふう？　ああ、あの野郎か。あいつを殺したのは、わたしじゃない。わたしの見ている前で、殺されたことは、たしかだが、やったのは――村長の息子だ。わたしを助けるために射った、といっているが、やつはわたしに、危害を加えようとしたわけじゃない」

と、今西はいった。一郎が聞いた。

「すると、村長の息子の殺人を隠そうとしてるわけですか、村じゅう気をそろえて？」

「目的は、あんたがたと同じさ。金だよ。わたしの隠した金ってやつが、欲しいんだ。この村は貧乏だからね。観光地にしようと躍起になってるが、バスも通ってないし、あんな鬼火でも燃えそうな湖だけが売りものじゃ、どうにもならない。だから、金が欲しいんだろう」

「――で、金はここにあるんだな？　もう取りだしたのか？」

と、近藤が聞いた。今西作治は、にやっと笑った。

「金なんぞ、あるものか。いや、どこかにあるかも知れないが、隠したのはおれじゃない。死んだ相棒さ。もっとも、おれには大事なものが、ここにあることは事実だが」

「信用できないな」

と、土方はいった。やがて、夜になった。近藤は土方になにか耳うちして、めがねを外すと、太いつるから鉄のピンをぬきとった。鉄格子のあいだから、つきだした手にそのピンを持って、近藤が鍵穴をさぐっているあいだに、土方は一郎の耳に口を寄せた。一郎はしきりに首をふって、嫌がっていたが、とうとう説伏されたらしい。

「それじゃ、やります。いいですか?」

と、立ちあがった。近藤は鍵をあけて、牢の外にでると、ドアのわきに立った。土方が一郎の腰をつついた。一郎は猛然と民江に抱きついた。皮ジャンパーをぬがされかけて、民江は悲鳴をあげた。

「なにすんのよ!」

だが、一郎はやめない。皮ジャンパーをぬがすと、スラックスのジッパーをさぐった。民江は大声をあげる。

「助けて! このひと、気が狂ったわ。だれかとめて!」

「がんばれ。ぼくも手つだおうか」

と、土方が腰をうかす。民江はますます大声をあげた。ドアがあいた。巡査が首をだして、なにかいおうとしたとき、近藤の空手チョップが、その首すじをとらえた。

「ごめん、いまのは芝居だ。さあ、逃げよう！」

と、一郎が民江の手をひっぱって、牢をとびだした。近藤と土方は、今西作治を中にはさんで、それにつづいた。一郎はもう、駐在所の横手にとめてあるフォルクスワーゲンに、とびのっていた。エンジンが唸りだした。一郎がドアから、手をだした。

「先生、これを！」

拳銃が二挺に、小さな箱がひとつ。近藤はそれを受けとって、拳銃の一挺を土方にわたすと、駐在のうしろへ闇づたいにまわった。一郎は民江をのせて、車をスタートさせた。とたんに、銃声が起った。車は狂ったように、とびだしていった。

「やっぱり、おれたちが逃げるのを、待ってやがったんだ！」

と、近藤は土方にささやいた。ふたりは今西作治をひっぱって、闇のなかを匍うようにすすんだ。背後では、銃声がつづいて起っている。待ちぶせている村びとたちの注意をそらすために、危険な役をひきうけた一郎が、無事に逃げてくれることを祈りながら、近藤は小走りに前進をつづけた。

10　空中大サーカス

森のなかは、昼間でも暗かった。もう夕方だから、なおさらだ。近藤は耳をすました。

「やつら、どういう気なんだろう?」

「きまってるさ。のん気にかまえてるんだ。山越えもできないし、村へも戻れないように、見張りさえ立てておけば、いくらだってのん気にしていられるんだからな。腹をすかせて、おれたちが降参するのを、待ってるのさ。降参しなけりゃ、おれたちは飢え死だ」

と、土方がいった。

「うまく出来てますよ。あんたがたがこんな騒ぎさえしなかったら、わたしひとりで、いまごろは東京へ帰ってたところだ」

と、ぐちをいいながらも、今西作治は手さげ金庫ぐらいの防水布づつみを、後生大事にかかえている。森のなかに、ぽつんと建っている神社の天井うらから、とりだしてきたものだ。例の金が入っているらしいが、近藤も土方も、知らん顔だ。調べるのは、いつでもいい。いまはこの村から、脱走する方法をこうじるほうが、大事だった。

「網野の若旦那が、ぶじに逃げられたとすれば、もう連絡があるはずだが……」

と、近藤がいった。その手には、ゆうべ一郎が、拳銃といっしょに置いていった小型無線通話機が、しっかり握られている。そのとき、土方が空をあおいだ。

「爆音だ。飛行機だぜ」

梢のかさなりに邪魔されて、空はほとんど見えないが、たしかに爆音が近づいてくる。とたんに、無線通話機がガーガーいった。

「ネットワンより、バンクツーへ。ネットワンよりバンクツーへ、応答ねがいます。どうぞ」

ネットワンは網一だ。バンクツーは悪意銀行のご両人というつもりだろう。もちろん、一郎の声だった。近藤は急いで答えた。

「こちらバンクツー、全員無事だが、立往生だ。ルートなしで弱ってる、どうぞ」

「こちらネットワン、心配してましたよ、先生。ゆうべのうちに東京へ帰って、地図で調べたところ、ヘリコプターじゃ、着陸地がなさそうなんで、水上機をチャーターしてきました。どうぞ」

「そいつは大出来だ。すぐ湖のほうへ出る。ただし、湖岸に空地のあるところは危険だから、反対がわの木立が突きでたところへ出る。どうぞ」

「でも、だめなんです。ここの湖面は静かすぎて、表面張力のために、水上機でも離着水ができないそうです」

「ちぇっ、ついてないな」

と、土方が舌うちした。一郎の声がつづけて、

「ただ、アイディアがふたつあります。ひとつは縄梯子(なわばしご)をおろして、先生がたに空中サーカスをやってもらおう、というんですが、安全度はどうでしょう。どうぞ」

「空中サーカスは平ちゃらだが、三人あがる時間が問題だな。やつらのために、的をつくってやるようなもんだ。どうぞ」

「ぼくもそう思ってました。では、第二案でいきましょう。どこかに焚火のできる空地はありませんか？　どうぞ」

「神社の境内なら、大丈夫だ。今西が隠しておいたマッチとローソクが、防湿処置良好でじゅうぶん使える。どうぞ」

「では、そこで七時半きっかりに焚火をしてください。時計をあわせます。いま六時三十二分。通話おわります」

　爆音はたちまち、遠ざかった。三人は木の枝を折って、焚火の材料をつくりはじめた。それを神社の境内へ運んで、七時をすぎると燃しはじめた。しめった木の枝は、白い煙をあげるだけだったが、爆音が近づいたころ、やっと燃えあがった。

「若旦那、なにをやる気だろう」

　と、近藤は曇った空を見あげた。小さな水上機から、黒いものが突然とびだした。それがぐんぐん落ちてくる。今西作治が、恐怖の声をあげた。

「パラ、パラシュートがひらかない！」

「いや、スカイダイビングだ。こんな狭いとこへ、焚火を目標におりようというんだ。すぐパラシュートをひらいたら、流されちまう」

　と、元気づけては見たものの、土方も手に汗にぎっていた。大きなつつみを両手でささえて、落下してくる一郎のパラシュートが、やっとひらいた。荷物のパラシュートも、ひらいた。どちらもまっ黒なパラシュート！

「すごいぞ。忍法天狗とびおりの術だな」

焚火を踏みけしながら、近藤は手をたたいた。一郎と大きなつつみが、どすんと地上へ落ちてきた。一郎はパラシュートを棄てて立ちあがると、大きな荷物をひらきはじめた。

「手つだってください。モーターボートを組みたてて、湖へ運ぶんです」

四人がかりで組みたててみると、とても全員のれそうもない小ささだ。それを運びながら、近藤が聞いた。

「このボート、どうするんだ？」

「これで走りまわってまんべんなく波を立てれば、水上機が着水できます。着水したら、みなさん、泳いで機までいってください」

一郎の返事は、こともなげだ。近藤はあわてて、

「そんなことしたら、きみが狙い射ちにされるぞ」

「大丈夫、まかしといてください」

と、胸を叩いたはずで、静かな湖面にモーターをひびかせて、走りだしたボートからは、たちまち白煙が尾をひきはじめた。対岸の空地から、銃声が起ったが、すさまじいスピードで煙幕を張りながら、ボートは湖面をかきまわした。やがて、水上機がおりてきた。近藤たちは水にとびこんで、泳ぎついた。水上機は離水しながら、縄梯子をたらした。一郎はボートを銃声のほうへむけると、縄梯子をするする昇った。主を失ったボートは、銃声にむかって直進したと思うと、突然、轟音とともに五色の光を噴きあげた。花火が盛大に、しかけて

あったらしい。

もうそのときには、近藤たちをのせた水上機は、夜空を東京へむかっていた。近藤は今西のかかえているつつみをとりあげて、封を切った。ネガとポジを収めておくアルバムが、何冊もでてきた。ひらいてみると、写真はどれも、人物を主にした裸像だった。男と女、女と女、女と犬なんてのまであって、いずれもきわめて具体的にからみあっている。横からのぞいた一郎が、うんざりして息をつくと今西はヘラヘラ笑った。

「わたしの本職ですよ。出てきたら、エロ写真の製造販売にすぐ戻れるように、弟にたのんでネタを疎開させといたんです。札束でなくて、お気の毒さま」

「なんて、とぼけてもだまされないぜ。このページは厚すぎる。あいだに一万円札が張りこんであるんだろう」

近藤がにらむと、今西は首をすくめた。だが、ページをはがしてみても、なにもない。とたんに、今西が青くなった。

「畜生、村のやつらだ。やつらがポッポへ入れやがったんだ。村営でホテルを建設ちゅうだなんて、いっていいやがったが、くそっ！」

「おれたちを殺そうとしたわけが、わかったよ。こりゃあ、大笑いだ」

今回は二百万円が約束されているから、近藤は鷹揚に笑ったが、ふと気がついて、

「しかし、幕切れには生徒に先生が救われて、あんまり大きな面はできないな」

「まったくだ。それにこんな大活躍をねがっちゃって、すこし面白すぎたんじゃないか」

と、土方もいった。一郎はうなずいて、

「ええ、堪能（たんのう）しました。でも、こんなに収支があわないんじゃ、冒険も考えもんですね」

「そう思うんなら、こっちは安心だ。やっぱり金つくりの本能が、大旦那からつたわってるんだね。逆効果で成功報酬（せいこうほうしゅう）がフイになったら、今西さんを花村民江の敵討ちから守ってやる、という仕事でも、お安く買ってでようと思ってたとこだ」

と、近藤がいうと、一郎は笑って、

「それは仕事になりませんよ。あのひと、敵討ちはあきらめるそうです。その代り、先生にぜひあいたいそうですよ」

「やっぱり、きみはご婦人に持てるんだな」

と、土方が肩をたたくと、近藤は窓から、関東平野にまたたく灯を見おろしていった。

「ああ、持てすぎて、いまなんぞも宙に浮いてるような気分だよ」

桃源社版『悪意銀行』後記

この小説は、ほぼ一年前、おなじ版元から出版した《紙の罠》という作品のために、作者がこしらえあげた三人の主役のうちの、近藤庸三、土方利夫の両名を、再登場させて、書いたものです。このふたりの第二の冒険談、というわけですが、もちろん、独立した物語で、前作との内容的つながりは、ありません。けれど、おなじ主人公が、登場するくらいですから、作者がねらった味は、だいたい、おなじです。

ちょっと異なるところは、中扉の題名の下に、*a lack-gothic thriller* という、わけのわからない横文字で、あらわしておきました。*lack* の「欠けている」という意味、*gothic* の「野蛮な」という意味とは、あまり関係なく、これはラクゴシック・スリラー、落語的なスリラー、というつもりの、キザな駄じゃれであります。つまり、日本伝統の落語にみられる、飛躍した笑いの味を、イギリスの推理小説に、大きな伝統をもつスリラーの枠ぐみのなかで、生かそうという、ここらでハッタリかければ、はなはだ野心的な、とたんに冷静になってみれば、はなはだ無益無謀なこころみです。

作品のねらいを、そこに定めた以上、根がわりあい律義なたちですから、それぞれに必要な要素——駄じゃれとか、誇張した人物とか、陰謀とか、それが徐徐に、露呈されるいきさつとか、ぜんぜん実用的ではないけれど、ちょっとした話のタネになるような知識とか、黒幕にかくれた人物、といったものは、一所懸命、配置をおこたらなかったつもりです。

そういう道具立てをつかって、なにを述べんとしたか、なんてことは、作者自身の吹聴すべきものではありませんし、作品のしあがりぐあいについても、おっかなびっくり、ご批判をまつばかりですが、こういう笑いとスリルを、眼目にしたエンタテインメントの作家は、推理小説の本場、イギリス、アメリカをひっくるめても、片手で数えるほどしか、現存いたしませんので、希少価値だけは、みとめていただけるだろう、と虫のいい期待をしております。

まったく、なにかにつけて、笑いのほしい棘だらけの当節、存在価値も、たっぷりあるはずなのに、どうして、笑いの小説がすくないのか、ということでは、ちょうどこれを書いてたのが、統一地方選挙のはじまって、おわったころ。みなさんを笑わせよう、と作者があたまをしぼった馬鹿げたことより、もっと馬鹿げたことが、大まじめに、現実を横行濶歩して、これじゃ少いはずだよ、と溜息ついたものでした。ナンセンスは、小説のなかにだけあって、暇つぶしに、読みとばし、笑いとばすもの、といった世のなかに、なんとか早く、なってもらいたい、という点では、笑いの小説に興味ない方も、きっと同感してくださるでしょう。

最後に、もひとつ、いいわけを申しあげると、作品のほうでも最後ちかくに、かなり重要な役わりをつとめながら、消えてしまう女性と、唐突に話のもちだされる強盗犯人が、おりますけれど、実はこれ、近藤、土方のご両人と二度つきあって、なんとなく愛著(あいじゃく)をおぼえた作者が、また近近、ふたりに馬鹿さわぎをさせよう、という魂胆で、《第二悪意銀行》とでもいう長篇のための、布石であります。そのせつはまた、よろしく、とお願いをしておいて、まず本日は、これぎり、長らくご退屈さまでございました。MAY, 1963

都筑　道夫

(『悪意銀行』より　桃源社　一九六三年)

三一書房版『紙の罠／悪意銀行』あとがき

アメリカの市街。公衆電話のボックスに長い行列ができている。電話をつかっている若者は、いっこうに切りあげようとしない。並んでいる連中はあきらめて、ひとり減り、ふたり減りしていくが、ソフトをかぶってメガネをかけた男だけが残って、ボックスのまわりを、いらいら歩きまわる。帽子をぬいだりかぶったり、両手をもみあわせたり、気の毒なくらい、じれている。やっとボックスがあくと、男はなかへ飛びこんで、もどかしげにドアをしめ、あっちこっちにぶつかりながら、ソフトをとり、メガネをとり、ネクタイをとり、大あわてで上衣をぬぎ、シャツをぬぐと、下はタイツで胸に大きくＳのマーク。この男、スーパーマンだったのだ！

スーパーマンは、電話ボックスを出ようとするが、どうしたわけかドアがあかない。スーパーマンはいよいよあせって、ドアをゆすぶり、あちこち叩き、泣きだしそうな顔つきで、やっとのことでドアを外す。ひたいの汗をぬぐいながら、よろめき出て、情なさそうな顔つきでドアを立てかけると、よたよたと助走して、風音とともに飛び立っていく——これは、いま放映ちゅうのアメリカTV映画『ザ・モンキーズ』のある回にあったギャグ・シーンである。

その回のストーリイに、スーパーマンはなんの関係もない。ただ出てきて、間のぬけたことをしてみせるのだが、それだけによけいおかしくて、涙が出るほど私は笑った。『ザ・モンキーズ』は、こうしたナンセンスなギャグを中心にしたTV映画で、日本でも人気を集めているらしい。

この巻におさめた『紙の罠』と『悪意銀行』は、そうしたスラプスティック・コメディに対する執心から、生れた作品だ。前者は昭和三十七年(一九六二年)の四月から三ヵ月間、双葉社の隔週刊雑誌に『顔のない街』という題で連載した中篇を、全面的に書きなおして、同年の七月に桃源社からペイパーバックで出版したもので、『なめくじに聞いてみろ』『誘拐作戦』につづく五作めの長篇。後者は翌三十八年、おなじ七月におなじ桃源社からペイパーバックで出版したもので、まったくの書きおろしである。

コメディに対する私の興味は、江戸の黄表紙や滑稽本、キートン、ロイド、マルクス・ブラザーズ、ローレル&ハーディなどのスラプスティック喜劇によって、少年時代につちかわれた。チャップリンを加えないのは、『ライムライト』以後の堕落ぶりに裏切られたからで、現在ではピーター・セラーズを最高の喜劇俳優だと思っている。ところが現代の日本では、ピーター・セラーズ主演の映画が、興行的に成功したためしはないという。前記の『ザ・モンキーズ』の好評にしても、グループ・サウンズとしての人気であって、スラプスティックの人気ではないようだ。リチャード・レスター監督の映画も、ビートルズが出ている『ヘルプ！』は当ったが、『ローマで起った奇妙な出来事』は短期間、ロードショーをやっただけで消えてしまった。ピーター・セラーズとウッディ・アレン、とひいき役者がふたり出ている『カジノ・ロワイヤル』を、封切館に見にいったときは、連発されるギャグになんの反応もしめさない客席にいて、私はゾンビーの群れにまぎれこんだような恐怖をおぼえた。

明治までは読むもの、聞くもの、見るものにも、知的な笑いにこと欠かなかった日本である。昭和に入って、読むものこそ、いなかものが西洋料理を食うみたいに、ペーソスをだぶだぶかけた水っぽいしろものが、ユーモア小説と呼ばれるようになったけれど、まだまだスラプスティック映画をうけいれていた日本が、どうして敗戦をさかいに、こうも笑いをわすれてしまったのか。まったく断絶してしまったのなら、あきらめもつくのだが、ナンセンス小説は剣豪小説、忍法小説に身をやつしてうけいれられ、なかなかにすぐれたものも現れている。けれど、身をやつしているくらいだから、笑いは楽屋のほうに隠されていて、発散しない。

こうした傾向が、笑いをささえるコモンセンスの衰退によるものだとすれば、腹を立てる価値も、むり押しをしてみる価値もあるだろう。『なめくじに聞いてみろ』で、身をやつしたナンセンスを書いた私は、『紙の罠』で笑いを前面に押しだして、同時にコミック・パズラー『誘拐作戦』を書いた。しかし、その『誘拐作戦』では、笑いはパズラーとしてのトリックを、つつみかくす煙幕の要素が強かった。それで、翌年の『悪意銀行』では、はっきり

lack-gothic thriller と断りがきして、読者を笑わせるためだけが目的の小説を、書いたのでである。lack-gothic というのは語呂あわせで、ラクゴティック——落語的なスリラーという意味だ。

つづいて私は、おなじ主人公の登場する第三部を雑誌に連載したが、まだ本にはしていない。その理由は、つづいての長篇『三重露出』でナンセンスを書くために翻訳小説のスタイルをとり、その次の笑いのない長篇『暗殺教程』を書くまでに、一年以上あいだをおいたことをいうだけで、じゅうぶんだろう。けれども、近年、イギリスにはジョイス・ポーター、アメリカにはドナルド・E・ウェストレークと、すぐれた笑いの作家が登場して、コミック・ミステリが流行しはじめている。私は懲りずに、第三部を新しく書きなおして、本にする約束を最近した。JUN. 1968

(『紙の罠／悪意銀行　都筑道夫異色シリーズ4』　三一書房　一九六八年)

角川文庫版『悪意銀行』解説

桂米朝

畑違いというか、およそそのにんでない私のような者が、都筑道夫氏について何か書くことになったのには、一つの因縁がある。

それについてはあとで記すわけだが、とにかく私も都筑道夫の一ファンなのである。「悪意銀行」――この作品は、かつて都筑道夫異色シリーズ――という中に入れられてあったが、そもそもこの作者自体が、異色そのものなのだから、こと新しく「異色――」などという字を当てるのがおかしいと私は思うのだ。

江戸ッ子で、落語、講談、歌舞伎などに親しんで成人したくせに、横文字に強くて「エラリイクイーンズミステリマガジン」の日本語版の名編集長でもあった。

作品の方も多種多様で、アメリカの尖端をゆくいささかつっ走った小説を翻訳してるかと思うと、日本の辺地に伝わる行事や伝説の取材をしている、という具合い……。

ＳＦから捕物帳、本格推理からショートショート、怪奇残酷物からナンセンスと、まさに八面六臂(はちめんろっぴ)の活躍ぶり。……よくまああんなに書けるなと思うほどの多作だが、その内容のバラエティの豊富さも、全く驚くばかりである。

この人の一つの特徴と思うのだが、物語の進行と大して関係のない脱線がしばしば行われる。私はそこにむかしの講釈師のひきごとの面白さと共通するものをいつも感じる。ひきごとというのは例えば、三尺物の講談を喋(しゃべ)っている内に、昔の一宿一飯の世話になる要領を述べたり、白浪物の中で、筋とは関係なく自身番のことを詳しく説明したり、吉原が出てくると、自分のむかしの体験を語ったりするもので、これが実に楽しいものであった。……こんなことを書きつけるのも一種のひきごとではある。さて、この人のケンランたる筆致によってくり広げられる雑学的博識ぶりには、毎度、目をみはるものがある。しかしそれらが、およそ世の中にあまり役に立たぬものばかりであることも楽しい。いわゆる実学尊重の時代なら、手鎖十日の刑に処せられるような人である。つまり、彼はあくまで良い意味でのジレッタントなのだ。

都筑道夫のファン層は随分、幅が広いと思う。そしてそのよしとするところも、人それぞれによって違うと思うが、同世代人としての私は、いくつもの作品を読んでそこに感じるものは、やはりその根底に、あの戦争というものが尾を曳(ひ)いていることを認めないわけにはゆかぬ。

東京人は故郷がない……などと言うが、都筑道夫の心の奥底には、失われたかつての東京

――戦火以前の東京への郷愁が、深く深くよどんでいることをつくづく感じる。

私は彼の文学に、都会人の半ばあきらめた憂愁――そんなものを感じて心をひかれる。江戸をふみ荒した薩長の手によって新しく生まれてゆく明治の東京を見ている旧旗本――そんなことさえ思ったことがある。

未来小説を書いていても、『キリオン・スレイ』を書いていても、チラリチラリとそれがのぞくのである。

この小説には、

「わたくしを推理小説と落語にみちびいてくれた兄、鶯春亭梅橋の霊に捧げる」

という献辞が付いている。

私は、この若くして逝った落語家、異才鶯春亭梅橋について書かねばならぬ。

今日ではこの梅橋（一九二六―一九五五）を知っている者は仲間内でも大分減った。

私と梅橋との出会いは昭和十八年、場所は大塚の花街の中にあった正岡容の家である。地味な縞の着物に帯だけは上等のサラの角帯をしめた若い男が坐っている。「はなし家の新弟子だ。僕の紹介でこれから志ん生さんの処へ連れてゆくんだ。小石川の漢方薬、蛇屋の息子だよ」ということであった。

齢は私が一つ上であったので直ぐ心易くなって、彼の高座を批評したりお互いに無遠慮に語り合ったものである。

当時、若手の芸人に健康な体の持ち主はなかった。入隊なり徴用なりが待っていたからである。彼はちょっと胸が悪かったのでそれを免れたのであった。

はじめ古今亭志ん治、のち今輔門下に転じて桃源亭花輔となり、それから鶯春亭梅橋と改めて真打になった。梅橋は代々春風亭（当代もそうである）であるのだが、何かの縁起をかついで鶯春亭という亭号にしたのは正岡容の命名であったと思う。

この間に、東京は焼け野が原となり日本の敗戦があった。

……古い落語を数多くマスターして、その技量は多くの先輩を唸らせたが、お客をワッと言わせる派手さに欠けていた。巧いがあまり面白くない……そういうタイプになりかけていたのが、今輔門下に転じて新作落語をやり出してからパッと花開いたのである。

彼の演じたもの、多くは自作で、中には古いはなしを見事に現代に改めたものも少なくない。これが受けたのである。彼はすべての点で、陰から陽になっていった。

昭和二十年代後半、平和の到来で寄席は大活況を呈していたし、民間放送の発足もあって、若手の落語家連中も時流にのった。当時の若手グループの中で彼はリーダー的存在であった。構成物の演芸バラエティで「只今、動物園からゴリラが脱走しました」というニュースを本物のアナウンサーの声でやって、ラジオから流れたこの放送のために東京中大さわぎになったことがある。これは彼の作であり彼の演出であった。

彼が当時、しゃべっていたマクラ（本題に入る前の冒頭のお喋り）の斬新さは驚くばかりで、ちょっとしたギャグにも時流をとらえた鋭さがあった。

ほんの一例だが、「桃太郎」という古い落語がある。子供がいろんな質問をして親を困らせるところで、「おじいさんのとしは」と聞かれて「うーん、としはあったが火事で焼けてなくなった」「としが火事で焼けるかい」というところを、当時、彼は「としはあったんだが、お米と換えちゃった」とやった、これなんか、戦後という時代にどんなに受けたか。また、何のネタか忘れたが「三番の人はこれをやっとくれ。四番はこの係だ。……云々とあって、……七番から十二番まではスケソウダラの配給です」……これでどっときたのだが、今、このギャグの意味を説明するのは大変だ。

……つまり新しいものほど、早く古くなるのである。前記の「お米と換えた」は今では通用しない。「火事で焼けた」は今でも通用する。もっとも、彼が生きていたらまた今日の新しいギャグを創作しているだろう。

……大変な才人であった、どのネタにもこうしたギャグがちりばめてある。そしてそれをどんどんとりかえていった。……こんな時がどれくらい続いたか……。

晩年の彼はちょっと又、陰に戻っていたようである。年に一、二度ぐらいしか会えなかったが、最後に会ったのは昭和二十八、九年ぐらいと思う、大阪の戎橋松竹へやってきた彼と一夜、大いに飲んで喋ったのだが、その時の彼の飲みっぷりに目をみはった。もともとあまり飲めなかったのに、その夜の酒のあふり方の強烈さはちと異状であった。それにびっくりするほど強くなっていた。個人的な悩みについて詳しいことは何も知らないのだが、何かがあったのだろう。元来、弱い体を酒でひどく悪くしたのに違いない。それから間もなく訃報を聞いた。

その夜、我々は飛田(とびた)の廓(くるわ)に沈没したのだったが、あとで東京の連中に聞いたところによると、彼の女性体験は間違いなくその夜が最後であったそうだ。

生涯、独身であった。

少し梅橋について語りすぎたかも知れぬが、この鬼才について記されたものがあまりにも少いのでこの機会に書かせてもらった。都筑氏も許してくれると思う。

しかし、都筑道夫という人の人間形成に、この兄梅橋が大きく影響しているであろうことは充分に考えられるのである。

どうか兄者の分まで長生きして、この上ともに幻妙華麗な花々を開かせていただきたいと念願して、この拙文の筆をおく。


（『悪意銀行』角川文庫　一九七九年）

編者解説

日下三蔵

昨二〇一九年十一月にちくま文庫から刊行した都筑道夫の活劇小説『紙の罠』は、幸い多くの読者からの支持をいただき、同じく近藤・土方シリーズの第二作『悪意銀行』をお届けできる運びとなった。前作を喜んでくれた方には、本書も充分に楽しんでいただけるはずである。

シリーズものといっても、キャラクターが共通しているだけで、ストーリーは独立している。「いつぞやの贋幣事件のとき」（第八章d節）、「この前のエレベーターのとき」（第九章c節）のように前作の内容を踏まえたセリフがいくつかある程度なので、本書を先に読んでから『紙の罠』を手に取っていただいても、特に差し支えはないだろう。

ここで改めて、シリーズ全作の初出データを掲げておこう。

A　顔のない街　「特集実話特報」62年4月9日～7月9日号（7回）

1　紙の罠　62年9月　桃源社（ポピュラーブックス）

B　悪意銀行　「週刊実話特報」63年1月3日〜2月7日号（5回）
2　NG作戦　「宝石」63年2月号
3　悪意銀行　63年7月　桃源社（ポピュラーブックス）
4　ギャング予備校「特集ニュース特報」64年1月27日〜3月9日号（4回）

中篇Aに加筆して長篇化したのが1、中篇Bに加筆して長篇化したのが3、2が短篇、4が中篇である。今回のちくま文庫版では、『紙の罠』に1と2、本書に3と4を収めている。

Bの掲載誌「週刊実話特報」は双葉社が発行していた週刊誌で、「悪意銀行」は同誌の連続企画「五週間ミステリー」の一環として連載された。五週間といいながら六週あるが、これは一月十日と十七日が合併号だったためである。

「週刊実話特報」の「五週間ミステリー」枠では、大河内常平「妖刀流転」（62年9月13日〜10月18日号）を皮切りに、山村正夫「崩れた砂丘」（62年10月25日〜11月22日号）、キノトール「君は殺人ができるか」（62年11月29日〜12月27日号）、「悪意銀行」、河野典生「女だらけのブルース」（63年2月14日号〜3月14日号）と、半年にわたって五作品が連載されている。

この原型中篇に大幅な加筆を施した長篇『悪意銀行』は、前作『紙の罠』と同じく桃源社の新書判叢書〈ポピュラーブックス〉の一冊として刊行された。土方が悪意銀行を設立し、地方都市の市長選挙を巡って殺人劇が繰り広げられる、という筋立ては原型版も長篇版も同じだが、細部のシチュエーションを大幅に書き加え、ペダントリイ（本筋と関係ないムダ知

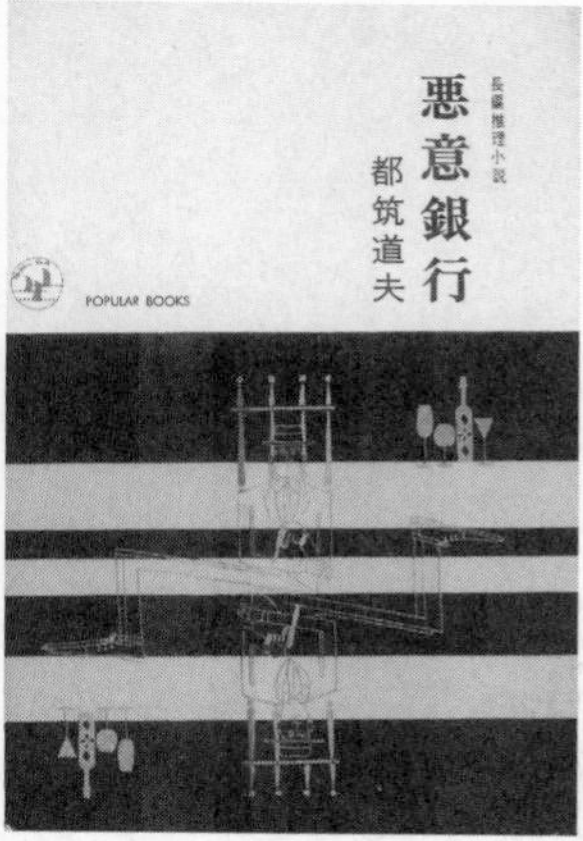

（左）『悪意銀行』桃源社ポピュラーブックス 1963 年版のカバー

（下）『悪意銀行』桃源社ポピュラーブックス 1970 年版のカバー全景

悪意銀行

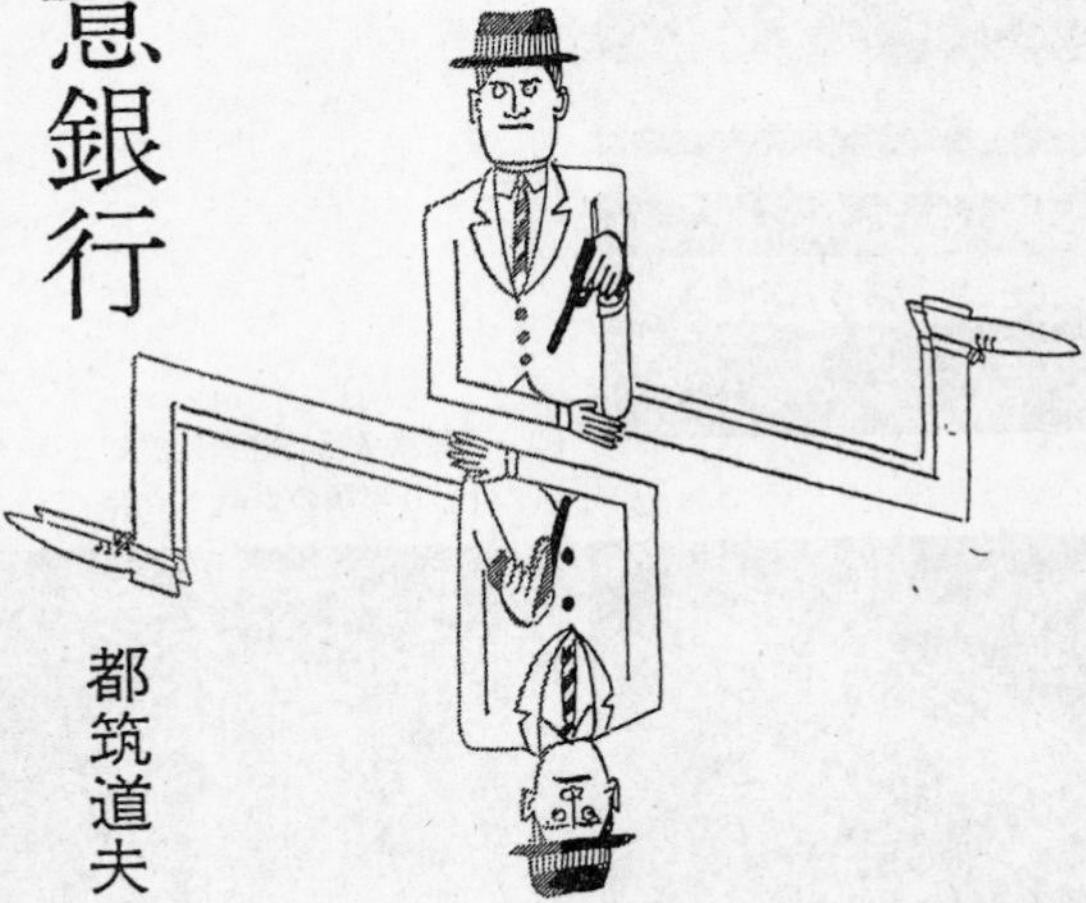

都筑道夫

桃源社

1963年版の扉（画・真鍋博）

1970年版の扉（画・山藤章二）

識）も大量に増補されている。巴川は愛知県に実在する河川だが、巴川市は作品のために創造された架空の都市だろう。

第七章b節と第九章a節に作者自身を思わせる「角ばった黒ぶちめがねの小がらな三十男」が登場し、原稿用紙に『三重露出』というタイトルを書いている、という楽屋落ちが笑える。『三重露出』は『悪意銀行』の一年半後、六四年十二月に東都書房から刊行される書下し長篇だから、一足早く作中で予告がなされていたことになる。

昭和三十年代の時事風俗については、当時はこうだったんだと思いながら読んでいただくことになるが、タイトルの「悪意銀行」が一九六二年から全国に設置された「善意銀行」のパロディであることは、説明の必要があるだろう。善意銀行は金品などの寄付を受け付け、必要とする人への仲介を行うという制度で、現在のボランティアセンターの前身である。リアルタイムの読者にとっては、説明の必要もない時事ネタだった訳だ。

『悪意銀行』は三一書房の〈都筑道夫異色シリーズ〉第四巻（68年7月）に『紙の罠』との合本で収められた他、〈ポピュラーブックス〉の新装版が二回出ている。山藤章二装丁版（70年10月）と玉井ヒロテル装丁版（77年4月）で、いずれも同じ活字を使用しているため、初刊本の「後記」もそのまま収録されている。

角川文庫版（79年8月）は八〇年代を通じて流通するロングセラーとなり、光文社文庫『都筑道夫コレクション《ユーモア篇》悪意銀行』（03年5月）にも表題作として収められたが、いずれも現在は品切れとなっている。光文社文庫の〈都筑道夫コレクション〉は、著者

（右上）『悪意銀行』桃源社ポピュラーブックス 1977 年版のカバー
（右）角川文庫 1979 年のカバー
（左上）光文社文庫 2003 年のカバー

が第六回日本ミステリー文学大賞を受賞したのを記念して刊行されたもので、新保博久氏が多彩な都筑作品をテーマ別に分類し、《パロディ篇》《アクション篇》《本格推理篇》《SF篇》など全十巻で構成されていた。

《ユーモア篇》に当たる『悪意銀行』には、表題長篇の他に近藤・土方シリーズの「NG作戦」「ギャング予備校」、ショートショート「隠密五人男」「ダジャレー男爵の悲しみ」、落語「押入れ間男」「朝がえり」「泥棒志願」「朝寝くらべ」、連作『にぎやかな悪霊たち』から「蠟いろの顔」、エッセー「幽霊探偵について」「『紙の罠』あとがき」「『悪意銀行』あとがき」「『紙の罠・悪意銀行』あとがき」「私の落語今昔譚」、桂米丸師匠の巻末エッセイ、新保さんの解題が収められていた。

本書には、これらの既刊から、初刊本の「後記」、三一書房〈都筑道夫異色シリーズ〉版の「あとがき」、角川文庫版の桂米朝師匠による「解説」を再録した。

落語界の大御所たちが『悪意銀行』に解説やエッセイを寄せているのは、この作品が「a lack-gothic thriller」（落語的なスリラー）と銘打たれているからというだけでなく、五五年に二十九歳という若さで世を去った落語家の次兄・鶯春亭梅橋（本名・松岡勤治）への献辞が付されているからだろう。昭和二十年代から落語界に身を置き、鶯春亭梅橋と直接の親交があった師匠となると、大ベテランの大御所に限られるのは当然である。都筑道夫は、このお兄さんの影響を受けてミステリが好きになったというから、都筑ファンにとっては恩人とも言える存在なのである。

三一書房〈都筑道夫異色シリーズ〉版の「あとがき」で、『悪意銀行』のことを「まったくの書きおろしである」としてあるのは記憶違い。『紙の罠』の原型「顔のない街」が一回約四十枚の七回連載で三百枚弱あったのに対して、「悪意銀行」の原型版は一回約二十枚の五回連載で百枚強しかなかったから、雑誌連載のプロトタイプのことは意識から抜けてしまったのかも知れない。

辛口で知られた大井廣介のミステリ時評「紙上殺人現場」（「エラリイ・クイーンズ・ミステリ・マガジン」63年10月号）では、こう評されていた。

〝都筑道夫の『悪意銀行』、ピンク・シティの市長選挙にトラブル・コンサルタント近藤と悪意銀行開業の土方が乗り込む。作者は近藤などにしゃべらしているつもりか知れないが、これほどよくさえずりちらす作家は、わが推理作家には他に見当らない。なかんずく始終落選の立候補補者の娘が父親の政策を披露する件りなど、深夜ケタケタケタと笑い声をたて家族を驚かせた。すこぶるユニークな不精な殺し屋がでてきたり、一寸やそっとで収拾がつきそうもないとみていると、大詰は屍山血河の撃ちあい、案外、あの撃ちあいは作者会心の個所だよ〟

〝宍戸錠の近藤、佐藤允の土方、丹波哲郎の不精の殺し屋と、映画屋が食指を動かしたくなるようになっている。もっとも、映画にすると、饒舌がすっかりかりこまれ、都筑作品たるゆえんはなくなってしまうがね〟

前作『紙の罠』が宍戸錠主演で「危いことなら銭になる」として映画化されているのを、ご存知なのかどうか、判断に困る内容だが、この連載にしてはかなり褒めていることは間違いない。

一方、「宝石」六三年十月号の座談会「今月の創作評」（中島河太郎、権田萬治、ゲスト・石川喬司）では、ペダントリイの量が議論の対象となっている。

「都筑さんは、何を書くかということよりも、如何に書くかへの関心が常に優先する作家だと思います。テクニック至上主義というか、とにかく手法にすべてを捧げている」「私はそうしたペダントリーの選択が、いままでの作品よりも洗練され整理されて少なくなっている、と読みました」という石川喬司、「事件の主題に溶けこんでいない。いわば枝葉末節の装飾なんですが、一種の修辞としてのおもしろ味があります」「ペダンティックな作品ではなく、多方面の知識を文章や会話の装飾にしているので、それなりの効果はあげています」という中島河太郎の両氏は、都筑式スタイルに一定の理解を示している。

これに対して権田萬治氏は「ぼくはペダンチシズムということも、こういう作品の場合ある程度は必要と思います」と何度も繰り返しながらも、「この作品では、必ずしもこのペダンチックな文体が「悪意銀行」の作品世界と一致していないような気がするんです」「こういうペダンチシズムが石川さんのいわれるように、都筑さんの方法であるということを決して否定はしないのです。しかし、これはいただけないと思うのですね」と、一貫して否定的である。

シリアスなアクション小説すら、まだジャンルとして確立していなかったこの時期に、それを飛び越えて笑いとペダントリイで装飾した活劇小説を発表しているのだから、すんなりと受け入れられなかったのも無理はない。現代においても、当時の権田氏と同様、本筋と無関係な知識の奔流は気障で鼻につく、という読者もいるだろう。これは好みの問題だから仕方がない。

やはり都筑道夫が同時代の評価に恵まれなかったのは、その視点が二十年も三十年も早かったからとしか言いようがない。『誘拐作戦』も、〈なめくじ長屋捕物さわぎ〉も、『七十五羽の烏』も、〈キリオン・スレイ〉も、〈退職刑事〉も、『黄色い部屋はいかに改装されたか？』も、日本推理作家協会賞の候補に上った作品はことごとく受賞を逸し、晩年の自伝『推理作家の出来るまで』で受賞するまで、まったくの無冠だったことが、何よりの証拠といえるだろう。

併録した中篇「ギャング予備校」は、双葉社の隔週刊誌「特集ニュース特報」に四回にわたって連載された。全十節の作品だが、第三回までは二節ずつで本書の第一節から第六節、第四回が第七節から第十節に相当する。

「特集ニュース特報」は『紙の罠』の原型「顔のない街」が連載された「特集実話特報」の後継誌である。三一書房〈都筑道夫異色シリーズ〉版「あとがき」で「おなじ主人公の登場する第三部」として言及されているのは、この作品だろう。
「エラリイ・クイーンズ・ミステリ・マガジン」六四年七月号に発表されたエッセイ「フレイミング・フレミング」には、映画「007危機一発」に登場する殺し屋に触れて、こう書かれている。

実はぼく、今年じゅうに書く予定の『悪意銀行』の続篇に、ごく短かい毒針をつけた贋の竜頭を、自動巻の腕時計にはめて、ひとを殺す男を登場させるつもりだったからだ。先を越されてガッカリしたが、ぼくの殺し屋は、不器用なくせに、必要経費をかなじんで、贋の竜頭を自分で取りつけた上、強度の近視ときているから、いざというとき落してしまって、探しまわるうちに、自分で踏んで自滅する、というコミカルな役まわりなんだから、かまうものか。なにしろ、アクションものの新手を考えるのは大変なので、いざとなったら使っちまえ、と覚悟をきめたわけだが、そういえばこの「007危機一発」、活劇としての出来ばえは、原作より盛りだくさんで、見事だけれども、それほど新手があるわけではない。

この時点で「宝石」六三年十月増刊号に再録された「NG作戦」の末尾に（長篇『第二悪意銀行』中の一挿話）と注記されているから、『第二悪意銀行』は「NG作戦」と「ギャング予備校」を取り込んで長篇化する構想だったと思われるが、結局、この作品は完成しなかった。

さらに六八年の〈都筑道夫異色シリーズ〉版「あとがき」では、「第三部を新しく書きなおして、本にする約束を最近した」とあるが、これも実現せず、「ギャング予備校」は雑誌に発表された形のまま『《都筑道夫新作コレクション1》危険冒険大犯罪』（74年10月／桃源社）に収録されている。

『危険冒険大犯罪』は、同じく《都筑道夫新作コレクション》の第五巻『絶対惨酷博覧会』（75年6月／桃源社）との合本で『タフでなければ生きられない』（78年11月／桃源社）として再刊され、八四年七月に角川文庫に収められた。

「ギャング予備校」単体では、ＫＫベストセラーズの新書判叢書〈ベストセラーノベルズ〉から出た『都筑道夫の悪人志願』（76年4月）にシリアスなアクション小説『暗殺教程』とともに収録され、前述のように光文社文庫版『都筑道夫コレクション《ユーモア篇》悪意銀行』にも収められた。

〈ベストセラーノベルズ〉はミステリ作家の長篇作品を二作ずつ合本にし、著者名をタイトルに冠した分厚いシリーズを刊行していた。『生島治郎の痛快活劇』（『黄土の奔流』＋『雄の時代』）、『結城昌治の犯人追跡』（『死者に送る花束はない』＋『死の報酬』）、『戸川昌子の意外推理』（『蒼ざめた肌』＋『白昼の密漁』）、『佐野洋の殺人運転』（『轢き逃げ』＋『狂った信号』）、『多岐川恭の死の悪戯』（『牝』＋『孤独な共犯者』）などで、『都筑道夫の悪人志願』も、その一冊である。

同書の裏表紙に書かれた「著者のことば」は、以下のとおり。

ここにおさめた二篇は、どちらもアメリカふうにいうと、チェイス・アンド・アドヴェンチャー・ノヴェル——つまり、追跡と冒険の小説です。人間関係によるストーリイの展開よりも、敵味方のあいだに応酬される攻撃と反撃の新しく奇抜なアイディアを、それぞれの作ちゅうにどれだけ多く盛りこめるか、というところに、作者の意図と興味があったわけです。

ですから、これは小説というよりも、活字のびっくり箱、あるいは活字のジェットコースター、といったほうがいいかも知れません。ことに「暗殺教程」は、作者がこれまでに書いたいちばん長い作品ですが、世界じゅうの冒険小説を探しても、これだけたくさんのアイディアを詰めこんだトリック・プレイ連続の小説はないはずです。現実の憂さをしばらく忘れて、お楽しみください。

カップリングが長篇『暗殺教程』と中篇「ギャング予備校」であるのは、ここにあるように『暗殺教程』が通常の長篇小説二冊分に相当する長さの作品だからだろう。三一書房〈都筑道夫異色シリーズ〉は小さい活字の二段組で、第一巻が『やぶにらみの時計』と『かがみ地獄』(『魔海風雲録』の改題)、第三巻が『猫の舌に釘をうて』と『三重露出』、第四巻が『紙の罠』と『悪意銀行』、第六巻が『いじわるな花束』と『犯罪見本市』と単行本二冊ずつを収めているが、第二巻『なめくじに聞いてみろ』と第五巻『暗殺教程』は単体の刊行であることから、その長さが分かる。

近藤・土方シリーズはユーモラス、『暗殺教程』はシリアスという味つけの違いはあるが、アイデア重視の活劇小説という骨格は、両者に共通している。ミステリの名手が五十七年も前に発表していた「早すぎた傑作」を、どうか最後までじっくりとお楽しみいただきたい。

本書はちくま文庫のためのオリジナル編集です。

各作品の底本は以下の通りです。

光文社文庫『悪意銀行　都筑道夫コレクション〈ユーモア篇〉』二〇〇三年五月　表題作
光文社文庫『悪意銀行　都筑道夫コレクション〈ユーモア篇〉』二〇〇三年五月「ギャング予備校」

本書のなかには、今日の人権感覚に照らして差別的ととられかねない箇所がありますが、作者が差別の助長を意図したのではなく、故人であること、執筆当時の時代背景を考え、該当箇所の削除や書き換えは行わず、原文のままとしました。

資料協力
北海道立図書館　双葉社

紙の罠　都筑道夫　日下三蔵編

都筑作品でも人気の〝近藤・土方シリーズ〟が遂に復活。贋札作りをめぐり巻き起こる奇想天外アクション小説。二転三転する物語の結末は予測不能。

あるフィルムの背景　結城昌治　日下三蔵編

普通の人間が起こす歪んだ事件、そこに至る絶望を描き、思いもよらない結末を鮮やかに提示する。昭和ミステリの名手、オリジナル短篇集。

夜の終る時／熱い死角　結城昌治　日下三蔵編

組織の歪みと現場の刑事の葛藤を乾いた筆致でリアルに描き、日本推理作家協会賞を受賞した警察小説の記念碑的長篇『夜の終る時』に短篇４作を増補。

赤い猫　仁木悦子　日下三蔵編

爽やかなユーモアと本格推理、そしてほろ苦さを少々。日本推理作家協会賞受賞の表題作ほか〈日本のクリスティー〉の魅力を堪能できる傑作選。

落ちる／黒い木の葉　多岐川恭　日下三蔵編

江戸川乱歩賞と直木賞をダブル受賞した昭和の名手、深い抒情性とミステリのたくらみに満ちた、単行本未収録作品を含む14篇。文庫オリジナル編集。

緋の堕胎　戸川昌子　日下三蔵編

これは現実か悪夢か。独自の美意識に貫かれた淫靡かつ幻想的な世界を築いた異色の作家。常人の倫理を遥かに超えていく劇薬のような短篇９作。

方壺園　陳舜臣　日下三蔵編

唐後期、特異な建築「方壺園」で起きた漢詩の盗作をめぐる密室殺人の他、乱歩賞・直木賞・推理作家協会賞を受賞したミステリの名手による傑作集。

最終戦争／空族館　今日泊亜蘭　日下三蔵編

日本ＳＦの胎動期から参加し「長老」と呼ばれた伝説的作家の、未発表作「空族館」や単行本未収録作14篇を収録する文庫オリジナルの作品集。（峯島正行）

光の塔　今日泊亜蘭

地球上の電気が消失する「絶電現象」は人類を襲う未曾有の危機の前兆だった。日本ＳＦ初の長篇にして圧倒的な面白さを誇る傑作が復刊。（日下三蔵）

60年代日本ＳＦベスト集成　筒井康隆編

「日本ＳＦ初期傑作集」とでも副題をつけるべき作品集である（編者）。二十世紀日本文学のひとつの里程標となる歴史的アンソロジー。（大森望）

異形の白昼　筒井康隆編

様々な種類の「恐怖」を小説ならではの技巧で追求した戦慄すべき名篇たちを収める。わが国のアンソロジー文学史に画期をなす一冊。（東雅夫）

70年代日本SFベスト集成1　筒井康隆編

日本SFの黄金期の傑作を、同時代にセレクトした記念碑的アンソロジー。SFに留まらず「文学の新しい可能性」を切り開いた作品群。（荒巻義雄）

70年代日本SFベスト集成2　筒井康隆編

星新一、小松左京の巨匠から、編者の「おれに関する噂」、松本零士のセクシー美女登場作まで、長篇なみの濃さをもった傑作群が並ぶ。（山田正紀）

70年代日本SFベスト集成3　筒井康隆編

「日本SFの滲透と拡散が始まった年」である1973年の傑作群。デビュー間もない諸星大二郎の「不安の立像」など名品が並ぶ。（佐々木敦）

70年代日本SFベスト集成4　筒井康隆編

「1970年代の日本SF史としての意味も持たせたいというのが編者の念願である」――同人誌投稿作から巨匠までを揃えるシリーズ第4弾。（堀晃）

70年代日本SFベスト集成5　筒井康隆編

最前線の作家であり希代のアンソロジスト筒井康隆が日本SFの凄さを凝縮して示したシリーズ最終巻。全巻読めばあの時代が追体験できる。（豊田有恒）

巨匠たちの想像力〔戦時体制〕
あしたは戦争　企画協力・日本SF作家クラブ

小松左京「召集令状」、星新一、手塚治虫「悪魔の開幕」、昭和のSF作家たちが描いた未来社会。そこには私たちへの警告があった！（斎藤美奈子）

巨匠たちの想像力〔管理社会〕
暴走する正義　企画協力・日本SF作家クラブ

星新一「処刑」、小松左京「戦争はなかった」、水木しげる「こどもの国」、安部公房「闖入者」、筒井康隆「公共伏魔殿」ほか9作品を収録。（真山仁）

巨匠たちの想像力〔文明崩壊〕
たそがれゆく未来　企画協力・日本SF作家クラブ

小松左京「カマガサキ二〇一三年」、水木しげる「宇宙虫」、安部公房「鉛の卵」、倉橋由美子「合成美女」、筒井康隆「下の世界」ほか14作品。（盛田隆二）

名短篇、ここにあり　北村薫／宮部みゆき編

読み巧者の二人の議論沸騰し、選びぬかれたお薦め小説12篇。となりの宇宙人／冷たい仕事／隠し芸の男／少女架刑／あしたの夕刊／網／誤訳ほか。

名短篇、さらにあり　北村薫 宮部みゆき編

小説って、やっぱり面白い。人間の愚かさ、不気味さ、人情が詰まった奇妙な12篇。華燭／骨／雲の小径／押入の中の鏡花先生／不動図／鬼火／家霊ほか。

とっておき名短篇　北村薫 宮部みゆき編

「しかし、よく書いたよね、こんなものを……」北村薫を唸らせた、とっておきの名短篇。愛の暴走族／運命の恋人／絢爛の椅子／悪魔／異形ほか。

名短篇ほりだしもの　北村薫 宮部みゆき編

「過呼吸になりそうなほど怖かった！」宮部みゆきを震わせた、ほりだしものの名短篇。だめに向かって／三人のウルトラマダム／少年／穴の底ほか。

読まずにいられぬ名短篇　北村薫 宮部みゆき編

松本清張のミステリを倉本聰が時代劇に⁉　あの作家の知られざる逸品からオチの読めない怪作まで厳選の18作。北村・宮部の解説対談付き。

教えたくなる名短篇　北村薫 宮部みゆき編

宮部みゆきを驚嘆させた、時代に埋もれた名作家・長谷川修の世界とは？　人生の悲喜こもごもが詰まった珠玉の13作。北村・宮部の解説対談付き。

謎の部屋　北村薫編

不可思議な異世界へ誘う作品から本格ミステリまで、「豚の島の女王」「猫じゃ猫じゃ」「小鳥の歌声」など17篇。宮部みゆき氏との対談付。

こわい部屋　北村薫編

思わず叫び出したくなる恐怖から、鳥肌のたつ恐怖まで。「七階」「ナツメグの味」「夏と花火と私の死体」など18篇。宮部みゆき氏との対談付。

猫の文学館Ⅰ　和田博文編

寺田寅彦、内田百閒、太宰治、向田邦子……いつの時代も、作家たちは猫が大好きだった。猫の気まぐれに振り回されている猫好きに捧げる47篇‼

猫の文学館Ⅱ　和田博文編

夏目漱石、吉行淳之介、星新一、武田花……思わずぞくっとして、ひっそり涙したくなる35篇を収録。猫好きに放つ猫好きによるアンソロジー。

月の文学館　和田博文編

稲垣足穂のムーン・ライダース、中井英夫の月蝕領主の狂気、川上弘美が思い浮かべる「柔らかい月」……選りすぐり43編の月の文学アンソロジー。

星の文学館　和田博文編

稲垣足穂も、三浦しをんも、澁澤龍彦も、私たちはみな心に星を抱いている。あなたの星はこの本にありますか？　輝く35編の星の文学アンソロジー。

リテラリーゴシック・イン・ジャパン　高原英理編

世界の残酷さと人間の暗黒面を不穏に、鮮烈に表現する「文学的ゴシック」。古典的傑作から現在第一線で活躍する作家まで、多彩な顔触れで案内する。

ファイン／キュート　素敵かわいい作品選　高原英理編

文学で表現される「かわいさ」は、いつだって、どこかファイン。古今の文学から、あなたを必ず「きゅん」とさせる作品を厳選したアンソロジー。

小川洋子と読む　内田百閒アンソロジー　内田百閒　小川洋子編

「旅愁」「冥途」「旅順入城式」「サラサーテの盤」……今も不思議な光を放つ内田百閒の小説・随筆24篇を、百閒をこよなく愛する作家・小川洋子と共に。

私の「漱石」と「龍之介」　内田百閒

師・漱石を敬愛してやまない百閒が、おりにふれて綴った師の行動と面影とエピソード。さらに同門の友、芥川との交遊を収める。（武藤康史）

阿房列車――内田百閒集成1　内田百閒

「なんにも用事がないけれど、汽車に乗って大阪へ行って来ようと思う」。上質のユーモアに包まれた、紀行文学の傑作。（和田忠彦）

ノラや――内田百閒集成9　内田百閒

百閒宅に入りこみ、不意に戻らなくなった愛猫ノラの行方を嘆じ続ける表題作を始めとして、猫の話ばかりを集めた22篇。（稲葉真弓）

三島由紀夫レター教室　三島由紀夫

五人の登場人物が巻き起こす様々な出来事を手紙で綴る。恋の告白・借金の申し込み・見舞状等、一風変ったユニークな文例集。（群ようこ）

肉体の学校　三島由紀夫

裕福な生活を謳歌している三人の離婚成金。〝年増園〟の例会はもっぱら男の品定め。そんな一人がニヒルで美形のゲイ・ボーイに惚れこみ……。（群ようこ）

命売ります　三島由紀夫

自殺に失敗し、「命売ります。お好きな目的にお使い下さい」という突飛な広告を出した男のもとに、現われたのは？（種村季弘）

記憶の絵　森茉莉

父鷗外と母の想い出、パリでの生活、日常のことなど、趣味嗜好をないまぜて語る、輝くばかりの感性と滋味あふれるエッセイ集。（中野翠）

甘い蜜の部屋　森茉莉

天使の美貌、無意識の媚態。薔薇の蜜で男たちを溺れ死なせていく少女モイラと父親の濃密な愛の部屋。稀有なロマネスク。（矢川澄子）

貧乏サヴァラン　森茉莉　早川暢子編

オムレット、ボルドオ風茸料理、野菜の牛酪煮……。食いしん坊茉莉は料理自慢。香り豊かな〝茉莉ことば〟で綴られる垂涎の食エッセイ。文庫オリジナル。

紅茶と薔薇の日々　森茉莉　早川茉莉編

天皇陛下のお菓子に洋食店の味、庭に実る木苺……森鷗外の娘にして無類の食いしん坊、森茉莉が描く懐かしく愛おしい美味の世界。（辛酸なめ子）

ことばの食卓　武田百合子　野中ユリ・画

なにげない日常の光景やキャラメル、枇杷など、食べものに関する昔の記憶と思い出を感性豊かな文章で綴ったエッセイ集。（種村季弘）

遊覧日記　武田百合子　武田花・写真

行きたい所へ行きたい時に、つれづれに出かけてゆく。一人で。または二人で。あちらこちらを遊覧しながら綴ったエッセイ集。（巖谷國士）

玉子ふわふわ　早川茉莉編

国民的な食材の玉子、むきむきで抱きしめたい！森茉莉、武田百合子、吉田健一、山本精一、宇江佐真理ら37人が綴る玉子にまつわる悲喜こもごも。

なんたってドーナツ　早川茉莉編

貧しかった時代の手作りおやつ、日曜学校で出合った素敵なお菓子、毎朝宿泊客にドーナツを配るホテル、哲学させる穴……。文庫オリジナル。

買えない味　平松洋子

一晩寝かしたお芋の煮っころがし、土瓶で淹れた番茶、風にあてた干し豚の滋味……日常の中にこそある、おいしさを綴ったエッセイ集。（中島京子）

買えない味2　はっとする味　平松洋子

刻みパセリをたっぷり入れたオムレツの味わいの豊かさ、ペンチで砕いた胡椒の華麗な破壊力……身近なものたちの隠された味を発見！（室井滋）

コーヒーと恋愛　獅子文六
恋愛は甘くてほろ苦い。とある男女が巻き起こす恋模様をコミカルに描く昭和の傑作が、現代の「東京」によみがえる。（曽我部恵一）

七時間半　獅子文六
東京—大阪間が七時間半かかっていた昭和30年代、特急「ちどり」を舞台に乗務員とお客たちのドタバタ劇を描く隠れた名作が遂に甦る。（千野帽子）

悦ちゃん　獅子文六
ちょっぴりおませな女の子、悦ちゃんがのんびり屋の父親の再婚話をめぐって東京中を奔走するユーモアと愛情に満ちた物語。初期の代表作。（窪美澄）

青春怪談　獅子文六
婚約を約束するもお互いの夢や希望を追いかける慎一と千春は、周囲の横槍や思惑、親同士の関係からドタバタ劇に巻き込まれていく。（山崎まどか）

断髪女中　獅子文六　山崎まどか編
新たに注目を集める獅子文六作品で、表題作「断髪女中」を筆頭に女性が活躍する作品にスポットを当てた文庫初収録作を多数含むオリジナル短篇集。

ロボッチイヌ　獅子文六　千野帽子編
長篇作品にも勝る魅力を持ちながら近年は読むことができなくなっていた貴重な傑作短篇小説の中から、男性が活躍する作品を集めたオリジナル短篇集。

青空娘　源氏鶏太
主人公の少女、有子が不遇な境遇から幾多の困難にぶつかりながらも健気にそれを乗り越え希望を手にする日本版シンデレラ・ストーリー。（山内マリコ）

最高殊勲夫人　源氏鶏太
野々宮杏子と三原三郎は家族から勝手な結婚話を迫られるも協力してそれを回避する。しかし徐々に惹かれ合うお互いの本当の気持ちは……。（千野帽子）

家庭の事情　源氏鶏太
父・平太郎は退職金と貯金の全財産を5人の娘と自分で6等分にした。すると各々の使い道からドタバタ劇が巻き起こって、さあ大変?!（印南敦史）

御身　源氏鶏太
矢沢章子は突然の借金返済のため自らの体を売ることを決意する。しかし愛人契約の相手・長谷川との出会いが彼女の人生を動かしてゆく。（寺尾紗穂）

ちくま文庫

悪意銀行（あくいぎんこう）

二〇二〇年三月十日　第一刷発行

著者　都筑道夫（つづき・みちお）
編者　日下三蔵（くさか・さんぞう）
発行者　喜入冬子
発行所　株式会社　筑摩書房
東京都台東区蔵前二―五―三　〒一一一―八七五五
電話番号　〇三―五六八七―二六〇一（代表）

装幀者　安野光雅
印刷所　株式会社精興社
製本所　株式会社積信堂

ISBN978-4-480-43660-3　C0193